L'ÉVOLUTION DE LA
POÉSIE LYRIQUE

EN FRANCE

AU DIX-NEUVIÈME SIÈCLE

A LA MÊME LIBRAIRIE

OUVRAGES DU MÊME AUTEUR

ÉTUDES CRITIQUES SUR L'HISTOIRE DE LA LITTÉRATURE FRANÇAISE. Huit volumes qui se vendent séparément. Chaque vol., petit in-8, broché.   10 fr.

   I. — La littérature française au moyen âge. — Pascal. — Molière. — Racine. — Montesquieu. — Voltaire. — La littérature française sous le premier Empire. Un vol.   10 fr. »

   II. — Les Précieuses. — Bossuet et Fénelon. — Massillon. — Marivaux. — La direction de la librairie sous Malesherbes. — Galiani. — Diderot. — Le théâtre de la Révolution. Un vol.   10 fr. »

   III. — Descartes. — Pascal. — Le Sage. — Marivaux. — Prévost. — Voltaire et Rousseau. — Classiques et romantiques. Un vol.   10 fr. »

   IV. — Alexandre Hardy. — Le roman français au XVIIe siècle. — Pascal. — Jansénistes et Cartésiens. — La philosophie de Molière. — Montesquieu. — Voltaire. — Rousseau. — Les romans de Mme de Staël. Un vol.   10 fr. »

   V. — La réforme de Malherbe et l'évolution des genres. — La philosophie de Bossuet. — La critique de Bayle. — La formation de l'idée de progrès. — Le caractère essentiel de la littérature française. Un vol.   10 fr. »

   VI. — La doctrine évolutive et l'Histoire de la littérature. — Les fabliaux du moyen âge et l'origine des contes. — Un précurseur de la pléiade : Maurice Scève. — Corneille. — L'esthétique de Boileau. — Bossuet. — Les Mémoires d'un homme heureux. — Classique ou romantique ? André Chénier. — Le cosmopolitisme et la littérature nationale. Un vol.   10 fr. »

   VII. — Un épisode de la vie de Ronsard. — Vaugelas et la théorie de l'usage. — Jean de la Fontaine. — La langue de Molière. — La Bibliothèque de Bossuet. — L'évolution d'un genre : La tragédie. — L'évolution d'un poète : Victor Hugo. — La littérature européenne au XIXe siècle. — Appendice. Un vol.   10 fr. »

   VIII. — Une nouvelle édition de Montaigne. — La maladie du burlesque. — Les époques de la comédie de Molière. — L'éloquence de Bourdaloue. — L'Orient dans la littérature française. — Les transformations de la langue française au XVIIIe siècle. — Joseph de Maistre et son livre « du Pape ». Un vol.   10 fr. »

       Ouvrage couronné par l'Académie française.

L'ÉVOLUTION DES GENRES DANS L'HISTOIRE DE LA LITTÉRATURE. Un volume, petit in-8°, broché . . . .   10 fr.

L'ÉVOLUTION DE LA POÉSIE LYRIQUE EN FRANCE AU XIXe SIÈCLE. Deux volumes, petit in-8°, brochés . . . .   20 fr.

LES ÉPOQUES DU THÉATRE FRANÇAIS (1636-1850). Un volume, petit in-8°, broché . . . .   10 fr.

VICTOR HUGO. Deux volumes in-16, brochés . . . .   11 fr. 50

ÉTUDES SUR LE DIX-HUITIÈME SIÈCLE. Un volume in-16, broché.   5 fr. 75

BOSSUET, avec une préface de V. GIRAUD. Un volume in-16, broché.   5 fr. 75

Faguet (Émile), de l'Académie française. *Ferdinand Brunetière*. Un volume in-16, broché. . . . .   1 fr.

Giraud (Victor), LES MAITRES DE L'HEURE 1re série (*Ferdinand Brunetière*). 3e édition. Un volume in-16, broché . . . .   5 fr. 75

— MAITRES D'AUTREFOIS ET D'AUJOURD'HUI (*Ferdinand Brunetière*), 2e édition. Un vol. in-16, broché. . . . .   5 fr. 75

Coulommiers. Imp. PAUL BRODARD.

BIBLIOTHÈQUE DE LITTÉRATURE

FERDINAND BRUNETIÈRE
DE L'ACADÉMIE FRANÇAISE

L'ÉVOLUTION DE LA POÉSIE LYRIQUE
EN FRANCE
AU DIX-NEUVIÈME SIÈCLE

TOME SECOND

SEPTIÈME ÉDITION

LIBRAIRIE HACHETTE
79, BOULEVARD SAINT-GERMAIN, PARIS

1922

NEUVIÈME LEÇON

ALFRED DE VIGNY

I. **La place de Vigny dans le Romantisme.** — Ses premiers essais et ses premiers succès. — De quelques raisons de l'effacement de Vigny : — l'insuffisance de l'exécution ; — la dignité de la personne ; — l'horreur du lieu commun. — En quel sens l'originalité manque aux premiers essais de Vigny.

II. **Le Pessimisme et la poésie de Vigny.** — Du tempérament pessimiste et de ses effets : — sur la conception de l'amour ; — sur la conception de la nature ; — sur la conception du divin. — Pessimisme et optimisme. — Comment le pessimisme est devenu chez Vigny la religion de la souffrance humaine. — Stoïcisme. — Pitié. — Altruisme.

III. **Des raisons de la réputation croissante de Vigny.** — Il a été l'unique penseur du romantisme. — Il a dégagé la poésie de la superstition du Moi. — Du symbolisme dans la poésie de Vigny. — La composition dans les poèmes de Vigny.

NEUVIÈME LEÇON

ALFRED DE VIGNY [1]

Messieurs,

C'est une destinée assez singulière, et même à vrai dire un peu triste, que celle d'Alfred de Vigny. Contemporain, ou précurseur de Lamartine, de Victor Hugo, de Musset, il aurait commencé d'écrire, si nous l'en voulions croire, dès 1815, et ce que nous savons, c'est que son premier recueil de vers a paru en 1822. On l'a certainement beaucoup lu, puisqu'on l'a beaucoup imité. Musset, à ses débuts, dans ses *Contes d'Espagne et d'Italie*, s'est largement inspiré de lui, si toutes ses « Andalouses », et en particulier la Juana

---

1. On a beaucoup écrit sur Vigny. Voir : Gustave Planche, *Portraits littéraires*, Paris, 1836, Werdet ; — Sainte-Beuve, *Nouveaux Lundis*, t. VI ; — Émile Montégut, *Nos morts contemporains*, Paris, 1883, Hachette ; — Émile Faguet, *Études littéraires sur le* xixe *siècle*, Paris, 1887, Lecène et Oudin ; — Maurice Paléologue, *Alfred de Vigny*, dans la collection des *Grands Écrivains français*, Paris, 1891, Hachette ; — et Dorizon, *Alfred de Vigny*, Paris, 1892, A. Colin.

de son *Don Paëz*, ne sont guère que des sœurs de *Dolorida*. Vous retrouverez également la trace de l'auteur de *Moïse*, de *la Fille de Jephté*, de *Symétha*, du *Cor* et de *la Neige*, un peu partout dans *la Légende des siècles*, dont même il n'est pas impossible que Victor Hugo lui doive la première idée. Et pour Lamartine enfin, son aîné, de toutes les manières, qu'a-t-il fait, dans sa *Chute d'un ange*, que de diversifier, je le veux bien, mais aussi que d'étendre jusqu'au chiffre de douze mille vers le sujet d'*Éloa*?

Vous savez d'autre part quelle est la rare valeur de ces premiers poèmes! Chénier lui-même en ses *Idylles*, n'a rien de plus grec, ou de « plus alexandrin, — ce qui n'est pas tout à fait la même chose, — il n'a rien de plus vif, de plus voluptueux, de plus plastique aussi que ces vers de *la Dryade* :

> Un jour, jour de Bacchus, loin des jeux égaré,
> Seule je la surpris au fond du bois sacré :
> Le soleil et les vents, dans les bocages sombres,
> Des feuilles sur ses traits faisaient flotter les ombres ;
> Lascive, elle dormait sur le thyrse brisé ;
> Une molle sueur, sur son front épuisé,
> Brillait comme la perle en gouttes transparentes,
> Et ses mains, autour d'elle et sous le lin errantes,
> Touchant la coupe vide et son sein tour à tour,
> Redemandaient encore et Bacchus et l'amour.

En vérité, ne dirait-on pas d'une épigramme de l'*Anthologie*, de Méléagre, par exemple, ou de Léonidas de Tarente?

Et *le Cor*? et *la Neige*? connaissez-vous quelque

part, dans les *Odes et Ballades*, ou dans *Notre-Dame de Paris*, de vitrail plus gothique?

> Un grand trône, ombragé des drapeaux d'Allemagne,
> De son dossier de pourpre entoure Charlemagne.
> Les douze pairs, debout sur ses larges degrés,
> Y font luire l'orgueil des lourds manteaux dorés....

Mais de *Moïse*, de *la Fille de Jephté*, mais d'*Éloa* surtout, quels vers vous rappellerai-je? et si nos pairs sont nos vrais juges, puis-je mieux faire que de demander à Victor Hugo ce qu'il en a pensé? « Si jamais composition littéraire a porté l'empreinte ineffaçable de la méditation et de l'inspiration, a-t-il dit quelque part, c'est le *Paradis perdu*. Une idée morale, qui touche à la fois aux deux natures de l'homme; une leçon terrible donnée en vers sublimes; une des plus hautes vérités de la religion et de la philosophie, développée dans une des plus belles fictions de la poésie; l'échelle entière de la création parcourue depuis le degré le plus bas; une action qui commence par Jésus et qui se termine par Satan. Ève entraînée par la curiosité, la compassion et l'imprudence, jusqu'à la perdition; la première femme en contact avec le premier démon; voilà ce que présente l'œuvre de *Milton*, drame simple et immense, dont tous les ressorts sont des sentiments; tableau magique qui fait graduellement succéder à toutes les teintes de lumière toutes les nuances de ténèbres; poème singulier, qui charme et qui effraye. » Il y a, comme vous l'entendez, *Milton* et le *Paradis*

perdu dans le texte, mais c'est un texte « retouché »,
et dans le texte primitif, — celui de *la Muse française*,
un journal de l'époque, où ce magnifique éloge parut
pour la première fois, — il y avait bien *Éloa* et *Alfred
de Vigny*. La mémoire d'Hugo, vous le savez, était
quelquefois, et volontiers infidèle.... Il n'était pas
d'ailleurs le seul qui eût vu dans *Éloa*, le « poème
le plus parfait de la langue française », et ni Sainte-
Beuve, ni Gustave-Planche, pour n'en pas nommer
d'autres, quelques années plus tard, n'en devaient
parler avec moins d'admiration ou d'enthousiasme
même.

Voilà bien, Messieurs, tous les signes, toutes les
apparences du succès, et cependant, et malgré tout
cela, on peut le dire, on doit le dire, pour la conso-
lation des méconnus ou des impatients, rien ou
presque rien de Vigny n'était parvenu à l'adresse du
public. Seul ou presque seul de tous les romantiques,
— j'entends de ceux qui comptent, — il n'avait pas
fait école; on ne l'avait pas suivi dans ses voies; on
l'avait « démarqué » sans en rien dire à personne,
sans qu'au surplus il s'en plaignît lui-même, étant
trop fier, ou trop dédaigneux; et tandis que les noms
de Lamartine, d'Hugo, de Saint-Beuve, de Musset
bientôt remplissaient toutes les bouches, c'était un
roman historique : *Cinq-Mars*, en 1826, et dix ans
plus tard, un assez mauvais drame : *Chatterton*, en
1835, qui tiraient ce poète, pour quelques jours à
peine, de l'ombre et de la retraite un peu mystérieuse
où il rentrait aussitôt.

A quoi cela tient-il? A ses défauts d'abord, dont il faut convenir. Et en effet son inspiration, toujours très haute et très noble, — je ne dis pas très pure [1] ni très chaste, — manque d'abondance et de facilité. Presque toujours gênée, l'exécution de Vigny, souvent brillante et toujours élégante, n'a pas moins quelque chose d'habituellement pénible et de laborieux, de heurté, de guindé. L'invention y est courte. Ni les images, ni les mots ne s'empressent d'eux-mêmes à son service, ou n'obéissent à l'appel de sa pensée, mais il lui faut les attendre, ou les chercher; et il ne les trouve pas toujours. Son expression, parfois incorrecte, est plus souvent encore obscure, trop elliptique ou trop dense, embarrassée, trop inégale à la grandeur ou à la délicatesse des idées qu'elle voudrait traduire. Et, d'une manière générale, jusque dans ses plus belles pièces, — jusque dans *Éloa*, jusque dans *la Maison du berger*, — sa liberté de poète est perpétuellement entravée par je ne sais quelle hésitation ou quelle impuissance d'artiste. On ne peut sans doute en vouloir ni reprocher à ses contemporains de s'en être aperçu.

Mais je me hâte aussitôt d'ajouter que, — comme

---

1. Il y a effectivement, à tous égards beaucoup encore d'un homme du xviii° siècle dans Alfred de Vigny; et en vérité, — M. Émile Montégut l'a bien vu, — quelque chose d'un païen, très sensuel, qui ne s'est rendu maître de ses sens qu'assez tard, assez péniblement peut-être, et pour tout dire quand ils ont eux-mêmes eu cessé de le dominer.

Voir : *la Dryade, la Femme adultère, Dolorida, la Colère de Samson.*

il arrive quand les temps ne sont pas favorables,
et qu'on dirait que tout se conjure pour empêcher
l'essor d'une réputation, — quelques-unes des qualités de Vigny, de ses plus rares qualités à mon
gré, lui ont presque plus nui que ses défauts eux-
mêmes. Non seulement abstrait, mais discret, et
secret, l'auteur de *Moïse*, d'*Éloa*, du *Déluge* est du
nombre de ceux qui tiennent habituellement le lecteur à distance, et ne se livrent point [1]. Vous ne vous
attendez pas que je l'en blâme! Ce ne sont pas des
« sensations », comme Hugo, qu'il nous communique;
et dirai-je que le monde extérieur n'existe pas pour

---

1. Alexandre Dumas, à ce propos, écrit dans ses *Mémoires*,
t. V, ch. 133 : « Vigny ne touchait à la terre que par nécessité; quand il reployait ses ailes, et qu'il se posait, par hasard,
sur la cime d'une montagne, c'était une concession qu'il faisait à l'humanité.... Ce qui nous émerveillait surtout, Hugo
et moi, c'est que Vigny ne paraissait pas soumis le moins du
monde à ces grossiers besoins de la nature que quelques-uns
de nous, — et Hugo et moi nous étions du nombre de ceux-là,
— satisfaisaient non seulement sans honte, mais avec une certaine sensualité. » Et il ajoute : « Personne de nous n'avait
jamais surpris Vigny à table. »

Rapprochez le Codicille du testament de Vigny : « M. Louis
Ratisbonne ne cédera jamais à aucun éditeur la propriété
entière de mes œuvres, et la possession perpétuelle.   »

« Il sait que l'expérience a démontré que pour exciter et
renouveler la curiosité publique, les éditeurs souillent par des
préfaces et des annotations douteuses, quand elles ne sont
pas hostiles et perfides, les éditions posthumes des œuvres
célèbres. »

Et joignez enfin le mot de Sandeau, recevant à l'Académie
française le successeur d'Alfred de Vigny. « Vous regrettiez
tout à l'heure de ne pas avoir vécu dans la familiarité de
M. de Vigny! Consolez-vous, monsieur, personne n'a vécu
dans la familiarité de M. de Vigny, pas même lui. »

lui? mais, visiblement, il regrette que nos idées soient
obligées, pour se traduire, de se matérialiser. « Les
hommes du plus grand génie, dit-il à ce propos, ne
sont guère que ceux qui ont eu dans l'esprit les plus
justes comparaisons; » seulement, c'est pour s'en
plaindre qu'il en fait la remarque, et, tout de suite,
il s'écrie : « Pauvres faibles que nous sommes... perdus
dans le torrent des pensées, et nous accrochant à toutes
les branches pour prendre quelques points dans le
vide qui nous enveloppe [1] ! » Ce ne sont pas non plus
des « émotions », ses émotions, qu'il essaye, dans ses
vers, comme Musset, de nous faire partager. Ses émotions, Messieurs, il les renferme en lui, comme n'ayant
rien d'intéressant que pour lui, et il attend, pour en
faire de « la littérature », que le temps les ait dépouil-
lées de ce que l'émotion a toujours, en sa nouveauté,
de confus, de trouble et de tumultueux. Mais ce qu'il
exprime, ce sont des idées, par le moyen de symboles.
Il pense; et ce n'est même qu'un choix de ses pensées
qu'il consent à livrer au public. On ne lui a point
pardonné ce que cette attitude avait de trop aristocratique, dans un temps surtout où, comme nous l'avons
assez vu, c'était leur personne même, leur personne

1. J'ai rapproché quelque part cette phrase de Vigny d'une
phrase de Bossuet, qui lui était sans doute inconnue :
« Toutes les comparaisons tirées des choses humaines, dit
Bossuet, sont les effets comme nécessaires de l'effort que fait
notre esprit, lorsque prenant son vol vers le ciel, et retombant par son propre poids dans la matière d'où il va sortir, il
se prend, comme à des branches, à ce qu'elle a de plus élevé
et de moins impur pour s'empêcher d'y être tout à fait replongé. » *VI° Avertissement aux protestants.*

entière, et non seulement la leur, mais celle aussi des autres, celle de leur femme ou de leur maîtresse, que les romantiques donnaient en pâture à la curiosité, pour ne pas dire plutôt à la féroce indiscrétion des foules....

On ne lui a point pardonné davantage son horreur du lieu commun; et à ce propos, — tout en l'approuvant, — je dois dire que, s'il n'y a rien de plus louable en soi, théoriquement, que de vouloir, philosophe ou poète, renouveler de son fonds tout ce que l'on touche, il n'y a rien, dans l'application, de plus hasardeux et de plus délicat. *Imperaturus es hominibus qui nec totam servitutem, nec totam libertatem pati possunt*, disait un Empereur à son fils adoptif, et si cette phrase me revient assez inopinément en mémoire, c'est que, ce qu'il disait de la servitude et de la liberté, on pourrait également le dire de la banalité et de l'originalité. Nous ne les supportons pas toutes pures, pour ainsi parler, mais il faut qu'on nous les donne tempérées l'une par l'autre. Ou, en d'autres termes, Messieurs, l'expérience est là qui le démontre, la nouveauté ne s'insinue qu'à la faveur, et ne s'établit parmi les hommes que sous la figure ou le masque de quelque ressemblance avec la tradition. Nous ne voulons pas être trop brusquement dérangés dans nos habitudes intellectuelles ou morales. Nous exigeons que l'on ait au moins des égards pour nos préjugés. Nous n'aimons pas surtout qu'on en use avec eux trop dédaigneusement, ni qu'on nous en fasse trop ouvertement sentir la sottise ou la cruauté.

et quand on le fait, nous nous vengeons d'abord de
l'imprudent ou du maladroit, — en ne l'écoutant pas !
C'est ce qui est arrivé à Vigny. On ne l'a pas précisément méconnu. Les critiques, — et surtout les poètes
ses émules, — lui ont rendu justice comme à l'un des
plus rares et des plus nobles d'entre eux. Mais, tandis
que les Lamartine, les Hugo, les Musset, ou George
Sand encore, trouvaient d'abord un public tout fait
et tout formé, qui les attendait, qui les demandait,
qui les eût presque inventés au besoin, il a fallu que
l'occasion, que le progrès des idées, que l'évolution
même de l'art eussent lentement préparé les lecteurs
capables enfin d'apprécier à son prix et de mettre à
son rang l'auteur d'*Éloa*.

C'est pour cela, Messieurs, que j'ai retardé jusqu'ici le moment de vous en parler; et j'ajoute : c'est
aussi pour cela que je passerai rapidement sur ses
premières *Poésies*. Non pas au moins que j'en fasse
une médiocre estime ; vous l'avez vu tout à-l'heure;
et, ni de *Moïse* ou d'*Éloa*, ni de *Dolorida* même, ni
de *la Dryade* ou de *la Femme adultère*, on ne dira
plus de bien que j'en pense. N'est-ce pas une jolie
chose encore que *le Bain d'une dame romaine*?

Dans l'ovale d'un marbre aux veines purpurines
L'eau rose la reçoit, puis les filles latines,
Sur ses bras indolents versant de doux parfums,
Voilent d'un jour trop vif les rayons importuns,
Et sous les plis épais de la pourpre onctueuse
La lumière descend molle et voluptueuse :

> Quelques-unes, brisant des couronnes de fleurs,
> D'une hâtive main dispersent leurs couleurs,
> Et, les jetant en pluie aux eaux de la fontaine,
> De débris embaumés couvrent leur souveraine,
> Qui, de ses doigts distraits touchant la lyre d'or,
> Pense au jeune Consul, et, rêveuse, s'endort.

Vous connaissez également les comparaisons célèbres, — et je crois que je puis dire aujourd'hui classiques, — d'*Éloa*, celle du colibri :

> Ainsi, dans les forêts de la Louisiane,
> Bercé sous-les bambous et la longue liane;
> Ayant rompu l'œuf d'or par le soleil mûri
> Sort de son nid de fleurs l'éclatant colibri....

celle de la villageoise qui se mire au cristal du puits :

> Elle y demeure oisive et contemple longtemps
> Ce magique tableau des astres éclatants
> Qui semble orner son front, dans l'onde souterraine,
> D'un bandeau qu'envieraient les cheveux d'une reine....

ou celle encore de l'aigle :

> Sur la neige des monts, couronne des hameaux,
> L'Espagnol a blessé l'aigle des Asturies...
> . . . .
> Hérissé, l'oiseau part et fait pleuvoir le sang,
> Monte aussi vite au ciel que l'éclair en descend....

Mais en vous les lisant, il me vient un scrupule,
et, — je me suis servi déjà de l'expression, mais je
n'hésite pas à la reprendre encore, — si ce sont
là de beaux vers, sont-ils signés? je veux dire, n'ap-

partiennent-ils vraiment qu'à leur auteur? ne pourraient-ils pas être aussi bien de Lamartine, ou d'Hugo, ou de Musset[1]? et puis, et surtout, encore une fois, ils n'ont pas agi; ils n'ont pas servi à nos romantiques d'initiation à des beautés nouvelles; — et ici vous voyez comment les deux raisons n'en font qu'une. C'est que le Vigny de 1829, quel que fût d'ailleurs son mérite, n'avait pas pris encore possession de toute son originalité. Il ne se connaissait pas assez lui-même. Il n'avait qu'une conscience très assurée, sans doute, mais vague encore, de ce qui le distinguait essentiellement des autres romantiques. Et il sentait bien qu'il différait autant de Lamartine que d'Hugo, mais il ne voyait pas très clairement, et je ne crois pas qu'à cette époque, il eût su dire en quoi, ni par où, ni comment.

II

La révolution de 1830 fut, à cet égard, une révélation pour lui. C'est ce que nous apprend son *Journal*, et c'est ce que nous ont dit également ses contemporains. « Des éléments nouveaux, qu'on n'aurait guère prévus, s'introduisirent, dit Sainte-Beuve, dans sa vie

1. On remarquera d'autre part, si l'on veut rattacher Vigny à toutes ses origines, que, comme de *la Dryade*, on dirait du *Bain d'une dame romaine* un fragment d'André Chénier; et l'accumulation des couleurs dans la comparaison du colibri se sont visiblement d'une influence, encore toute prochaine, de Buffon, — ou de l'abbé Bexon.

et dans son talent. Dès 1829, il avait été touché et comme mis à l'épreuve par les écoles philosophiques nouvelles qui s'essayaient et qui cherchaient des alliés dans l'art. M. Buchez et ses amis avaient remarqué au sein de la jeune école romantique la haute personnalité de Vigny, et avaient tenté de l'acquérir : il résista, mais il fut amené dès lors à s'occuper de certaines questions sociales plus qu'il ne l'avait fait jusque-là.... La chute de la royauté légitime en 1830 exerça sur lui et sur sa pensée une grande influence : cette première monarchie, si elle avait été plus intelligente, était bien le cadre naturel qui lui aurait convenu, un cadre noble, digne, élégant, orné et un peu resserré, plus en hauteur qu'en largeur. En se brisant par sa faute, elle l'obligea à chercher d'autres points d'appui pour son art, d'autres points de vue. Elle lui laissa, somme toute, moins de regrets que de réflexions de toute sorte qu'il se mit à agiter en tous sens. »

Et vous savez, Messieurs, ce qui sortit de cette « agitation » : *Stello* ; le beau livre de *Servitude et Grandeur militaires* ; *Chatertton* en 1835 ; et, plus tard, tout ce qu'après sa mort on devait réunir sous le titre des *Destinées*. Maître de sa pensée, sinon tout à fait de sa forme, puisqu'il ne devait jamais l'être, c'est alors que Vigny comprit que le véritable emploi de son talent, que sa vocation de poète était de traduire, de manifester au moyen de symboles, ce que les plus grands problèmes dont nous puissions nous occuper ont de plus profond et de plus mystérieux. Ai-je besoin de

dire qu'il y a réussi? que, si jamais il y a eu dans
notre langue un poète philosophe, c'est bien lui? que
si jamais, pour rendre sensibles des idées abstraites,
on a trouvé d'admirables symboles, c'est dans *les
Destinées*? et qu'enfin, parmi les guides de la pensée
contemporaine, s'il s'est rencontré un pessimiste,
c'est Leopardi sans doute, et c'est Schopenhauer
aussi, mais c'est surtout Alfred de Vigny.

Il était né *pessimiste*, — car on naît pessimiste,
Messieurs, on ne le devient pas, — et si j'en fais ici
la remarque, c'est pour écarter d'abord toutes les
explications que l'on a malicieusement cherchées
au pessimisme de Vigny dans ses ennuis, dans ses
chagrins, dans les désillusions que la vie n'épargne
à aucun d'entre nous. Eh oui! je n'ignore pas qu'il a
longtemps souffert, toujours souffert, de manquer de
fortune, et à cet égard son *Journal* n'est que trop
instructif[1]. Je conviens que cette souffrance n'est pas

---

1. Il sera bon toutefois, à ce sujet, de bien préciser, et c'est
à quoi suffira ce passage du *Journal* de Vigny, sous la date
de 1839 :

« Oui, dit Stello, je hais la misère, non parce qu'elle est *la
privation*, — c'est Vigny qui souligne, — mais parce qu'elle
est la saleté. Si la misère était ce que David a peint dans les
Horaces, une froide maison de pierre, toute vide, ayant pour
meubles deux chaises de pierre, un lit de bois dur, une char-
rue dans un coin, une coupe de bois pour boire de l'eau pure,
et un morceau de pain sur un couteau grossier, je bénirais
cette misère, parce que je suis stoïcien. Mais, quand la misère
est un grenier avec une sorte de lit à rideaux sales, des enfants
dans des berceaux d'osier, une soupe sur un poêle et du
beurre sur les draps dans du papier, — la bière et le cime-
tière me semblent préférables. »

d'un philosophe, et on voudrait pour lui qu'il ne l'eût
pas éprouvée; on aimerait surtout qu'il eût fait moins
de cas de l'argent! Je sais encore que les satisfactions
de l'ambition ou de la vanité n'ont pas compensé pour
lui la médiocrité de ses moyens. Et puisque, enfin, si
ce n'est lui, d'autres en ont fait assez de bruit pour lui,
je n'ignore pas non plus que « l'inimitable Kitty Bell »
l'a trahi dans des circonstances dont sa vanité d'homme
n'a guère eu moins à souffrir que son amour même.
Mais combien y en a-t-il que l'amour, que l'ambition,
que la fortune ont trompés, sans qu'ils aient pour cela
cessé de trouver la vie bonne, d'y tenir âprement, d'en
poursuivre les joies, et, dans l'excès de leur malheur
même, de se trouver encore trop heureux de contem-
pler la lumière du soleil?

Au contraire, c'est d'être au monde que Vigny n'a
pas pu, lui, se consoler, et plus heureux selon le
monde, vous ne l'aurez pas compris, Messieurs, si vous
pouvez croire ou supposer un seul instant qu'il en
eût été moins pessimiste. Connaissait-il le beau mot
de Sénèque : *Stratagema naturæ est hominem nasci
rationis expertem : nemo enim vitam acciperet, si daretur
scientibus?* En tout cas, sa vie tout entière n'en a été
que la méditation. Mais je dis de plus que, pour connaître et détester la ruse de la nature, — *stratagema*,
— il n'a eu, comme tous les pessimistes, qu'à ouvrir
les yeux, et soyez assurés, — je prends sur moi de
vous en répondre, — que ni la fortune, ni l'amour,
ni la vanité satisfaite, ni quoi que ce soit au monde
ne les lui eussent fermés! On ne peut même pas pré-

tendre, Messieurs, quand on lit son *Journal* avec un peu d'attention, que la conscience du mal universel se soit aggravée chez lui du poids de ses maux particuliers; et l'unique changement, ou, si l'on veut, l'unique progrès qu'il y ait lieu de noter dans son pessimisme, c'est que cette conscience, d'abord plus confuse, est devenue plus claire, plus lucide, et plus douloureuse, à mesure que, vivant et pensant davantage, il a mieux compris, et jugé de plus haut la misère et le néant de la vie [1].

C'est ainsi que la nature, qui l'avait toujours peu séduit, dont il avait de bonne heure entrevu la perfidie sous les séductions, a d'abord cessé d'être pour lui la consolatrice, la « mère », et la nourrice qu'elle était autour de lui pour les Lamartine, les Hugo, les Musset. Rappelez-vous les beaux vers de *la Maison du berger* :

> Elle me dit : « Je suis l'impassible théâtre
> Que ne peut remuer le pied de ses acteurs.
>
> . . . .
>
> Je n'entends ni vos cris, ni vos soupirs; à peine
> Je sens passer sur moi la comédie humaine,
> Qui cherche en vain au ciel ses muets spectateurs.
>
> Je roule avec dédain, sans voir et sans entendre
> A côté des fourmis les populations,
> Je ne distingue pas leur terrier de leur cendre,
> J'ignore en les portant les noms des nations.

1. « Je sens sur ma tête le poids d'une condamnation que je subis toujours, ô Seigneur, mais ignorant la faute et le procès, je subis la prison. *J'y tresse de la paille* pour l'oublier quelquefois : là se réduisent tous les travaux humains. » *Journal d'un poète*, 1832.

On me dit une mère, et je suis une tombe.
Mon hiver prend vos morts comme son hécatomb',
Mon printemps ne sent pas vos adorations. »

C'est là ce que me dit sa voix triste et superbe,
Et dans mon cœur alors je la hais; et je vois
Notre sang dans son onde, et nos morts sous son ' erbe,
Nourrissant de leurs sucs la racine des bois;
Et je dis à mes yeux qui lui trouvaient des charmes :
Ailleurs tous vos regards, ailleurs toutes vos larmes,
Aimez ce que jamais on ne verra deux fois [1].

Quoi cependant? Si la nature n'est qu'une marâtre
pour nous, l'amour au moins, — l'amour tel que l'ont
conçu les Musset ou les Lamartine, — l'amour n'est-il
pas là pour nous consoler de son indifférence et de
sa cruauté? Non; l'amour n'est qu'un leurre ou qu'un
piège, tendu par une puissance ironique aux meilleurs
d'entre nous; une occasion de souffrances, dont les
courtes joies sont payées d'atroces tortures; et la
femme, — oh! sans le vouloir, sans le savoir, peut-
être, — la femme n'est pas plus indulgente à l'homme
que la nature même :

Car la femme est un être impur de corps et d'âme....
. . . .
L'homme a toujours besoin de caresse et d'amour,
Sa mère l'en abreuve alors qu'il vient au jour,

1. « J'aime l'humanité, j'ai pitié d'elle, la nature est pour
moi une décoration dont la durée est insolente, et sur laquelle
est jetée cette passagère et sublime marionnette appelée
l'homme.

« L'Angleterre a cela de bon qu'on y sent partout la main de
l'homme. Tant mieux. Partout ailleurs, la nature stupide nous
insulte assez. » *Journal*, 1835.

Et ce bras le premier l'engourdit, le balance,
Et lui donne un désir d'amour et d'indolence.
Troublé dans l'action, troublé dans le dessein,
Il rêvera partout à la chaleur du sein.

. . . .

Quand le combat que Dieu fit pour la créature
Et contre son semblable et contre la nature,
Force l'homme à chercher un sein où reposer,
Quand ses yeux sont en pleurs il lui faut un baiser;
Mais il n'a pas encor fini toute sa tâche,
Vient un autre combat, plus secret, traître et lâche,
Sous son bras, sur son cœur se livre celui-là;
Et, plus ou moins, la femme est toujours Dalila [1].

Mais encore, de ce désastre de nos illusions, et
comme du milieu même de cette révélation du néant
de la vie, quelque chose ne se dégage-t-il pas, une
espérance qui nous berce ou un rêve qui nous en-
dorme? Non; pas même cela! Si l'amour n'est qu'un
leurre, et la nature qu'une puissance ennemie, les
Cieux sont sourds, les Cieux sont muets, les Cieux
sont vides, puisqu'à Celui même qui se disait son
Fils, Dieu n'a rien répondu. Vous connaissez la belle
pièce du *Christ au mont des Oliviers* :

                                        [poudre.
« Mal et doute! En un mot je puis les mettre en
Vous les avez prévus, laissez-moi vous absoudre
De les avoir permis.... »
Ainsi le divin Fils parlait au divin Père....

1. « O mystérieuse ressemblance des mots! Oui, amour, tu
es une passion, mais passion d'un martyr, passion comme
celle du Christ: passion couronnée d'épines où nulle pointe
ne manque. » *Journal*, 1834.

Mais à ce cri d'angoisse, mais à cette voix qui l'implorait du fond de sa détresse infinie, l'autre n'a rien daigné répondre, ni donner par un signe la preuve qu'il existât seulement, et c'est pourquoi :

> S'il est vrai qu'au jardin sacré des Écritures,
> Le Fils de l'homme aît dit ce qu'on voit rapporté :
> Muet, aveugle et sourd au cri des créatures,
> Si le Ciel nous laissa comme un monde avorté ;
> Le Juste opposera le dédain à l'absence,
> Et ne répondra plus que par un froid silence
> Au silence éternel de la Divinité [1] !

Vers célèbres, Messieurs, et justement célèbres, dont aucun pessimiste n'a retrouvé peut-être l'accent frémissant, l'accent de révolte et de sincérité, audacieux défi, cri de douleur, éloquent blasphème, au-dessus desquels je ne connais rien que quelques lignes de Pascal! Et pourquoi sont-ils si beaux, ces vers, pourquoi nous remuent-ils si profondément, sinon, parce qu'avec l'émotion désespérée de l'un des plus nobles de nos semblables, nous y sentons vibrer la voix même et passer convulsivement le frisson de la vérité?

C'est ce que n'admettent pas les adversaires du pes-

---

1. « La terre est révoltée des injustices de la création; elle dissimule par frayeur de l'éternité; mais elle s'indigne en secret contre le Dieu qui a créé le mal et la mort. Quand un contempteur des dieux paraît, comme Ajax fils d'Oïlée, le monde l'adopte et l'aime; tel est Satan, tels sont Oreste et don Juan.

« Tous ceux qui luttèrent contre le ciel injuste ont eu l'admiration et l'amour secret des hommes. » *Journal*, 1834.

simisme, et, s'efforçant ici, — comme c'est leur droit,
— de combattre ou de réfuter la doctrine par ses conséquences [1], ils nous dénoncent en elle tous les dangers qu'au contraire je vois, moi, dans leur optimisme.
Je vous le montrerais, Messieurs, si c'en était le
temps et le lieu.

Oui; je vous ferais voir, je le crois, que, si nous
considérons, si nous posons la vie comme bonne en
soi, alors, tous tant que nous sommes, ayant tous,
apportant tous en naissant les mêmes droits sur les
biens de ce monde, c'est la guerre de tous contre
tous que nous proclamons en principe, et le triomphe
parmi les hommes de l'égoïsme et de la brutalité.
« Chacun pour soi, le ciel pour tous! » dit un commun
proverbe. Mais le ciel n'intervient jamais!... Au contraire, Messieurs, supposons que la vie soit mauvaise, tâchons d'en enfoncer en nous l'inébranlable
conviction. C'est alors que pour la vivre, ou pour la

1. C'est ce que beaucoup de philosophes font profession de
ne pas admettre; et, avec une confiance véritablement surpre-
nante dans le pouvoir de l'intelligence humaine, ils nient
qu'on ait le droit d'invoquer contre la prétendue « vérité »
d'une doctrine, le danger de ses conséquences. Nous demandons, nous, que l'on distingue. S'il s'agit du mouvement de
la terre autour du soleil, et que la science en démontre la
réalité, sans doute il n'y a pas lieu d'épiloguer sur les conséquences de la démonstration, lesquelles d'ailleurs, à l'égard
de la vie pratique, sont identiquement ce qu'elles seraient si
c'était le soleil qui tournât autour de la terre. Mais dès qu'il
est question de « morale » ou, plus généralement de « conduite », des problèmes nouveaux exigent des méthodes nouvelles; et toute doctrine, métaphysique ou purement morale,
qui tend directement ou indirectement au gouvernement de
la vie, se juge *d'abord* par ses conséquences.

supporter seulement, alors, comme le troupeau qui sent venir l'orage, il nous faut nous serrer les uns contre les autres, nous aider, nous secourir; et surtout c'est alors que, n'ayant d'appui qu'en nous seuls contre toutes les forces conjurées de la nature et de Dieu même, s'il existe, nous n'avons qu'à ouvrir les yeux pour mettre leur vrai prix aux appâts dont nous leurrent les prétendus biens de ce monde.

Je vous ferais voir encore que, si nous considérons, si nous posons la vie comme bonne en soi, alors, toutes les inégalités étant données par la nature ou instituées de Dieu, il ne saurait plus y avoir parmi les hommes de pitié pour la faiblesse, ni par conséquent, dans nos sociétés, de principe agissant d'amélioration. Dieu a bien fait ce qu'il a fait, ce n'est pas à nous de contrarier ses desseins! et d'ailleurs, quand nous l'essayerions, comment y réussirions-nous?... Mais, au contraire, supposons que la vie soit mauvaise, mauvaise en soi, radicalement mauvaise. C'est alors que nous ne saurions avoir en tout temps, en tout lieu, de préoccupation plus urgente, ni proposer de plus noble but à nos efforts que de l'améliorer, de la perfectionner sans cesse, que de diminuer la somme des maux qui la déshonorent, et que de compenser, par une équitable distribution de la justice, ce que l'inégalité naturelle a de moins douloureux peut-être encore pour la sensibilité que de monstrueux pour l'intelligence.

Et je vous ferais voir enfin que, si nous considérons, si nous posons la vie comme bonne en soi, alors, étant son objet ou sa fin à elle-même, comme elle l'est pour la brute, toutes les parties hautes en sont immédiatement retranchées, l'idéal rabaissé pour ainsi dire au ras de terre, et les fonctions réduites à la propagation de l'espèce et à la conservation de l'individu. Manger et boire, dormir et se reproduire, tel est pour l'optimiste le véritable objet de la vie.... Mais, au contraire, supposons que la vie soit mauvaise. Alors, Messieurs, non contents de chercher à l'améliorer par la science, nous essayons encore de la tromper, si je puis ainsi dire, et, de là, voyez-vous ce qui sort? C'est l'art, c'est la philosophie, ce sont les religions; c'est tout ce qui, dans le cours de sa longue histoire, a distingué l'homme de l'animal; c'est enfin dans le présent et dans l'avenir, comme dans le passé, tout ce qui communique à la vie une valeur et un prix qu'elle n'a pas d'elle-même [1].

Voilà, Messieurs, ce que je vous ferais voir si nous en avions le temps; — et pour preuve que je ne me tromperais pas, il me suffirait encore, sans invoquer d'autre témoignage, que c'est ce que Vigny a vu dans le pessimisme.

Convaincu que la vie est mauvaise, croyez-vous,

1. Comme il y a plusieurs manières de fonder, de comprendre, et de développer le pessimisme, dont aucune, à ce que j'imagine, n'est tenue de se soumettre aux autres, je rappellerai que j'ai plusieurs fois essayé de traiter la question et de dire comment j'entendais moi-même la doctrine. Voyez dans la *Revue Bleue* du 30 janvier 1886 : *les Causes du pessimisme*; dans mes *Questions de critique : la Philosophie de Schopenhauer;* et dans mes *Essais sur la littérature contemporaine : les Conséquences du pessimisme,*

en effet, qu'il ait désespéré d'elle, ou de l'homme? et
qu'il se soit enfermé dans cette espèce d'indifférence
ou de lâche inertie qu'on nous oppose toujours comme
une conséquence nécessaire de la doctrine? Non; car
ce découragement n'est pas d'un pessimiste. Mais à la
cruauté de la nature ou de Dieu, il a répondu d'abord
par le calme hautain de la résignation stoïque :

> A voir ce que l'on fut sur terre et ce qu'on laisse,
> Seul le silence est grand; tout le reste est faiblesse.
> — Ah! je t'ai bien compris, sauvage voyageur;
> Et ton dernier regard m'est allé jusqu'au cœur !
> Il disait : « Si tu peux, fais que ton âme arrive,
> A force de rester studieuse et pensive
> Jusqu'à ce haut degré de force et de fierté,
> Où, naissant dans les bois, j'ai tout d'abord monté.
> Gémir, pleurer, prier, est également lâche !
> *Fais énergiquement ta longue et lourde tâche,*
> *Dans la voie où le sort a voulu t'appeler,*
> Puis après, comme moi, souffre et meurs sans parler [1].

Mais il ne s'en est pas tenu là! Aucun pessimiste,
Messieurs, ne s'en est tenu là, depuis Çakya-Mouni
jusqu'à Schopenhauer, et, — parce que vous aurez
beau le chercher, vous n'en trouverez pas un qui ne
se soit imposé comme son premier devoir de développer en lui toutes les forces ou, pour ainsi parler,
de bander tous les ressorts de la volonté, — c'est pour
cela que Vigny, comme eux tous, du point de vue de

---

1. « Je pense qu'il y a des cas où la dissipation est coupa-
ble. Il est mal et lâche de chercher à se distraire d'une noble
douleur pour ne pas souffrir autant. Il faut y réfléchir et s'en-
ferrer courageusement dans cette épée. » *Journal*, 1835.

la résignation égoïste, s'est élevé promptement jusqu'à celui de la solidarité qui lie tous les hommes
entre eux, du fait ou du titre de leur misère même;
et, selon sa belle expression, — car c'est lui qui
s'en est servi le premier, — jusqu'au sentiment de la
« majesté des souffrances humaines ».

J'aime la majesté des souffrances humaines,

a-t-il dit ; et dans son *Journal* :

Vingt fois par heure je me dis : Ceux que j'aime sont-ils
contents? Je pense à celui-ci, à celle-ci que j'aime, *à telle
personne qui pleure*, et vingt fois par heure je fais le tour
de mon cœur.

Ou encore :

Il m'est arrivé de passer des jours et des nuits à me
tourmenter extrêmement de ce que devaient souffrir les
personnes qui ne m'étaient pas intimes, et que je n'aimais
pas particulièrement. Mais un instinct involontaire me
forçait à leur faire du bien sans le leur laisser connaître.
C'était l'enthousiasme de la pitié, la passion de la bonté
que je sentais en mon cœur [1].

1. « *Cinq-Mars, Stello, Servitude et Grandeur militaires*, sont
les chants d'une sorte de poème épique sur la désillusion;
mais ce ne sera que des choses sociales et fausses que je ferai
perdre et que je foulerai aux pieds les illusions; j'élèverai sur
ces débris, sur cette poussière, la sainte beauté de l'enthousiasme, de l'amour, de l'honneur, de la bonté, la miséricor-
dieuse et universelle indulgence qui remet toutes les fautes,
et d'autant plus étendue que l'intelligence est plus grande. »
Journal, 1833; et encore :

« J'aime la majesté des souffrances humaines.

Ce vers est le sens de tous mes poèmes philosophiques. » *Journal*, 1844.

Non, assurément, comme le fait observer l'un de ses plus récents biographes, M. Maurice Paléologue, non, ce n'est plus là, Messieurs, le pessimisme des « René, des Manfred et des Stenio romantiques », si, d'ailleurs, les Stenio, les Manfred, les René, — car j'en doute, — ont jamais mérité le nom de pessimistes ; ou plutôt, si je me suis bien expliqué, si vous m'avez compris, c'est précisément le contraire. Ayons pitié les uns des autres, voilà le cri qui s'échappe du cœur de Vigny ! Ne croyons pas que nos maux soient uniques, et ne nous en faisons pas comme une aristocratie de souffrance ; mais plutôt, sachons qu'ils participent de l'humaine nature ; et soulageons-les de la seule manière qui soit véritablement efficace, en en attaquant la racine chez les autres. Ayons confiance en nous pour cela ! Le passé de l'humanité nous est garant de son avenir. Si la nature nous écrase, nous savons qu'elle nous écrase, comme disait Pascal, et elle ne le sait pas. Mais elle ne nous écrasera pas toujours ! nous trouverons les moyens de lui résister ! et si Dieu nous abandonne, nous saurons nous passer de lui ! Triste et fière à la fois, stoïque et pourtant consolante, c'est la philosophie que Vigny a exprimée dans *la Bouteille à la mer*, l'une de ses dernières pièces :

Un soir enfin, les vents qui soufflent des Florides
L'entraînent vers la France et ses bords pluvieux.
Un pêcheur, accroupi sous des rochers arides,
Tire dans ses filets le flacon précieux.
Il court, cherche un savant, et lui montre sa prise,

Et, sans oser l'ouvrir, demande qu'on lui dise
Quel est cet élixir noir et mystérieux !

Quel est cet élixir, pêcheur? C'est la science,
C'est l'élixir divin que boivent les esprits,
Trésor de la pensée et de l'expérience;
Et si tes lourds filets, ô pêcheur, avaient pris
L'or qui toujours serpente aux veines du Mexique,
Les diamants de l'Inde et les perles d'Afrique,
Ton labeur de ce jour aurait eu moins de prix !

Souvenir éternel! Gloire à la découverte
Dans l'homme ou la nature, égaux en profondeur;
Dans le juste et le bien, source à peine entr'ouverte;
Dans l'art inépuisable, abîme de splendeur!
Qu'importe oubli, morsure, injustice insensée,
Glaces et tourbillons de notre traversée!
Sur la pierre des morts croît l'arbre de grandeur ¹ !

Ces vers sont datés de 1854, et quelques années
plus tard, en 1863, six mois à peine avant sa mort,
c'était presque dans les mêmes termes qu'il rédigeait
ce que l'on pourrait appeler son testament philosophique :

Ton règne est arrivé, pur Esprit, roi du monde.
Quand ton aile d'azur dans la nuit nous surprit,
Déesse de nos mœurs, la Guerre vagabonde
Régnait sur nos aïeux. Aujourd'hui c'est l'Écrit;
L'Écrit universel, parfois impérissable,
Que tu graves au marbre ou traînes sur le sable,
Colombe au bec d'airain, visible Saint-Esprit!

1. « Consolons-nous de tout par la pensée que nous jouissons
de notre pensée même, et que, cette jouissance, rien ne peut
nous la ravir. » *Journal*, 1834.
Cette pensée, je l'ai dit ailleurs, et montré, n'est pas la
seule du *Journal* d'Alfred de Vigny qu'on pourrait rapprocher
de celles de Pascal.

Et il ajoutait, vous vous le rappelez sans doute :

> Jeune postérité d'un vivant qui vous aime,
> Mes traits dans vos regards ne sont pas effacés;
> Je peux en ce miroir me connaître moi-même,
> Juge toujours nouveau de mes travaux passés!
> Flots d'amis renaissants! Puissent mes destinées
> Vous amener à moi, de dix en dix années,
> Attentifs à mon œuvre, et pour moi c'est assez!

C'est qu'il sentait, enfin, le grand public venir à lui. Tout autour de lui, — nous aurons prochainement l'occasion de le dire, — il voyait maintenant triompher ses idées. Ce que le romantisme avait perdu d'influence ou d'autorité, c'était lui, Vigny, qui l'avait gagné. Une génération nouvelle était née qui le comprenait, ou plutôt qui le préférait! Et de son vivant même, il connaissait cette satisfaction, la plus orgueilleuse que puisse éprouver l'artiste ou le poète, de se sentir entrer dans la postérité.

III

Grâce, en effet, à ce mouvement général des esprits dont j'essayais l'autre jour de vous donner une idée trop sommaire, grâce à la faveur croissante et comme à la sourde complicité de l'opinion, il avait, rien qu'en demeurant fidèle à ses débuts, et rien qu'en se développant silencieusement dans son sens, accompli trois grandes choses.

Cette religion de la souffrance humaine que La

mennais, que George Sand, qu'Auguste Comte avaient
sans doute pressentie, mais qui manquait encore,
chez ce dernier même, d'une base philosophique ou
morale assez solide, assez résistante, assez large; et
qui n'était chez les autres qu'une aspiration trop
vague, une suggestion de l'instinct plutôt qu'une
affirmation de la raison, et non pas tant une doctrine
liée qu'un mouvement généreux de la sensibilité,
Vigny, dans son pessimisme, en avait trouvé, lui,
la justification métaphysique et l'inébranlable fondement. C'est qu'il était ce que l'on appelle de nos
jours un *penseur*, et, à cet égard, Messieurs, après
ses *Poésies* si nous feuilletions son *Journal*, je vous
y signalerais, presque à chaque page, de ces idées
dont la portée lointaine ferait honneur aux méditations de plus d'un philosophe [1]. Disons le mot :
l'auteur des *Destinées* est de la famille de l'auteur
des *Pensées*; et c'est pourquoi je suis étonné que,
parmi les théoriciens du pessimisme, on ne lui ait
pas fait encore sa place à côté de Schopenhauer
et de Leopardi. Je me contente d'avoir nommé le
second, dont vous connaissez la douloureuse histoire.
Son pessimisme, ayant quelque chose de trop per-

1. Voici, par exemple, une observation physio-psychologique
singulièrement profonde : « Le tempérament ardent, c'est
l'imagination des corps. » En voici une de l'ordre politique :
« Il n'y a plus dans notre organisation toute démocratique et
républicaine, depuis 1793, qu'une forme qui convienne : c'est
une république avec une aristocratie d'intelligence et de
richesse élégante. » Voyez encore, dans l'ordre philosophique,
sous l'année 1843, le remarquable fragment intitulé : *Croyance
et Religion.*

sonnel, de trop visiblemént inspiré de ses propres souffrances, a bien plutôt le caractère d'une lamentatiou passionnée que d'une vraie philosophie. Il ne faut pas être contrefait ni valétudinaire, quand on veut se mêler d'être pessimiste! Mais, pour Schopenhauer, en qui les plaisanteries de nos beaux esprits et de nos petits journaux ne sauraient nous empêcher de saluer l'une des grandes intelligences de ce temps, si Vigny n'est pas plus sincère dans son pessimisme, il l'est d'une autre manière, où je trouve, pour ma part, moins de désir d'étonner; il l'est d'une manière moins humoristique, et partant plus grave, sinon plus sérieuse. Il ne serait dónc pas l'auteur de *la Colère de Samson* et de *la Maison du berger*, qu'il faudrait compter encore avec lui dans l'histoire des idées, et, Messieurs, de tous nos romantiques, s'il est le seul dont on en puisse dire autant, le moment n'est-il pas venu de nous y décider?

Son rôle n'a guère été moins considérable dans l'évolution de notre poésie, si, de 1840 à 1850 à peu près [1], il a non seulement interrompu le courant romantique, — ce qui serait déjà sans doute un signe de force, — mais encore s'il l'a obligé de prendre une

1. *Les Destinées* n'ont été réunies en volume qu'après la mort de l'auteur, en 1864, mais tous les poètes connaissaient depuis vingt ans alors la plupart des pièces qui les composent, publiées sous les dates suivantes dans la. *Revue des Deux Mondes* : *la Sauvage*, 15 janvier 1843; *la Mort du loup*, 1er février 1843; *la Flûte*, 15 mars 1843; *le Mont des Oliviers*, 1er juin 1843; *la Maison du berger*, 15 juillet 1844; et enfin, dix ans plus tard : *la Bouteille à la mer*, 1er février 1854.

direction nouvelle. Il a dégagé, il a libéré la poésie
de la domination du Moi. Il l'a rendue, Messieurs, à
ce désintéressement de soi-même, qui pourrait bien
être l'une des conditions essentielles de l'art, si la
passion, la vraie passion, mais la tragédie surtout et
le mélodrame étant relativement rares dans la vie,
ils ne sauraient donc faire la matière habituelle de
l'art, ni surtout en égaler, ou en remplir la notion.
Non seulement les romantiques n'avaient chanté
qu'eux-mêmes, et toujours eux, mais à vrai dire, et
nous l'avons assez vu, plutôt qu'ils n'avaient chanté
leurs infortunes, ils les avaient vociférées. Poings
fermés et crispés, bras tendus vers le ciel, campés
en statues du désespoir et de la frénésie sur le pié-
destal qu'ils s'étaient à eux-mêmes dressé, ce n'était
pas seulement avec l'éloquence, mais c'était avec la
déclamation qu'ils avaient trop souvent confondu la
poésie. Vigny les a rappelés à la dignité du calme;
— et en faisant rentrer la poésie dans le demi-jour
du sanctuaire, il lui a rendu quelque chose de cette
indécision du contour et de ce charme du mystère
qui font une partie de sa définition.

Nulle rhétorique, en effet, chez lui, npn pas même
où l'on en voudrait, et, j'ose le dire, où il en faudrait,
pour le mieux comprendre et pour le mieux sentir.
Car encore une fois la rhétorique, j'entends la bonne
rhétorique, celle qui consiste à ne rien épargner de
ce qu'il faut pour communiquer à ses lecteurs ou à
ses auditeurs ses idées et ses émotions, cette rhétorique a sa raison d'être, et nous aurions tort de la

dédaigner. « On ne remue pas les passions avec des raisonnements », et « les passions seules intéressent les hommes, toujours agités par des passions » ; c'est Vigny qui l'a dit lui-même ; et il eût bien fait de ne pas l'oublier. Mais, d'autre part, il y a gagné qu'au lieu d'être une « dilution », si je puis ainsi dire, sa poésie est une « quintessence », quelque chose de concentré, de subtil et de pénétrant, un de ces extraits puissants, longuement, lentement élaborés, dont une seule goutte suffit pour épurer et renouveler autour d'eux l'atmosphère. Je songe, Messieurs, en vous disant ceci, à ces vers d'*Éloa*, par exemple :

> Je suis celui qu'on aime et qu'on ne connaît pas.
> Sur l'homme j'ai fondé mon empire de flamme
> Dans les désirs du corps, dans les rêves de l'âme,
> Dans les liens du corps, attraits mystérieux,
> Dans les trésors du sang, dans les regards des yeux.
> . . . .
> Je suis le Roi secret des secrètes amours.
> . . . .
> J'ai pris au Créateur sa faible créature ;
> Nous avons, malgré lui, partagé la nature,
> Je le laisse, orgueilleux des bruits du jour vermeil,
> Cacher des astres d'or sous l'éclat d'un soleil ;
> *Moi, j'ai l'ombre muette, et je donne à la terre*
> *La volupté des soirs et les biens du mystère.*

Il est plein, vous le savez, de ces vers délicats et profonds, vers de philosophe et vers de poëte, voluptueux et mélancoliques, sentis et pensés, dont l'insensible vibration, doucement continuée, se propage

et se communique jusqu'à .ce lieu profond de l'âme
où dort la source des larmes vaines [1].

Mais toi, ne veux-tu pas, voyageuse indolente
Rêver sur mon épaule en y posant ton front?
Viens du paisible seuil de la maison roulante
Voir ceux qui sont passés, et ceux qui passeront :
Tous les tableaux humains qu'un esprit pur m'apporte
S'animeront pour toi, quand, devant notre porte,
Les grands pays muets longuement s'étendront.

Nous marcherons ainsi, ne laissant que notre ombre,
Sur cette terre ingrate où les morts ont passé;
Nous nous parlerons d'eux, à l'heure où tout est
Où tu te plais à suivre un chemin effacé,   [sombre,
A rêver, appuyée aux branches incertaines,
Pleurant, comme Diane au bord de ses fontaines,
Ton amour taciturne et toujours menacé.

Profondeur dans la discrétion, élégance dans la
mélancolie, passion dans le mystère, en vérité, je ne
sais, Messieurs, par quelles expressions caractériser
le charme de ces vers, mais je ne connais rien avant
eux, dans notre langue au moins, qu'on leur puisse
comparer; rien qui diffère davantage de l'éclat ou du
coloris habituel de la poésie romantique; ni rien non
plus, nous le verrons, qui ait séduit davantage, à

1. Je fais allusion par ces mots à une belle pièce de Ten-
nyson, qui porte précisément le titre de : *Tears, idle tears.* et
que M. Paul Bourget, dans un de ses premiers recueils, a
heureusement paraphrasée :

Quand tes yeux s'ouvriront sur un beau paysage
Si le ravissement te fait verser des pleurs,
Ne cache pas ces pleurs, mon enfant, sois plus sage,
Et ne te raille pas de ces vaines douleurs....

plus juste titre, les admirateurs, les disciples, et quelques-uns des imitateurs d'Alfred de Vigny.

Aussi ne serons-nous pas surpris que, dans notre poésie contemporaine, ce soit encore lui, Vigny, qui ait le premier rétabli les droits du symbole. « Mettre en scène une pensée épique ou philosophique ou dramatique », c'est le but qu'il s'était proposé de bonne heure ; et, s'il y a d'ailleurs échoué quelquefois, vous savez, — dans *la Maison du berger*, dans *la Mort du loup*, dans *le Mont des Oliviers*, dans *la Colère de Samson*, dans *la Bouteille à la mer*, — comment il y a réussi. Nous aurons prochainement à nous expliquer sur le symbolisme, et je renvoie à ce moment d'en parler avec plus de détail. Vigny n'est pas ici le seul précurseur, et nos symbolistes contemporains ont eu d'autres maîtres que lui. Mais ce qu'il convient de noter dès à présent, c'est l'originalité des poèmes de Vigny en tant que compositions achevées, qui ont leur commencement, leur milieu, leur fin ; qui ne sont point livrées au hasard de l'inspiration ; qui ont en elles-mêmes les raisons de leur développement [1].

Supposons en effet, Messieurs, — car je n'ai pas fait le compte, — supposons que *le Lac*, par exemple, ait une cinquantaine de vers, et que le *Souvenir* de

---

[1]. « La seule faculté que j'estime en moi, dit-il dans son *Journal*, est mon besoin éternel d'organisation. A peine une idée m'est venue, je lui donne, dans la même minute, sa forme et sa composition, *son organisation complète*. » C'est lui qui souligne.

Musset en ait cent. Pourquoi cinquante et pourquoi cent? pourquoi pas deux cents ou trois cents? Je vous défie bien de me le dire, comme aussi la raison que Musset ou Lamartine ont eue de s'arrêter. Et si le *Souvenir* avait vingt-cinq ou trente vers de moins, en serait-il moins tout ce qu'il est? Non, sans doute; puisque *le Lac* est plus court à peu près d'autant. Mais s'il en avait cinquante ou soixante de plus, ne serait-ce peut-être que du remplissage? Non encore, évidemment, puisque aussi bien *la Tristesse d'Olympio* les a. Convenons donc, ici et ailleurs, que la longueur du développement n'a d'autre mesure, en vérité, que le caprice de l'inspiration du poète, ou, si vous le voulez, la capacité de son souffle. Est-ce là peut-être un des caractères encore de la poésie personnelle et subjective? Je le croirais volontiers. N'ayant pour ainsi dire pas d'existence — puisqu'elle n'a pas de raison d'être — en dehors de la personnalité qu'elle exprime, cette personnalité ne reçoit donc de règles que d'elle-même, et quoi qu'elle puisse faire, elle en trouve toujours en soi la raison suffisante. Si *le Lac* n'est pas plus long, c'est qu'il n'a pas semblé qu'il dût l'être à l'amant d'Elvire; et puisque Musset a jugé qu'il ne pouvait pas se contenter à moins de tant de vers, c'est uniquement pour cela, Messieurs, que le *Souvenir* n'est pas plus court.

Il en est autrement d'Alfred de Vigny, et comme l'on juge des justes proportions d'un édifice, — d'un palais ou d'un temple, — par sa destination, pareillement, ce sont ses *Poèmes* eux-mêmes dont l'idée conⱰamne ou justifie l'importance du développement qu'il leur a donnée. *Le Mont des Oliviers*, par exemple, est trop court ; et c'est là, vers le milieu du poème, qu'un peu d'éloquence, ou de rhétorique même, n'eût pas sans doute été pour nuire à l'effet[1]. En revanche, *la Maison du berger*, manifestement, est trop longue, de toute l'invective assez inutile, et d'ailleurs mal venue, que le poète y a insérée contre « le taureau de fer » :

> Sur le taureau de fer qui fume, souffle et beugle
> L'homme a monté trop tôt. Nul ne connaît encor
> Quels orages en lui porte ce rude aveugle,
> Et le gai voyageur lui livre son trésor.
> Son vieux père et ses fils, il les jette en otage
> Dans le ventre brûlant du taureau de Carthage,
> Qui les rejette en cendre aux pieds du dieu de l'or.

Il y a encore trop de ces vers chez Vigny ! Mais, sans y insister, si la composition est sans doute l'un des mérites éminents du poète, comme de tout artiste, et qu'elle fasse défaut à la plupart de nos romanti-

---

1. Voyez *le Mont des Oliviers*, depuis le vers :

> Mal et doute ! en un mot, je puis les mettre en poudre,

jusqu'au vers :

> De quels lieux il arrive, et dans quels il ira.

Mais voyez surtout, dans le *Journal* du poète — depuis *la Fornarina* jusqu'à *la Herse* — combien de sujets, par un scrupule, qui d'ailleurs l'honore, il a dû s'abstenir de traiter, faute d'un peu de cette facilité, de cette fécondité verbale, et encore une fois de cette rhétorique de génie, qu'il faut bien qu'on admire et qu'on estime à son prix chez Lamartine, chez Hugo chez Musset.

ques, et qu'au contraire elle se « sente » chez Vigny, on ne saurait trop le louer d'en avoir réintégré la notion parmi nous, et d'avoir ainsi fait pour l'art, quelles que soient les défaillances de son exécution, autant qu'il avait fait pour la poésie même par les moyens que nous avons dits. Il a rendu le lyrisme romantique capable, si je puis ainsi dire, de porter la pensée; et il a retrouvé dans le symbole, non seulement un moyen de rendre la pensée plastique, mais encore et surtout d'en limiter l'expression à la mesure de son importance.

Toutefois, pour qu'on le vît bien, il fallait quelque chose de plus. Cette préoccupation d'art qu'il avait portée dans la conception des ensembles, il fallait, Messieurs, qu'elle se fît sentir jusque dans le détail. Ou du moins, je ne sais s'il le fallait, — car je ne voudrais pas introduire trop de logique dans toute cette chronologie, — mais enfin les choses se sont passées, elles allaient se passer comme s'il l'eût fallu Après avoir rendu la poésie capable de porter la pensée, d'autres que l'auteur des *Destinées* allaient travailler, plus ou moins consciemment d'ailleurs, à rendre la perfection de la forme capable de traduire à son tour toute la profondeur ou toute la délicatesse de la pensée. Ils sont plusieurs qui y ont travaillé, dans le même temps à peu près que Vigny, et au premier rang d'entre eux celui que l'on appelle volontiers aujourd'hui l'*impeccable* Théophile Gautier.

13 avril 1893.

DIXIÈME LEÇON

L'ŒUVRE DE THÉOPHILE GAUTIER

I. **Les débuts de Gautier.** — Le gilet rouge d'*Hernani*. — Prosaïsme des premières poésies de Gautier. — *Albertus* et *la Comédie de la Mort.* — Le don du pittoresque. — Du pessimisme de Gautier.

II. **La réapparition de la doctrine de l'Impersonnalité dans l'art.** — L'allégorie pittoresque. — *Le Voyage en Espagne.* — Fondements de la doctrine. — Du manque d'intérêt de la vie actuelle et de l'inutilité de l'imiter. — La réalisation de la beauté comme objet essentiel de l'art. — Importance de la question de forme. — De la sérénité comme élément d'art. — L'impassibilité dans l'art.

III. **Influence des idées de Gautier.** — Ce qu'il a fait pour l'enrichissement de la langue. — Digression sur les rapports du romantisme et du style Louis XIII. — L'art objectif. — En quoi l'œuvre de Gautier concorde avec celle de Vigny.

DIXIÈME LEÇON

L'ŒUVRE DE THÉOPHILE GAUTIER[1]

Messieurs,

Passer d'Alfred de Vigny à Théophile Gautier, du très aristocratique auteur de *Cinq-Mars* au libre et truculent romancier du *Capitaine Fracasse*, du poète et du penseur des *Destinées* à l'artiste, à l'orfèvre, au joaillier d'*Émaux et Camées*, il semble d'abord que ce soit franchir une distance assez grande, et si tant est, — comme je le crois, comme je vais essayer de vous le faire voir aujourd'hui, — qu'ils forment bien deux anneaux successifs d'une même chaîne, il semble que rarement mélange ou alliage aient différé davantage, et de prix, et de titre, et de composition. Est-ce peut-être pour cela que, parmi nos critiques et nos

1. A consulter sur Théophile Gautier : Sainte-Beuve, *Nouveaux Lundis*, t. VI ; — Émile Bergerat, *Théophile Gautier*, Paris, 1879, Charpentier ; — Ch. de Lovenjoul, *Histoire des œuvres de Théophile Gautier*, Paris, 1887, Charpentier ; — Émile Faguet, *Études littéraires sur le* xixe *siècle*, Paris, 1887, Lecène et Oudin ; — Maurice Spronck, *les Artistes littéraires*, Paris, 1889, Calmann Lévy ; — Maxime du Camp, *Théophile Gautier*, Paris, 1890, Hachette.

historiens de la littérature, un grand nombre de ceux qui ont beaucoup aimé, beaucoup loué Vigny, n'ont fait preuve en général que de peu de sympathie, ou de quelque dédain même, pour Théophile Gautier? Mais les poètes, en revanche, qui sans doute ont bien quelque droit d'être aussi consultés, les poètes ont su concilier ce qu'il y avait d'apparemment contraire, — je ne dis pas de contradictoire, — entre les qualités, les exemples, les leçons des deux maîtres; et, ce sont ici les poètes qu'il en faut croire. Bien loin de se contrarier ou de se gêner seulement, les influences de Vigny et de Gautier se sont ajoutées l'une à l'autre, et vingt-cinq ou trente ans durant, je n'en sache guère dont l'action ait ensemble été plus féconde; — et au total plus heureuse.

Le plus grave reproche que l'on fasse au « pauvre Théo », comme l'appelaient ses familiers, c'est d'avoir un peu manqué d'invention, ou d'idées même; et, si le reproche est dur, si quelques critiques y ont d'ailleurs trop appuyé, trop lourdement, — Edmond Scherer, par exemple, le moins modéré, le plus partial de tous les critiques, ou M. Émile Zola, — je conviens qu'il n'est pas cependant tout à fait immérité. Politique ou science, religion, philosophie, médecine ou jurisprudence, agriculture ou commerce, Gautier paraît avoir vraiment vécu dans une étonnante insouciance de tout ce qui faisait les préoccupations ordinaires de ses contemporains [1]. C'est un tort, nous

1. Voyez d'ailleurs à cet égard les aveux, — ou plutôt les provocations, — de Gautier lui-même, dans la *Préface* de *Made-*

l'avons dit, ou, pour parler plus franchement, c'est
un signe d'impuissance. Il importe à l'art même que
rien d'humain ne soit indifférent à l'artiste; et, plus
curieux, plus soucieux de beaucoup de choses qu'il
a trop négligées, je m'imagine que les vers de Gautier
n'en seraient pas moins tout ce qu'ils sont, mais peut-
être en seraient-ils quelquefois moins froids, et sans
doute on l'eût lui-même accusé moins souvent d'impassibilité. Ce qu'il faut seulement qu'on s'empresse
d'ajouter, — et ce que l'on n'a pas assez dit, — c'est
qu'ayant peu d'idées sur tout le reste, Gautier, du
moins, en a eu sur son art de très personnelles, de
très précises, et de très fécondes. Poète ou versifi-
cateur, il a ouvert des voies nouvelles. Grammairien
et rhéteur accompli, il a trouvé pour exprimer ses
idées des formules singulièrement heureuses, aussi
amusantes qu'heureuses, car il avait de l'esprit, beaucoup d'esprit, encore qu'il y mêlât toujours trop d'affectation romantique. Et, si je ne me trompe, ces
idées, Messieurs, sont d'une telle nature, l'influence
en a été si considérable, les traces, aujourd'hui même,

moiselle *de Maupin*, et déjà dans celle même de ses *Premières
poésies*. « L'auteur du présent livre... n'a vu du monde que ce
que l'on en voit par la fenêtre, et il n'a pas eu envie d'en voir
davantage. Il n'a aucune couleur politique.... Il fait des vers
pour avoir un prétexte de ne rien faire, et ne fait rien, sous
prétexte qu'il fait des vers. » Et il se plaignait là-dessus « que
le vent ne soufflât pas à la poésie », ce qui ne laissera pas de
paraître étrange à ceux qui se rappelleront que *les Orientales,
les Poésies* de Vigny, *les Poésies de Joseph Delorme, les Contes
d'Espagne et d'Italie, les Iambes, les Harmonies, les Feuilles
d'automne, les Consolations* ont paru coup sur coup, de 1829
à 1831.

en sont si faciles à reconnaître, que l'œuvre du poète,
ou du prosateur même, pourrait sombrer tout entière
dans l'oubli sans que l'autorité du nom de Théophile
Gautier, ni surtout l'importance de son rôle en fussent diminuées dans l'histoire.

I

Trois mots, entre autres, qu'on nous a conservés,
— ou qu'on lui prête, — résument assez bien sa conception de l'art. Il disait : « Je suis très fort : j'amène
cinq cents au dynamomètre, *et je fais des métaphores
qui se suivent.* » Il disait encore : « Ce qui fait ma
supériorité, c'est que je suis un homme *pour qui le
monde extérieur existe.* » Et, dans ses dernières
années, lassé de bien des choses, il répétait volontiers une parole de son ami Popelin : « Rien ne sert
à rien, et d'abord il n'y a rien ; cependant tout arrive
mais cela est bien indifférent. » Dans sa forme humoristique, et sous son air de charge d'atelier, ne vous
semble-t-il pas, Messieurs, que cette boutade nous
révèle chez cet « impassible » un fonds de tristesse ou
de découragement, pour ne pas dire de nihilisme [1],
que peut-être on n'y a pas suffisamment remarqué ?
Nous en retrouverons du moins plus d'une fois l'équi-

---

1. C'est ce que M. Maurice Spronck a bien mis en lumière
dans ses *Artistes littéraires.* Comparez une page curieuse de
Mademoiselle de Maupin, 153, 157. (Édition de 1879.)

valent dans ses vers; et nous aurons quelque droit
d'en conclure que, pour lui, comme pour Vigny,
comme pour Schopenhauer, l'art a peut-être, a surtout été le moyen, l'instrument de sa délivrance, une
manière de se consoler ou de se distraire de l'ennui
de vivre. Mais pour les deux autres formules, on doit
dire, — et nous l'allons voir, — que si peut-être elles
ne contiennent pas « toute » la théorie de l'art pour
l'art, en vérité, Messieurs, il ne s'en faut de guère.
L'auteur des *Orientales* en avait jadis été le prophète
involontaire, et l'auteur d'*Émaux et Camées* en allait
être l'apôtre, jusqu'à ce qu'un troisième en devînt
le pontife.

Vous savez comment il débuta dans le monde, par
étaler, si je puis ainsi dire, au parterre du Théâtre-
Français, dans la mémorable soirée du 23 février 1830,
ce « gilet rouge » et ce « pantalon vert d'eau très
pâle » qui lui valurent tout de suite une réputation
légendaire. Dirai-je que nous en avons vu bien d'autres depuis lors? Mais l'ébahissement du public fut
extrême; et, trente ou quarante ans plus tard,
Gautier s'en souvenait encore avec orgueil : « Oui,
s'écriait-il, oui, nos poésies, nos livres, nos articles,
nos voyages seront oubliés, mais l'on se souviendra
de notre gilet rouge! Cette étincelle se verra encore
lorsque tout ce qui nous concerne sera depuis longtemps éteint dans la nuit, et nous fera distinguer des
contemporains dont les œuvres ne valaient pas mieux
que les nôtres, mais qui portaient des gilets de couleur sombre. Il ne nous déplaît pas, d'ailleurs, de

laisser de nous cette idée : elle est farouche et hautaine, et, à travers un certain mauvais goût de rapin, elle montre un assez aimable mépris de l'opinion et du ridicule.. » Et ce fut là-dessus que, pour soutenir l'idée flamboyante que son gilet avait donnée de lui, trois ou quatre mois plus tard, à peine âgé de dix-neuf ans, il publia son premier recueil de *Poésies* Ce sont des *Élégies*, des *Paysages*, des *Intérieurs*, des *Fantaisies* [1] ; ce sont aussi, — lorsque l'on joint, comme on le peut sans inconvénient, son second et même son troisième recueil au premier, — des « Épîtres » dont le vers est parfois étrangement voisin de la prose :

> Se croire le pivot de la création
> Est une erreur commune à toute ambition ;
> L'on est persuadé qu'on est indispensable,
> Et l'on ne pèse pas le poids d'un grain de sable
> Aux balances d'airain des grands événements ;
> L'on tombe chaque jour en des étonnements,
> A voir quel peu d'écume au torrent de l'abîme
> Fait un homme jeté de la plus haute cime,
> Et comme en peu de temps, pour grand qu'il ait passé,
> Par le premier qui vient on le voit remplacé.

Dignes, s'il y en eut jamais, de ce que l'on devait un jour appeler « l'école du bon sens », de Ponsard ou d'Émile Augier, qui croirait, Messieurs, que ces vers fussent de Gautier? Mais il y en avait d'autres,

---

1. Le premier recueil de Gautier a paru en 1830, son *Albertus* en 1832, *la Comédie de la Mort* en 1838, *España* en 1845, *Émaux et Camées* enfin en 1853. .

heureusement, dans ces premiers recueils; et si nous
voulons prendre une plus juste idée de lui, ce n'est
pas dans cette longue pièce : *A un jeune tribun* [1], ni
dans la pièce à Eugène :

> Ne t'en va pas, Eugène, il n'est pas tard....

c'est dans son *Albertus*, et c'est dans sa *Comédie de la
Mort* qu'il nous la faut chercher.

Je sors de lire ou de relire ces deux poèmes, et ce
que j'y ai trouvé, Messieurs, de plus frappant ou de
plus original pour l'époque, c'en est le caractère
d'impersonnalité. Vous connaissez le sujet d'*Albertus*.
Ironique et fantastique, « semi-diabolique, et semi-
fashionable », c'est un poème d'amour, dans le goût
de *Mardoche* et de *Namouna*, plus prosaïque que le
second, plus « hoffmannesque » que le premier, d'ailleurs non moins spirituel, et précisément du même
genre d'esprit, parisien, mondain, déjà « boulevar-
dier ». Pour *la Comédie de la Mort*, le titre suffit sans
doute à vous en rappeler le sujet ou le thème. Ce sont
des variations macabres, si je puis ainsi dire, ins-
pirées en partie de Villon, en partie de Byron ou de
Goethe, un exercice d'assez belle rhétorique, une
fugue en trois points sur le néant de l'amour, de la
gloire et de la science. Mais, — chose assez singulière ! — ni de la Mort, et bien que d'y penser le poète
en claque des dents; ni de l'Amour, je dis de l'amour

---

1. La pièce, quoique prosaïque, est d'ailleurs curieuse et ins-
tructive pour l'histoire même des idées du poète.

mème des sens, quoiqu'il y soit assez vivement décrit,
je ne discerne là de sensation ou de conception vraiment personnelle; qui n'appartienne qu'à Gautier ;
qui s'oppose en quelque manière à la conception que
d'autres poètes autour de lui s'en forment; qui diffère
enfin de celle que s'en fait un peu tout le monde. En
ce sens, on peut dire qu'il n'a pas d'*idées* sur la Mort
ou sur l'Amour; ou, si vous l'aimez mieux, ni l'Amour
ni la Mort, — pas plus d'ailleurs que la Nature, — on
ne croirait qu'il les ait *sentis* d'une façon qui lui soit
particulière ou unique; et, à cet égard, à peine est-il
poète, et point du tout lyrique, quoique déjà versifi-
cateur extrêmement habile, et peut-être encore plus
habile écrivain.

En revanche, dans l'un et dans l'autre poème, on
ne saurait trop admirer ni trop louer le don du pittoresque, le don de voir et celui de rendre la forme
ou la couleur des objets. Rappelez-vous le début
d'*Albertus* :

> Sur le bord d'un canal profond dont les eaux vertes
> Dorment, de nénuphars et de bateaux couvertes,
> Avec ses toits aigus, ses immenses greniers,
> Ses tours au front d'ardoise où nichent les cigognes,
> Ses cabarets bruyants qui regorgent d'ivrognes,
> Est un vieux bourg flamand tel que les peint Teniers.
> — Vous reconnaissez-vous? — Tenez, voilà le saule,
> De ses cheveux blafards inondant son épaule
> Comme une fille au bain; l'église et son clocher;
> L'étang où des canards se pavane l'escadre;
> Il ne manque vraiment au tableau que le cadre
> Avec le clou pour l'accrocher....

Pénétrons encore avec lui dans son « Campo-Santo » :

> En haut les minarets et les rosaces frêles
> Où les petits oiseaux s'enchevêtrent les ailes,
> Les anges accoudés portant les écussons;
>
> L'acanthe et le lotus ouvrant sa fleur de pierre
> Comme un lis séraphique au jardin de lumière :
> En bas l'arc surbaissé des lourds piliers saxons.
>
> Les chevaliers couchés de leur long, les mains jointes,
> Le regard sur la voûte et les deux pieds en pointes;
> L'eau qui suinte et tombe avec de sourds frissons....

Peinture ou sculpture, vous le voyez, son vers en reproduit également les effets. Il rivalise de couleur avec l'une, de relief avec l'autre, d'intensité plastique avec toutes les deux [1]. Et j'ajoute que souvent encore il n'a pas moins heureusement rendu l'impression de la nature même :

> C'est un marais dont l'eau dormante
> Croupit, couverte d'une mante
> Par les nénufars et les joncs :
> . . . .
> La bécassine noire et grise
> Y vole quand souffle la brise
> De novembre aux matins glacés;
> Souvent, du haut des sombres nues,
> Pluviers, vanneaux, courlis et grues
> Y tombent, d'un long vol lassés.
>
> Sous les lentilles d'eau qui rampent,
> Les canards sauvages y trempent

1. On se rappelle qu'il avait commencé par vouloir être peintre.

> Leurs cous de saphir glacés d'or;
> La sarcelle à l'aube s'y baigne,
> Et, quànd le crépuscule règne,
> S'y pose entre deux joncs, et dort.

Remarquez bien, Messieurs, que je ne dis pas qu'il n'y ait que cela dans les *Premières Poésies* de Gautier. Non! et je ne serais pas embarrassé de vous y montrer autre chose. Par exemple, y a-t-il plus d'esprit dans *Mardoche* que dans *Albertus*? Je viens de vous dire que j'en doutais, pour ma part. Et, dans Vigny même, trouverions-nous beaucoup de vers dont l'accent, — d'ailleurs plus noble, — ait quelque chose de plus sincère, et de plus pessimiste en sa sincérité, que ces vers de la pièce intitulée *Thébaïde*?

> Si dans un coin du cœur il éclôt un désir,
> Lui couper sans pitié ses ailes de colombe;
> Être comme est un mort étendu sous la tombe;
> Dans l'immobilité savourer lentement,
> Comme un philtre endormeur, l'anéantissement :
> Voilà quel est mon vœu....
> C'est pourquoi je m'assieds au revers du fossé,
> Désabusé de tout, plus voûté, plus cassé
> Que ces vieux mendiants que, jusques à la porte,
> Le chien de la maison en grommelant escorte.
> C'est pourquoi, fatigué d'errer et de gémir,
> Comme un petit enfant, je demande à dormir;
> Je veux dans le néant renouveler mon être;
> M'isoler de moi-même et ne plus me connaître;
> Et comme en un linceul, sans y laisser un pli,
> Rester enveloppé dans mon manteau d'oubli... [1].

1. Un autre mérite à louer encore, que je me reprocherais de ne pas signaler, c'est la grâce apprêtée, mais réelle pour-

Mais pour demeurer fidèles à l'esprit de notre méthode, si de pareils vers, qui ne sont point rares dans les *Premières Poésies* de Gautier, n'y sont cependant pas ceux non plus qu'on remarque d'abord; si même c'est presque de nos jours seulement qu'on les y a retrouvés ou découverts; et si ce que les contemporains, ce que les imitateurs du maître ont surtout admiré dans *Albertus* ou ailleurs, c'est la précision du détail pittoresque, la netteté, la fidélité, l'originalité du *rendu*, ce sont aussi les qualités qu'il fallait d'abord mettre en lumière, — pour en voir aussitôt sortir plus d'une importante conséquence.

II

Car, d'où vient cette liberté, — pour ne pas dire, Messieurs, cette espèce d'impudeur, — avec laquelle nos grands lyriques, nous l'avons assez vu, nous content l'histoire de leurs amours et au besoin de leurs plaisirs mêmes? C'est qu'ils se croient assurés de l'originalité de leurs impressions. Par expérience ou par comparaison, depuis l'auteur des *Confessions* jusqu'à celui des *Nuits*, ils se sont rendu compte que les mêmes objets, — disons, si vous le voulez, les mêmes excitations, — n'agissaient pas toujours sur eux comme sur les autres hommes. De l'originalité de leurs émotions, ils ont donc conclu, sans avoir besoin pour

tant et pénétrante parfois, des *madrigaux* qui abondent dans les premiers recueils du poète.

cela d'aucun raisonnement, que l'expression n'en saurait manquer d'intéresser tout le monde. Et, d'ailleurs, ils ont pu quelquefois s'y méprendre, comme l'auteur de *Joseph Delorme*, quand ils ont confondu la singularité naturelle avec l'anomalie pathologique. Mais, en ce cas-là même, ils ont encore enrichi d'un « document » de plus notre connaissance de l'homme; et d'une manière générale, en nous formant sur leur modèle, ils nous ont révélé l'existence en nous de sens que nous n'y savions pas, ils nous ont procuré des moyens que nous ignorions de jouir de nous-mêmes, de la nature, et de la vie.

Au contraire, comme Gautier, quand on s'aperçoit promptement que la nature et la vie sont pour nous ce qu'elles sont pour tous les autres hommes, alors ce ne sont plus, Messieurs, nos sentiments eux-mêmes qui nous intéressent, — ils n'ont plus rien d'assez curieux, n'ayant plus rien d'assez personnel, — mais la traduction ou la transposition que nous en pouvons trouver. En d'autres termes, ce qui importe alors, c'est sans doute ce que l'on éprouve, mais c'est aussi, c'est plutôt, c'est surtout les mots, les métaphores, les images, les comparaisons, les symboles qu'on découvre pour exprimer ce que l'on ressent. Une sorte de pudeur arrête ou fait hésiter le poète à se mettre en scène, de sa personne; et ne trouvant rien en lui de très original ou d'inéprouvé, pour ainsi parler, il ne se déguise pas, il ne ment pas à la vérité de ses impressions, mais il met le prix de son art où justement les autres n'en voyaient que le moindre mérite,

L'accessoire devient le principal. Et la comparaison ne sert plus d'enveloppe ou de vêtement à l'idée, mais au contraire c'est l'idée qui ne sert que d'occasion ou de prétexte au développement de l'image.

Vous en trouverez d'assez nombreux exemples chez Gautier. Il veut quelque part exprimer cette idée, — très simple en effet ou même un peu banale, — qu'il s'est pris au piège de son amour, et qu'insensiblement, d'un caprice d'une heure, le temps a fait une passion durable :

Parfois un enfant trouve une petite graine,
Et tout d'abord, charmé de ses vives couleurs,
Pour la planter il prend un pot de porcelaine
Orné de dragons bleus et de bizarres fleurs.

Il s'en va. La racine en couleuvres s'allonge,
Sort de terre, fleurit et devient arbrisseau,
Chaque jour, plus avant, son pied chevelu plonge
Tant qu'il fasse éclater le ventre du vaisseau.

L'enfant revient; surpris, il voit la plante grasse
Sur les débris du pot brandir ses verts poignards;
Il la veut arracher; mais la tige est tenace;
Il s'obstine, et ses doigts s'ensanglantent aux dards.

Ainsi germa l'amour dans mon âme surprise;
Je croyais ne semer qu'une fleur de printemps :
C'est un grand aloès dont la racine brise
Le pot de porcelaine aux dessins éclatants [1].

1. Voir encore dans le même genre : *Choc de cavaliers, le Sphinx, l'Hippopotame :*

Je suis comme l'hippopotame :
De ma conviction couvert,
Forte armure que rien n'entame,
Je vais sans peur par le désert.

Le procédé est assez apparent. S'il vous semble peut-être assez voisin de celui de Vigny, prenons-en note au passage; mais sans insister, parce qu'il ne tient pas tant du symbole, à vrai dire, que de l'allégorie ou de la comparaison. Il n'y a pas incorporation, si vous y regardez bien, mais plutôt juxtaposition de l'image et de l'idée. Allons plus loin : il y a tendance de l'image à se détacher de l'idée, pour vivre elle-même d'une vie propre et indépendante. Ce n'est plus au dedans de lui que le poète regarde pour y démêler la nature de ses sentiments. Il n'est plus son unique ou son principal modèle. Il attribue déjà moins de valeur, je ne veux pas dire au fond qu'à la forme, ce ne serait pas tout à fait exact, mais enfin ses propres émotions offrent moins d'intérêt à ses yeux que leur équivalent plastique. Il sort de soi! Le monde extérieur, dont les autres s'étaient inspiré, sans doute, mais en se le subordonnant, ou même en l'absorbant, reprend une valeur nouvelle, intrinsèque et principale, elle-même d'ailleurs augmentée de tout ce que les Lamartine, les Hugo, les Musset y ont ajouté de leur personne. Et, au lieu d'exiger de la nature qu'elle soumette son indépendance ou la vérité même de son expression aux caprices du poète, c'est le poète à qui l'on va maintenant faire comme une loi de soumettre à la nature la liberté de son inspiration.

Le voyage d'Espagne, en 1840, acheva de décider dans ce sens la « technique » ou la « pratique » de Gautier. Peintre lui-même, ou presque peintre, l'impression qu'il rapporta du pays de Zurbaran et de

Valdès Léal s'ajouta aux habitudes qu'il avait con-
tractées depuis quelques années déjà comme critique
d'art, pour lui suggérer une doctrine conforme à ses
qualités naturelles. Et c'est alors que, de ses exemples
et de ses leçons, toute une esthétique se dégagea
dont nous n'avons, pour former le corps, qu'à rassembler les membres épars un peu partout dans son
œuvre, mais surtout dans la *Notice* qu'il écrivit pour
mettre en tête de l'édition définitive des *Fleurs du
mal* de Charles Baudelaire ; — dans le *Rapport sur les
progrès de la poésie* [1] qu'il écrivit en 1867 ; — et enfin,
dans les *Entretiens* que nous a conservés l'un de ses
gendres, M. Émile Bergerat.

Le point de départ de la doctrine, c'est que la
vie, — j'entends la vie commune, celle que nous
vivons, vous et moi, la vie dont le drame ou dont le
vaudeville se déroulent identiques à eux-mêmes en
tous lieux, — n'a plus depuis longtemps d'intérêt
actuel. « L'homme est partout l'homme, et sous toutes
les latitudes il mange avec la bouche et prend avec
les doigts ; dans tous les pays le fort tue le faible avec
le fer ; et l'art d'aimer ne varie pas d'un pôle à

---

1. Il a été reproduit, dans le volume intitulé : *Histoire du
romantisme* ; et, certainement, à cette époque, Sainte-Beuve
lui-même, quoi qu'on en puisse dire, n'eût pas mieux su
caractériser que Gautier les soixante ou quatre-vingts poètes
cités dans ce *Rapport* ; il n'eût pas trouvé des métaphores plus
appropriées, ou, comme on disait jadis, plus « analogues » à
la nature de leur talent, ni dont l'ingéniosité, la splendeur
ou la singularité même recouvrît des idées et des théories
d'art plus personnelles et plus précises.
Joignez aussi quelques passages du *Journal des Goncourt.*

l'autre. » Est-ce bien vrai? cette philosophie n'est-elle
pas un peu superficielle? et d'un homme à. un autre
homme n'y a-t-il pas plus de-différence? Je n'en sais
rien; je ne le recherche point; j'observe seulement
que si l'on se place à ce point de vue, l'art ne saurait
dès lors se proposer pour but l'imitation, ni même
l'interprétation de la vie, et, au contraire, il faut dire
que son véritable objet devient justement de s'en distinguer. On ne l'a pas inventé pour nous faire plus
cruellement sentir, en en multipliant l'image, l'humi-
liation de notre misère, mais pour nous en libérer, en
nous ouvrant le domaine illimité du rêve; et, revanche
ou victoire de l'imagination sur la vulgarité, son rôle
est de nous enlever à la fréquentation des laideurs qui
nous environnent. C'est pourquoi, s'il faut qu'il se
serve des moyens de la nature, qui sont les seuls dont
il dispose, il maintiendra son droit d'en user à sa
convenance, et il commencera par s'en rendre maître,
mais ce sera pour les employer à la réalisation de la
beauté. Là, en effet, est sa raison d'être, la vraie, celle
qui le fonde; là aussi la raison du respect qu'il inspire
aux hommes; et là enfin, Messieurs, la raison du
culte que nous lui rendons.

> Tout passe. — L'art robuste
> Seul a l'éternité.
>
> . . . .
>
> Les dieux eux-mêmes meurent,
> Mais les vers souverains
> Demeurent
> Plus forts que les airains.

Quant aux moyens d'atteindre à cette réalisation
du beau, ai-je besoin de vous dire qu'il n'y en a pas
de recettes? Mais quelques leçons se dégagent pourtant de ce premier principe, dont l'une des plus
claires et des meilleures est celle-ci, qu'on donnera le
moins possible à l'improvisation, et au contraire tout
à l'étude, à la réflexion, à la méditation, au calcul.
Heureux Musset, s'il l'eût su, ou qu'il l'eût cru! Ses
métaphores « se suivraient » mieux peut-être, et ses
rimes seraient moins « libertines »! Et l'auteur même
des *Orientales* se fût-il mal trouvé, lorsqu'il s'avisa
de les vouloir décrire, d'avoir vu Smyrne et Constantinople [1]? Non, sans doute; et désormais, ins-
truits par son erreur, nous serrerons de plus près les
contours de la réalité, quand ce ne serait que pour
lui dérober les moyens de la surpasser. Qu'est-ce à
dire, sinon que la question de forme reprendra dans
l'art en général, mais en poésie particulièrement,
toute son importance; et que nous ne déléguerons
plus, comme Lamartine, à un secrétaire, le soin de

---

1. C'était le seul reproche que Gautier se permit d'adresser
à Victor Hugo, mais il lui tenait à cœur, et on en trouvera la
preuve dans le *Voyage en Espagne*. « De Carthagène nous
allâmes jusqu'à la ville d'Alicante, de laquelle, d'après un vers
des *Orientales* de Victor Hugo, je m'étais composé un dessin
infiniment trop dentelé.

   Alicante aux clochers mêle les minarets.

Or, Alicante, du moins aujourd'hui, aurait beaucoup de peine
à opérer ce mélange que je reconnais pour infiniment désirable
et pittoresque, attendu qu'elle n'a d'abord pas de minaret, et
qu'ensuite le seul clocher qu'elle possède n'est qu'une tour fort
basse et peu apparente. »

compléter les vers inachevés de *la Chute d'un ange*?
Car le style tout seul peut-il suffire à consacrer la durée
des œuvres? C'est encore une question. Mais ce qui
n'en fait pas une, c'est que la poésie même ne reçoive
tout son prix que de la perfection de la forme; et
comment n'y attacherait-on pas une valeur encore
plus singulière dans une langue où, comme dans la
nôtre, la poésie n'a pas de vocabulaire qui lui soit
propre? Pourquoi, d'ailleurs, à cette occasion même,
n'essayerait-on pas de lui en constituer un? C'est-à-
dire, pourquoi ne ferait-on pas profiter les arts les
uns des autres, et n'enrichirait-on pas la poésie des
moyens de la peinture ou de la musique? C'est encore
ce que Gautier a essayé, comme aussi c'est l'une des
directions où ses imitateurs devaient le suivre en
foule. Mais je n'insiste pas, et joignant ou confondant
tous ces moyens ensemble, je voudrais plutôt vous
indiquer à quelle révolution d'art ils ne pouvaient
manquer d'aboutir.

Ce qu'ils enseignent tous en effet à l'artiste, c'est à
s'abstraire lui-même de son œuvre ou, si vous l'aimez
mieux, à n'y mêler, à n'y laisser passer ou paraître
que le moins possible de sa personne. On abaisse la
poésie, on la ravale à des emplois indignes d'elle quand
on la fait uniquement servir à « diviniser » les passions
et le Moi du poète. La passion y introduit un élément
de trouble ou de discordance, qui en altère nécessairement l'idéale sérénité. Mais, du haut de sa contemplation, « le poète doit voir les choses humaines,
comme les verrait un dieu du haut de son Olympe, les

réfléchir sans intérêt dans ses vagues prunelles, et
leur donner, avec un détachement parfait, la vie
supérieure de la forme ». Et, à la vérité, je le sais, ce
n'est pas en son nom, ce n'est pas pour son compte,
comme l'on dit, que Gautier a ainsi formulé les conclusions de sa poétique. Cette supériorité de détachement dont il parle, il n'en eût pas lui-même été
capable, ou, si vous le voulez, il ne l'est devenu que
fort tard. Mais là tendaient bien ses conseils, et ses
exemples avec ses conseils. Les uns et les autres,
d'ailleurs, s'accordaient, — j'ai tâché de vous le faire
voir, — avec un mouvement général des esprits. Et,
Messieurs, puisque nous parlons aujourd'hui de littérature « plastique », voulez-vous une preuve encore
de la réalité de ce mouvement? Vous la trouverez
dans l'évolution qui faisait passer la peinture de paysage, en ces mêmes années, du mode « historique »
au mode « romantique », d'abord, et du mode « romantique » au mode « réaliste » ou « naturaliste ».

Vous en trouverez une autre dans le recueil auquel
Gautier donnait précisément alors le titre d'*España*.
Ce n'est, vous le savez, qu'une série d'impressions,
des paysages, un album, pour mieux dire encore, où
reparaissent toutes les qualités des *Premières Poésies*,
mais où le peintre n'est plus qu'un témoin de ce qu'il
décrit : croquis rapides, où vibre la lumière crue du
ciel d'Espagne,

> Le soleil de midi, sur le sommet aride,
> Répandant à grands flots sa lumière livide;

impressions d'art intenses, plus vraies que la vérité
même; visions et tableaux dont on n'imagine pas
que l'auteur même, Zurbaran ou Valdès Leal, ait pu
mettre dans l'original plus de vigueur, ou de couleur, ou de relief que Gautier dans la copie qu'il en
donne :

> Moines de Zurbaran, blancs chartreux qui, dans l'om-
> Glissez silencieux sur les dalles des morts,   [bre,
> Murmurant des *Pater* et des *Ave* sans nombre,
> Quel crime expiez-vous par de si grands remords?
>
> . . . .
>
> Tes moines, Lesueur, près de ceux-là sont fades.
> Zurbaran de Séville a mieux rendu que toi
> Leurs yeux plombés d'extase et leurs têtes malades.
>
> . . . .
>
> Comme son dur pinceau les laboure et les creuse!
> Aux pleurs du repentir comme il ouvre des lits
> Dans les rides sans fond de leur face terreuse!
>
> Comme du froc sinistre il allonge les plis!
> Comme il sait lui donner les pâleurs du suaire,
> Si bien que l'on dirait des morts ensevelis!
>
> Qu'il vous peigne en extase au fond du sanctuaire,
> Du cadavre divin baisant les pieds sanglants,
> Fouettant votre dos bleu comme un fléau bat l'aire,
>
> Vous promenant rêveurs le long des cloîtres blancs,
> Par file assis à terre au frugal réfectoire,
> Toujours il fait de vous des portraits ressemblants.

Mais peut-être qu'ici le poète ou l'artiste, encore
trop romantique, a poursuivi l'expression du caractère plutôt que la réalisation de la beauté. Le « rendu »
est merveilleux, mais le choix du modèle a quelque

chose encore de trop espagnol : je veux dire de trop
local et de trop particulier. S'il y a d'ailleurs entre
tous un pays « romantique », — pour nous autres
Français du moins, — c'est l'Espagne, c'est la patrie
du *Cid* et d'*Hernani*. Et puis, le poète reparaît à la fin
de sa pièce pour interpeller ses moines :

> O moines! maintenant, en tapis frais et verts,
> 'Sur les fosses par vous à vous-mêmes creusées,
> L'herbe s'étend : — Eh bien, que dites-vous aux vers?

Franchissons donc encore un intervalle de quelques années, et, rapidement, parcourons *Émaux et
Camées*. Le titre seul du recueil est déjà caractéristique ; il le devient encore davantage quand on y
joint le commentaire que le poète en a lui-même
donné : « Ce titre, dit-il, exprime le dessein de traiter
sous forme restreinte de petits sujets, tantôt sur
plaque d'or ou de cuivre avec les vives couleurs de
l'émail, tantôt avec la roue du graveur de pierres
fines, sur l'agate, la cornaline ou l'onyx. » On ne
saurait mieux dire. A quoi si nous joignons une ou
deux citations seulement, nous achèverons de comprendre la nouveauté du dessein et son rapport étroit
avec l'idéal d'art que j'essayais de vous définir tout à
l'heure. Voyez plutôt ce paysage d'Égypte :

> A l'horizon que rien ne borne,
> Stérile, muet, infini,
> Le désert, sous le soleil morne,
> Déroule son linceul jauni.

> Au-dessus de la terre nue,
> Le ciel, autre désert d'azur,
> Où jamais ne flotte une nue,
> S'étale, implacablement pur.
>
> Le Nil, dont l'eau morte s'étame
> D'une pellicule de plomb,
> Luit, ridé par l'hippopotame,
> Sous un jour mat tombant d'aplomb.
>
> Et les crocodiles rapaces,
> Sur le sable en feu des îlots,
> Demi-cuits dans leurs carapaces,
> Se pâment avec des sanglots.

Sans doute il serait difficile, avec moins de mots et
plus d'art, de susciter des images plus précises, dont
le contour fût plus net et plus arrêté, plus lumineuses
en même temps et d'une coloration plus juste, — ou,
si vous l'aimiez mieux, qui semble l'être. Bien que
n'ayant jamais vu l'Égypte, nous y croyons être nous-
mêmes. Mais lisez encore la pièce intitulée *Affinités
secrètes*, et, comme il n'appartient précisément qu'au
graveur en médailles ou en pierre dure d'enfermer
dans un petit espace tout un monde, pour ainsi parler,
d'émotions esthétiques, vous reconnaîtrez, Messieurs,
que si quelqu'un y a su réussir en vers, c'est Théophile Gautier :

> Dans le fronton d'un temple antique,
> Deux blocs de marbre ont trois mille ans,
> Sur le fond bleu du ciel attique,
> Juxtaposé leurs rêves blancs.

Dans la même nacre figées,
Larmes des flots pleurant Vénus,
Deux perles au gouffre plongées
Se sont dit des mots inconnus.

Au frais Généralife écloses,
Sous le jet d'eau toujours en pleurs,
Du temps de Boabdil, deux roses
Ensemble ont fait jaser leurs fleurs.

Sur les coupoles de Venise,
Deux ramiers blancs aux pieds rosés,
Au nid où l'amour s'éternise,
Un soir de mai se sont posés.

Si maintenant, très noble en son principe, cet idéal
d'art n'est pas un peu étroit peut-être; si la concentration de la forme n'a pas à ce degré quelque chose
d'excessif; si le mot ne nous a pas enfin été donné
pour autre chose que pour en tirer des effets analogues à ceux de la peinture ou de la statuaire, c'est une
autre question. Je la pose nettement; et j'y réponds
sans détour qu'assurément Gautier a trop abondé
dans le sens de son impuissance. Non, il n'a pas été
l'*impassible* que l'on prétend quelquefois encore, et
vous l'avez pu voir, il y a, pour ainsi parler, plus
d'une blessure qui saigne dans son œuvre. Mais je
crains qu'il n'ait fait de l'art une chose trop « artificielle », je veux dire trop étrangère à la vie commune;
— je crains qu'en n'en permettant les jouissances,
ou l'accès même, qu'à de trop rares initiés, il n'en ait
fait quelque chose de trop hermétique ou de trop
byzantin; — et je crains surtout qu'en en prétendant
faire une chose trop « haute », il n'ait justement

encouru le reproche d'en avoir fait quelque chose de vide, d'inutile, et de vain.

Entendons-nous bien sur ce point.

Je ne trouve pas mauvais du tout, et plutôt je trouve même bon que l'artiste se donne et se voue tout entier à son art! Oui, nous avons besoin d'artistes qui ne soient que des artistes, qui ne vivent, Messieurs, celui-ci que pour sa peinture et celui-là que pour sa poésie! Telle est, en effet, la nature des occupations humaines, que je n'en sache pas une au monde qui ne réclame aujourd'hui, dans nos sociétés très compliquées, si l'on veut la remplir en conscience, toute l'activité d'un homme; et pour cette raison je n'aime pas qu'un peintre ou qu'un poète soient trop savants, par exemple, aux choses de l'économie politique. Je m'en défie deux fois alors, comme économistes, et comme poète ou comme peintre. Mais, d'un autre côté, si l'artiste a le droit ou le devoir même de s'enfermer dans son art, a-t-il celui d'affecter trop ouvertement le dédain de tout ce qui n'est pas cet art? Non, sans doute; et, bien loin que ce soit une façon de supériorité, je n'y puis voir, pour ma part, qu'une forme de l'inintelligence. Tout a sa raison d'être, y compris « le bourgeois ». Les préjugés ont leur profondeur. Et il est arrivé que des « philistins » le fussent moins que certains artistes. Je ne sais, en vérité, si Théophile Gautier, mais quelques-uns surtout de ses disciples ou de ses imitateurs, n'ont pas peut-être cru trop sincèrement le contraire; et, là-dessus, si leur art même n'a pas eu plus d'une fois à souffrir de l'excès de leur crédulité.

III

Pour aujourd'hui, Messieurs, je ne veux retenir de son influence que ce qu'elle a eu d'heureux.

_ Les idées naissent duchesses, même dans une mansarde, disait-il un jour à M. Bergerat. Avec le prétendu goût classique qui, sous prétexte que l'idée est belle toute nue, consiste à la vêtir d'une feuille de vigne et à la produire au bout d'une corde, on marchait tout droit au style télégraphique ou au bulletin. Victor Hugo n'a fait 1830 que pour enrayer cette dégringolade de la langue ; sa forte main a retrouvé dans l'ombre des temps la main puissante du vieux Ronsard, et il a renoué, par-dessus deux siècles de boileautisme aigu, les fécondes traditions de la Renaissance. *Mon rôle à moi dans cette révolution littéraire était tout tracé.* J'étais le peintre de la bande. Je me suis lancé à la conquête des adjectifs ; j'en ai déterré de charmants et même d'admirables, dont on ne pourra plus se passer ; *j'ai fourragé à pleines mains dans le* xvi⁰ *siècle*.... Je suis revenu la hotte pleine, avec des gerbes et des fusées. J'ai mis sur la palette du style tous les tons de l'aurore et toutes les nuances du couchant ; je vous ai rendu le rouge, déshonoré par les politiqueurs, j'ai fait des poèmes en blanc majeur, et quand j'ai vu que le résultat était bon, que les écrivains de race se jetaient à ma suite, que les professeurs aboyaient dans leur chaire, j'ai formulé mon axiome : celui qu'une pensée, fût-ce la plus complexe, une vision, fût-ce la plus apocalyptique, surprend sans mots pour les réaliser, n'est pas un écrivain. Et les boucs ont été séparés des brebis, les séides de Scribe des disciples d'Hugo. *Telle est ma part dans la conquête.* »

S'il y a bien quelque vérité, l'erreur abonde aussi dans cette boutade ; et, historiquement, pour n'en

rclever qu'un point, ce n'est pas du tout, Messieurs,
« la main puissante du vieux Ronsard » que « la forte
main d'Hugo a retrouvée dans l'ombre des temps »,
c'est celle des *irréguliers* du début du xviie siècle ; et
Gautier lui-même, — j'en trouverais la preuve au
besoin dans ses *Grotesques*, — n'a pas étendu plus loin
ni plus haut ses « conquêtes ». Faisons exception pour
Villon. Mais Regnier, l'auteur des *Satires*, et ses amis
du *Parnasse*, les Berthelot, les Motin, les Sigogne ;
mais Corneille, le Corneille de l'*Illusion comique* et de
Clitandre, le Corneille aussi du *Cid*, si vous voulez ;
mais Théophile et Saint-Amant, Scarron, Scudéri
même, le conseiller Matthieu [1], Balzac et Voiture, Gon-
gora, Marini, — voilà quels ont été les vrais maîtres
à écrire de Gautier, comme aussi bien des romantiques
en général ; et, d'ailleurs, je ne discute point ici le
choix qu'ils en ont fait. Puisque Malherbe avait « tué
le lyrisme », assurément ce n'était pas à lui qu'on en
pouvait redemander les lois, mais pour bien des raisons, Messieurs, ce n'était pas davantage à Ronsard,
dont l'idéal d'art était bien plus voisin de celui de Boileau que ne l'a cru Boileau lui-même, et, comme tel,
fort éloigné de l'idéal romantique.

1. Si peut-être quelque lecteur n'avait qu'un souvenir un
peu confus du conseiller Matthieu je lui rappellerai que l'auteur
des « doctes tablettes » dont il est question dans l'*École des
femmes*, est l'auteur aussi d'une *Histoire de Louis XI*, que Victor
Hugo avait consultée pour écrire sa *Notre-Dame de Paris* ; où
il prétendait avoir découvert des merveilles ; et qu'à sa suite
les petits romantiques avaient érigée en chef-d'œuvre. (Voir
Sainte-Beuve, *Port-Royal*, t. I, liv. I, chap. iii.)

Lorsque l'on voudra donc à tout prix trouver ou donner des ancêtres aux romantiques, — ce qui me paraît quant à moi tout à fait inutile, — il faudra qu'on les leur donne de quarante ou cinquante ans plus jeunes qu'on ne le fait d'ordinaire, contemporains d'Henri IV ou de Louis XIII, non pas de Charles IX ou d'Henri II; et, pour peu que l'on prenne la peine d'y regarder d'assez près, comme on reconnaîtra dans Corneille ou dans Rotrou d'une part, et dans Scarron de l'autre, les vrais pères de l'auteur de *Ruy-Blas* et de *Marion Delorme*, c'est dans Scarron encore, et c'est dans Théophile, Saint-Amant, Scudéri qu'on retrouvera, pour ainsi parler, les grands frères de l'auteur des *Grotesques* et du *Capitaine Fracasse.* Vous rappelez-vous la pièce intitulée *Fatuité*?

> Je suis jeune, la pourpre en mes veines abonde,
> Mes cheveux sont de jais et mes regards de feu,
> Et sans gravier ni toux ma poitrine profonde
> Aspire à pleins poumons l'air du ciel, l'air de Dieu....

Ne pourrait-elle pas être de l'auteur du *Moïse* ou de celui d'*Alaric*? et le Matamore de Corneille parlait-il d'un autre ton? Et celle-ci, dont le titre même : *A deux beaux yeux*, sent son hôtel de Rambouillet, pourquoi ne serait-elle pas de Voiture lui-même, ou de Malleville, ou de Gombauld?

> Vous avez un regard singulier et charmant :
> Comme la lune au fond du lac qui la reflète,
> Votre prunelle, où brille une humide paillette,
> Au coin de vos deux yeux roule languissamment.

Ils semblent avoir pris ses feux au diamant;
Ils sont de plus belle eau qu'une perle parfaite,
Et vos grands cils émus, de leur aile inquiète
Ne voilent qu'à demi leur vif rayonnement.

Mille petits amours à leur miroir de flamme
Se viennent regarder et s'y trouvent plus beaux,
Et les désirs y vont rallumer leurs flambeaux [1].

Ils sont si transparents qu'ils laissent voir votre âme,
Comme une fleur céleste au calice idéal
Que l'on apercevrait à travers un cristal.

Il y a ainsi, Messieurs, dans l'œuvre de Gautier, tout un coin d'ingénieuse et de gracieuse préciosité. Quoi d'étonnant, si c'est un des caractères du style précieux, en général, que de s'appliquer tout particulièrement à suivre ses métaphores [2]? Gautier, lui, comme ici, tire souvent de la prolongation des siennes tout un développement qu'elle lui sert même à trouver, et que peut-être, sans ce moyen de rhétorique, il eût vainement demandé à son imagination quelquefois paresseuse.

Il ne se rend pas en revanche assez de justice quand il réduit modestement son rôle dans la « conquête » à celui de grammairien ou de peintre de la « bande »;

1. Comparez les sonnets fameux de Malleville et de Voiture sur *la Belle matineuse* :

> Sacrés flambeaux du jour, n'en soyez pas jaloux!
> Vous parûtes alors aussi peu devant elle,
> Que les feux de la nuit avaient fait devant vous.

2. J'ai souvent insisté sur ce point, qui mériterait toute une étude. Les métaphores trop scrupuleusement suivies sont en littérature la marque même de la préciosité

et, si je me suis expliqué clairement, il a fait beaucoup plus que de « déterrer » des adjectifs oubliés
ou que de composer des « poèmes en blanc majeur ».
N'hésitons pas à le dire : il a réintégré dans l'art de
son temps la notion du pouvoir et du prix de la forme,
plus heureux en ce point que Sainte-Beuve, qui l'avait
essayé, lui aussi, vous l'avez vu, mais dont les *Poésies*
avaient en quelque manière compromis les leçons. Il
le fallait, sans doute, si d'illustres exemples avaient
autorisé le poète à se faire un système de la liberté de
l'improvisation, et, pour beaucoup de romantiques,
aux environs de 1840, si l'ignorance même des principes de l'art était devenue le signe du génie.

> Point de contraintes fausses,
> Mais que, pour marcher droit,
> Tu chausses,
> Muse, un cothurne étroit.

L'inspiration ne saurait suffire ; on ne confie rien de
durable à une forme lâche ou flottante ; et la gram-
maire ou la métrique ont des secrets pour donner au
sentiment lui-même une valeur qu'il n'aurait pas sans
elles. « La poésie est un art qui s'apprend, qui a ses
méthodes, ses formules, ses arcanes, son contre-point,
son travail harmonique », et l'inspiration n'est maîtresse de soi qu'à la condition « de trouver toujours
sous ses mains un clavier parfaitement juste, auquel
ne manque aucune corde ». Gautier, qui le savait, l'a
enseigné à quelques-uns de ses contemporains, qui
ne s'en doutaient guère ; et parce que Malherbe ou

Boileau l'avaient enseigné avant lui, la leçon n'était pas pour cela plus mauvaise [1].

Il a fait autre chose encore si, dans le même temps à peu près que Vigny, mais d'une autre manière, plus facile à imiter peut-être, il a contribué pour sa part à débarrasser la poésie de la fatigante obsession du Moi. Plus on donne en effet d'importance à la forme, plus on en donne à la représentation du monde extérieur ; plus on détourne son attention de soi-même ; plus on l'applique à discerner le vrai caractère des choses ; et plus on tend enfin vers la doctrine de l'impersonnalité dans l'art. C'est ce qui est arrivé à Gautier. Dans la contemplation de la nature et de l'art, il s'est insensiblement désintéressé de lui-même. Si quelques hommes rares ont le droit de nous parler d'eux, il s'est promptement rendu compte que l'on ne pouvait pas ériger l'exception en règle ; et, généralement, que l'on risquait d'abaisser l'art en le faisant servir à des fins uniquement personnelles. Je ne pense pas, Messieurs, que vous lui en fassiez un reproche, et, au contraire, je tâcherai de vous montrer toutes les raisons qu'il y a de lui en faire un mérite et un honneur.

Enfin, à un autre point de vue, il a préparé ce que

---

1. On remarquera dès à présent qu'il en devait être de la réforme de Gautier comme de celle de Boileau lui-même, et qu'entreprise au nom de la liberté prosodique, elle devait aboutir à la constitution d'une poétique plus minutieuse encore en ses recommandations, plus tyrannique en ses règles, et finalement, dans ses dernières conséquences, non moins contraignante pour la liberté de l'artiste.

j'appelle, Messieurs, la transition du romantisme au
naturalisme ; et c'est aussi ce que j'aurai prochainement à vous faire voir, quand nous aurons d'abord
fixé le sens de ce mot même de naturalisme. Mais
auparavant, si son influence en ce sens, comme aussi
bien celle de Vigny, a été un moment contrariée par
la réapparition ou la rentrée en scène du poète des
Châtiments et des *Contemplations*, c'est ce qu'il faudra
que je vous montre. Telle est, en effet, la nature des
grands poètes, et en général des grands hommes,
qu'en vain voudrait-on suivre la ligne droite, ils sur-
viennent inopinément qui l'interrompent, qui la bri-
sent, qui nous obligent de nous en écarter ; — si du
moins nous mettons la vérité de l'histoire au-dessus
des intérêts de l'esprit de système. Nous en verrons,
Messieurs, un bel exemple, en étudiant, dans une
prochaine leçon, la deuxième manière de Victor Hugo.

20 avril 1893.

ONZIÈME LEÇON

LA SECONDE MANIÈRE DE VICTOR HUGO

Comment le génie interrompt le mouvement naturel de l'évolution des idées.

I. *Les Châtiments.* — Quelques mots sur le caractère politique et moral du livre. — Personne plus qu'Hugo n'a contribué à entretenir la légende napoléonienne. — Valeur lyrique des *Châtiments.* — Observation sur les rapports de la satire et du lyrisme. — Du caractère épique de quelques pièces des *Châtiments.*

II. *Les Contemplations.* — Le clair-obscur dans la nouvelle manière d'Hugo. — Analyse des *Mages.* — Netteté de la vision. — Invention verbale. — Préoccupation de la mer, de la mort et du mystère. — Intensité du mouvement. — En quoi les *Contemplations* demeurent essentiellement lyriques.

III. *La Légende des siècles.* — Étrange erreur de Gautier sur son caractère prétendûment épique. — Examen de quelques pièces de *la Légende des siècles.* — *La Rose de l'Infante.* — *La Conscience.* — Apparition du caractère apocalyptique dans la première *Légende*, et résumé sur l'imagination d'Hugo.

ONZIÈME LEÇON

LA SECONDE MANIÈRE DE VICTOR HUGO [1]

Messieurs,

J'ai tâché de vous montrer au nom de quels principes et de quelles idées, — ou peut-être plutôt de quels pressentiments, — comment, par quels moyens et par quels exemples, entre 1840 et 1850, Vigny, d'une part, et Gautier, de l'autre, avaient orienté l'art dans une direction nouvelle, par où, si l'on y persistait quelque temps seulement, on ne pouvait manquer d'aboutir à la défaite entière du romantisme, et, sur les débris du romantisme, à la proclamation de la doctrine de l'impersonnalité dans l'art.

Et, de fait, on y eût dès lors abouti, si, tout à coup,

1. Joignez, aux ouvrages que nous avons précédemment indiqués : le *Discours de réception* de M. Leconte de Lisle succédant à Victor Hugo ; — la *Réponse* de M. Dumas ; — le livre de M. Guyau : *l'Art au point de vue sociologique*, Paris, 1889, Alcan ; — et celui de M. Ch. Renouvier : *Victor Hugo, le poète*, Paris, 1893, Armand Colin.

Ces leçons étaient terminées quand a paru le livre de M. Léopold Mabilleau : *Victor Hugo*, dans la collection des *Grands Écrivains français*, Paris, 1893, Hachette.

et coup sur coup, après dix ou douze ans de silence,
— rentrant en scène avec ses *Châtiments*, avec ses
Contemplations, avec sa *Légende des siècles*, — Victor
Hugo n'eût divisé, interrompu, et comme barré le
courant. Mais, de là-bas, du fond de son exil et de sa
solitude, quand on entendit retentir ces accents d'indignation, de colère, et de haine, les plus passionnés
peut-être qu'une bouche humaine eût jamais proférés ;
puis, quand aux *Châtiments* succédèrent *les Contemplations*, c'est-à-dire le recueil le plus lyrique assurément qu'il y ait en notre langue, et sans doute l'un des
plus « personnels » qu'il y ait dans aucune ; et enfin,
dans *la Légende des siècles*, sous l'apparence épique, et
sous la magnificence de l'exécution, quand on vit reparaître encore Hugo lui-même, Hugo toujours, Hugo
partout, il y eut, Messieurs, comme un moment de
surprise ou de stupeur même. Le mot n'a rien d'excessif. « Ces bouquins imprévus, — selon la très
familière, mais énergique et amusante expression de
Flaubert, — *calottèrent* fortement » tout ce qu'il y
avait d'impassibles ou de partisans de l'art pour l'art.
On s'arrêta ; on hésita ; on se demanda, si peut-être,
après tout, le plus sûr moyen d'atteindre à la réalisation de l'effet ou de la beauté même, le plus légitime aussi, ne serait pas l'expression du sentiment personnel ; et, en même temps qu'Hugo redevenait ainsi le
maître du chœur des poètes, il put sembler que, grâce
à lui, le romantisme, dans un suprême effort, en trois
pas de géant, avait reconquis ses positions perdues.

C'est que le contraste était saisissant et l'opposition flagrante. En 1853, dans le lourd silence des premières années du second Empire, les poètes se répétaient la leçon que Gautier, je le sais bien, n'avait pas encore écrite, mais dont il ne faisait pas mystère à la jeunesse, et qu'au surplus ses *Émaux et Camées*, eux tout seuls, enseignaient dès lors assez éloquemment : « La Muse est jalouse; elle a la fierté d'une déesse et ne reconnaît que son autonomie. Il lui répugne d'entrer au service d'une idée, car elle est reine, et dans son royaume tout doit lui obéir. Elle n'accepte de mot d'ordre de personne, ni d'une doctrine, ni d'un parti, et si le poète, son maître, la force à marcher en tête de quelque bande chantant un hymne ou sonnant une fanfare, elle s'en venge tôt ou tard. Elle ne lui souffle plus ces paroles ailées qui bruissent dans la lumière comme des abeilles d'or, elle lui retire l'harmonie sacrée, le nombre mystérieux, elle fausse le timbre de ses rimes, et laisse s'introduire dans ses vers des phrases de plomb prises au journal et au pamphlet [1]. » On ne saurait, je pense, être plus explicite, ni plus dédaigneux, plus intransigeant. Or, voici qu'à cette profession de désintéressement ou de hautaine indifférence, un poète répondait en « chantant des hymnes » et en

---

1. La pièce de Gautier que nous avons déjà citée : *A un jeune tribun*, contenait d'ailleurs la même leçon; et l'on se rappelle peut-être les vers de *la Maison du berger* :

Vestale aux feux éteints! Les hommes les plus graves,
Ne posent qu'à demi la couronne à leur front.
Ils se croient arrêtés, marchant dans les entraves,
Et n'être que poète est pour eux un affront....

« sonnant des fanfares », que l'on peut d'ailleurs aimer ou n'aimer pas, mais qui étaient des actes autant que des chants, et qui n'en sont pas moins quelques-uns des chefs-d'œuvre de notre poésie. Qu'était-ce à dire, et lequel donc avait raison, du disciple ou du maître? Qui fallait-il écouter, de l'artiste ou du poète? l'auteur d'*Émaux et Camées* ou celui des *Châtiments*? celui qui ne se servait de l'art que comme d'un moyen de s'élever dans une région supérieure aux passions de son temps, plus calme et plus sereine? ou celui qui se les appropriait pour en faire la matière de son inspiration, et, en retour, qui leur prêtait à toutes, avec l'éclat de son génie, la voix tumultueuse et déchaînée des siennes?

I

Messieurs, je ne crois pas, — ni vous non plus, sans doute, — que ce soit ici l'occasion ni le lieu de disserter sur la signification politique du livre des *Châtiments*. Aussi bien, je dois le déclarer, sans réticence ni détours, si peut-être je partageais quelques-unes des opinions, des rancunes ou des haines d'Hugo, il me répugnerait, — maintenant que ceux qu'il a si violemment combattus sont vaincus, gisent à terre, et n'ont plus même l'espoir de renaître jamais de leur chute; — il me répugnerait de m'autoriser de son nom pour frapper des ennemis désarmés.... Mais il est deux observations que je ne saurais cependant m'abstenir de faire, dans l'intérêt de la morale, et de la vérité de l'histoire.

La première, c'est que personne autant ou plus qu'Hugo, — si ce n'est Béranger, — n'avait contribué, de 1825 à 1840, à créer et à développer ce qu'on peut bien appeler la légende napoléonienne. Vous le savez : tandis qu'autour de lui, non seulement les hommes politiques, ceux de la Restauration et du gouvernement de Juillet, mais les poètes eux-mêmes, — Lamartine et Vigny, Barbier dans ses *Iambes*, combien d'autres encore! — chargeaient de leurs malédictions le nom de Bonaparte, Hugo, seul ou presque seul, de la prodigieuse épopée qui s'était déroulée de Toulon jusqu'à Waterloo n'avait vu, lui, n'avait voulu voir que l'éclat, et se séparant bruyamment de ses anciens amis, quand ils avaient protesté contre le retour à Paris des cendres de l'empereur, c'étaient eux qu'il avait accablés des feux de sa colère et des foudres de son éloquence [1].

Rhéteurs embarrassés dans votre toge neuve,

1. Lamartine, plus clairvoyant, avait bien senti le danger de cette apothéose. Nous avons déjà cité plus haut, ou rappelé la préface des *Méditations*. Du haut de la tribune, le 16 mai 1840, il protestait encore contre « ce culte de la force que l'on voulait substituer à la religion sérieuse de la liberté ». Mais Victor Hugo lui répondait, en quelque sorte, par la publication de sa pièce sur le *Retour de l'empereur* :

> Les poètes divins, élite agenouillée,
> Vous proclameront grand, vénérable, immortel,
> Et de votre mémoire, injustement souillée,
>   Redoreront l'autel.
> . . . .

Il faisait mieux encore; et quelques mois plus tard, « afin

s'écriait-il alors, — dans l'*Ode à la Colonne*, la seconde, celle que vous retrouverez dans *les Chants du Crépuscule* : —

> Vous n'avez pas voulu consoler cette veuve
>   Vénérable aux partis!
> Tout en vous partageant l'empire d'Alexandre,
> Vous avez peur d'une ombre et peur d'un peu de cendre :
>   Oh! vous êtes petits!

Soit! Mais l'auteur de ces vers était-il bien venu, dix ans plus tard, à se fâcher si fort que, du neveu de son Alexandre, on eût fait un Président de la République? et n'avait-il pas contribué, de ses propres mains, à relever ce trône impérial, que maintenant il s'indignait de voir occupé par un nouveau Napoléon? Nous avons le droit de changer d'opinion; mais il y a cependant de nos erreurs qui nous engagent, et qu'en tout cas, il nous est interdit de reprocher trop cruellement aux autres, quand nous avons commencé par les commettre nous-mêmes. Oui, si ce sont les souvenirs du premier Empire qui ont fait le second, Hugo, dans ses *Châtiments*, l'a trop souvent oublié....

Il a également oublié que de certaines injures n'éclaboussent pas moins celui qui les profère que ceux mêmes qu'on essaie de déshonorer en les leur adres-

de, mettre ces beaux vers à la portée de toutes les bourses », il permettait aux éditeurs Furne et Delloye de rassembler en un seul volume la collection entière de ses Odes bonapartistes. Voyez Edmond Biré : *Victor Hugo après 1830.*

sant. Je ne parle plus ici de politique, mais rappelez-
vous cette pièce célèbre où il a grossièrement insulté
Louis Veuillot :

> Ce Zoïle cagot naquit d'une Javotte;
> Le diable, — ce jour-là Dieu permit qu'il créât, —
> D'un peu de Ravaillac et d'un peu de Nonotte
>   Composa ce gredin béat.
>
> Tout jeune, il contemplait, sans gîte et sans valise,
> Les sous-diacres coiffés d'un feutre en lampion;
> Vidocq le rencontra priant dans une église,
> Et l'ayant vu loucher, en fit un espion.
>
> Alors ce va-nu-pieds songea dans sa mansarde,
> Et se voyant sans cœur, sans style, sans esprit,
> Imagina de mettre une feuille poissarde
>   Au service de Jésus-Christ.

Oh! certainement, si ce sont presque les mêmes
injures, ce sont d'autres vers, d'une autre allure, que
ceux de Voltaire dans ses satires les plus vantées, dans
son *Pauvre Diable*, ou dans ce qu'il appelait sa *Capi-
lotade* ! Mais un « démocrate », parce qu'il est le fils
d'un général de l'Empire, a-t-il le droit de reprocher à un adversaire politique l'humilité de sa nais-
sance? A-t-il celui de lui reprocher la médiocrité de
sa condition ou la difficulté de ses débuts? Et tous
enfin, tant que nous sommes, avons-nous jamais le
droit de supposer que les opinions des autres ne soient
pas aussi sincères, aussi loyales, aussi pures que les
nôtres ? C'est ce qu'il est à jamais regrettable et
affligeant, — pour lui, — que l'auteur des *Châtiments* ne se soit pas une seule fois demandé.

Je reconnais, d'ailleurs, qu'à tous autres égards sa
haine l'a bien servi, et qu'inspiré, qu'échauffé, que
transporté par elle, le lyrique ne s'est nulle part élevé
plus haut ou aussi haut que dans quelques pièces des
Châtiments :

> O drapeaux du passé, si beaux dans les histoires,
> Drapeaux de tous nos preux et de toutes nos gloires,
>   Redoutés du fuyard,
> Percés, troués, criblés, sans peur et sans reproche,
> Vous, qui dans vos lambeaux mêlez le sang de Hoche
>   Et le sang de Bayard,
>
> O vieux drapeaux ! sortez des tombes, des abîmes !
> Sortez en foule, ailés de vos haillons sublimes,
>   Drapeaux éblouissants !
> Comme un sinistre essaim qui sur l'horizon monte,
> Sortez, venez, volez, sur toute cette honte
>   Accourez frémissants !

Non, je le répète, il n'a nulle part poussé de plus
beaux cris, à moins que ce ne soit vers la fin de cette
même pièce : -

> O Dieu....
> Puisque la conscience en deuil est sans refuge,
> Puisque le prêtre assis dans la chaire, et le juge
>   D'hermine revêtu,
> Adorent le succès, seul vrai, seul légitime,
> Et disent qu'il vaut mieux réussir par le crime
>   Que choir par la vertu ;
> Puisque les âmes sont pareilles à des filles,
> Puisque ceux-là sont morts qui brisaient les bastilles,
>   Ou bien sont dégradés ;

Puisque l'abjection aux conseils misérables,
Sortant de tous les cœurs, fait les bouches semblables
    Aux égouts débordés.

. . . .

. . . .

O Dieu vivant, mon Dieu! prêtez-moi votre force,
Et moi qui ne suis rien, j'entrerai chez ce Corse,
    Et chez cet inhumain;
Secouant mon vers sombre et plein de votre flamme,
J'entrerai là, Seigneur, la justice dans l'âme,
    Et le fouet à la main....

Ne faut-il pas convenir, Messieurs, que la passion
est une grande maîtresse d'éloquence? et quand sa
voix passe en grondant, pour les animer de son fré-
missement ou de son tremblement même, dans des
vers comme ceux-ci, que voulez-vous que puisse
contre eux le faible murmure de la vérité? Mais pour
être moins désintéressés, pour nous agiter d'une
émotion moins pure ou plus trouble, plus sensible et
moins intellectuelle, presque physique, oserons-nous
dire qu'ils en soient moins beaux?

A un autre point de vue, plus particulier, sinon
plus littéraire, de tels vers ont cet autre intérêt, —
comme aussi bien le livre entier des *Châtiments*, —
que nulle part, non pas même dans les *Iambes* de
Barbier ou de Chénier, on ne saurait mieux discerner l'étroite liaison, l'affinité secrète, la parenté première qui unissent entre eux les genres satirique et
lyrique. Vous rappelez-vous peut-être que je vous
l'ai déjà plusieurs fois signalée, dans la poésie de
Lamartine, ou dans celle de Musset? Quoi de plus

naturel, Messieurs, si justement la satire n'est que
l'expression du mépris ou du dégoût, celle de la
colère ou de la fureur même qu'excitent en nous la
vue, le souvenir, le nom seulement de tout ce que
nous attaquons? Et, lorsque l'on n'est pas plus « philosophe » qu'Hugo, — je veux dire quand on n'est
pas plus capable qu'il ne l'était de se dépouiller de
soi-même, — qu'attaquons-nous, dans les choses ou
dans les hommes, que ce qui gêne la libre expansion
de notre personnalité? La satire est comme qui dirait
une manière de nous poser en nous opposant; de
prendre, pour ainsi parler, une conscience extérieure
de ce que nous sommes; de nous définir à nous-
mêmes en nous distinguant de nos semblables. C'est
ce qui la distingue elle-même de la comédie. Les ridicules que les grands satiriques bafouent, les vices
ou les crimes qu'ils dénoncent à notre indignation,
ils se font comme une affaire personnelle de les flé-
trir ou de les stigmatiser. Il y va vraiment d'eux-
mêmes! Et voilà pourquoi, — depuis Archiloque de
Paros, en passant par l'auteur de *la Divine Comédie*,
jusqu'à Victor Hugo, — vous ne trouverez pas, Messieurs, un grand lyrique au monde qui n'ait traité
magistralement la satire. La satire, dans la classifi-
cation des genres poétiques, n'est pas du tout, comme
on a l'air quelquefois de le croire, une ébauche ou
une promesse de la comédie future, mais elle est un
« démembrement » ou une « espèce » du lyrisme[1].

1. C'est ce qui peut d'autre part servir à expliquer comment et pourquoi de virulents satiriques ont échoué dans la

Ce qui ne paraît pas moins facile à saisir dans quelques pièces des *Châtiments* que cette liaison de la
satire et du lyrisme, c'est le passage ou la transposition du mode lyrique au mode épique. Pour vous
la faire sentir, je n'ai besoin que de remettre sous
vos yeux les premiers vers de l'*Expiation* :

> Il neigeait. On était vaincu par sa conquête.
> Pour la première fois l'aigle baissait la tête.
> Sombres jours ! L'Empereur revenait lentement,
> Laissant derrière lui brûler Moscou fumant.
> Il neigeait. L'âpre hiver fondait en avalanche.
> Après la plaine blanche une autre plaine blanche.
> On ne connaissait plus les chefs ni le drapeau.
> Hier la grande armée, et maintenant troupeau.
> On ne distinguait plus les ailes ni le centre.
> Il neigeait. Les blessés s'abritaient dans le ventre
> Des chevaux morts; au seuil des bivouacs désolés
> On voyait des clairons à leur poste gelés,
> Restés debout, en selle et muets, blancs de givre,
> Collant leur bouche en pierre aux trompettes de cuivre.

Si l'on ne peut pas dire que le poète soit absent ici
de son œuvre, — ou plutôt, en y regardant bien, si
nous le retrouverions toujours tout entier dans cette
page célèbre, — n'est-il pas vrai pourtant, Messieurs,
que, comme une *Bataille* de Gros, celle d'Eylau, par
exemple, le tableau vaut par lui-même ; qu'une inten-

comédie. La première condition qu'on exige de l'auteur dramatique est en effet de réussir à s'aliéner de soi-même et
de traiter avec amour, pour ainsi parler, jusqu'aux ridicules
dont il vise d'ailleurs à nous inspirer la haine ou le dégoût.
Shakespeare a aimé son Falstaff, et Molière son Tartufe.

tion y semble dominer toutes les autres, qui est de faire de sa peinture une image fidèle de la réalité; qu'en un mot, le peintre ou le poète s'y subordonne ou s'y soumet docilement à son sujet? et vous le savez d'autre part, ce n'est sans doute pas là le seul caractère de l'épopée, mais c'en est l'un au moins des plus saillants ou des plus extérieurs; — et j'ajoute, l'un aussi des plus indiscutés.

Qu'est-ce que cela signifiait? Est-ce que, par hasard, après avoir purgé sa colère et libéré son âme, le poète allait se transformer? Est-ce que, — comme autrefois ce Voltaire, auquel, après l'avoir outrageusement maltraité [1], Hugo aimait déjà que l'on commençât à le comparer, — est-ce que désormais, attentif au vent de l'opinion littéraire, il allait essayer de la capter, et, pour cela, sacrifiant quelque chose de son ancienne et farouche indépendance, est-ce qu'il allait obéir à la mode? Est-ce que désormais, renonçant à se mettre lui-même en scène, il allait se faire l'imitateur de ses propres disciples; incliner, ou faire comme s'il inclinait du côté de l'art pur? et enfin, comme Gautier dans son rêve de beauté, comme Vigny dans sa tour d'ivoire, est-ce qu'il allait s'enfermer dans son île, s'isoler des événements, se soustraire au contact des agitations du dehors? Mais comment l'aurait-il pu, si, depuis dix ou douze ans, l'échec de

1. Voyez la pièce intitulée *Regard jeté dans une mansarde* :
   Voltaire alors régnait, ce singe de génie
   Chez l'homme en mission par le diable envoyé....
Elle est datée de 1839.

ses *Burgraves*, si la mort de la plus aimée de ses filles,
— vous savez dans quelles circonstances, — si ses
déceptions politiques, les événements de 1848 et
de 1851, si l'exil, si la solitude, si la colère, en un
mot si tout avait contribué à exalter sa personnalité?
Aussi, Messieurs, ne le fît-il point; et trois ans seulement après *les Châtiments*, *les Contemplations* le
montraient à la fois plus maître que jamais des moyens,
des procédés de son art, mais plus « personnel » aussi,
plus esclave de ses sentiments et de ses impressions,
plus incapable encore de les gouverner qu'il ne l'était
jadis, dans le temps même de ses *Feuilles d'automne*,
et surtout de ses *Odes et Ballades*.

II

Vous me permettrez de ne rien dire du premier
volume des *Contemplations*. Les pièces qu'il contient
sont toutes datées de 1830 à 1843, et, — sans examiner
à ce propos les raisons que le poète avait eues de ne
pas les insérer dans ses précédents recueils [1], — toujours est-il que la facture n'en diffère pas sensiblement de celle des *Chants du Crépuscule*, ou des *Voix
intérieures*. Même observation à faire du premier livre
du second volume : c'est celui qu'il a consacré à la
mémoire de sa fille, sous le titre de *Pauca Meæ*. Vous

1. J'ai tâché d'indiquer plus loin quelques-unes de ces
raisons,

y trouverez d'ailleurs quelques-uns de ses chefs-
d'œuvre : *Trois ans après*; *Veni, vidi, vixi*; *A Villequier* :

> Maintenant que Paris, ses pavés et ses marbres,
> Et sa brume et ses toits sont bien loin de mes yeux,
> Maintenant que je suis sous les branches des arbres,
> Et que je puis songer à la beauté des cieux;
>
> Maintenant que du deuil qui m'a fait l'âme obscure,
>   Je sors pâle et vainqueur;
> Et que je sens la paix de la grande nature,
>   Qui m'entre dans le cœur.

Mais tout en étant plus émues, plus sincères, plus
humaines peut-être, moins mêlées de rhétorique que
la Prière pour tous ou *la Tristesse d'Olympio*, je ne
trouve pas, Messieurs, que rien d'essentiel les en distingue, — si ce n'est un degré de maîtrise ou de
perfection de plus.

Il n'en est qu'une qui fasse exception; c'est la
douzième de ce premier livre : *A quoi songeaient les
deux cavaliers dans la forêt*; et aussi est-elle datée
de 1853.

> La nuit était fort noire et la forêt très sombre,
> Hermann à mes côtés me paraissait une ombre,
> Nos chevaux galopaient....

Ce n'est pas qu'elle ne soit extrêmement romantique,
presque allemande, — et, si je ne me trompe, visiblement inspirée de la *Lénore* de Burger, — mais, en l'étudiant de plus près, je ne crois pas me tromper non
plus quand j'y vois l'indication au moins d'un chan-

gement de manière. Rappelez-vous à ce propos la belle page d'Eugène Fromentin que je vous ai citée [1]. Les effets que le poète demandait naguère encore à la netteté du dessin et au relief excessif de la forme, on pressent qu'il va les demander maintenant, non pas à la couleur, mais au mélange ou au jeu de l'ombre et de la lumière, et à la science du clair-obscur. Semblable à un éclair qui déchire violemment la nue, son procédé le plus ordinaire consistera désormais à faire sur toute chose une ombre plus épaisse, plus consistante, plus opaque, pour en dégager alors brusquement la lumière, et comme illuminer d'un trait de feu tout un monde à demi fantastique sur lequel, aussitôt qu'entrevu, l'obscurité se refermera. C'est cette manière, Messieurs, qui se développe dans le reste des *Contemplations* ; et, entre autres raisons, ce n'est pas la moindre de celles qui contribuent à en faire le recueil, comme je vous le disais tout à l'heure, le plus lyrique de la langue française.

A l'appui de ce jugement, je ne manquerais pas d'exemples assez caractéristiques, si nous avions le loisir de les étudier ensemble, mais, ne l'ayant pas, je me contenterai d'un seul, que j'emprunterai à la pièce intitulée *les Mages*. Vous en connaissez le thème, qu'au surplus, comme on fait dans une symphonie, Hugo lui-même a indiqué dès le début :

1. Voyez la leçon sur *la Première Manière de Victor Hugo*, t. I, p. 211.

> Pourquoi donc faites-vous des prêtres
> Quand vous en avez parmi vous?.
> Les esprits conducteurs des êtres
> Portent un signe sombre et doux.
> Nous naissons tous ce que nous sommes.
> Dieu, de ses mains, sacre des hommes
> Dans les ténèbres des berceaux;
> Son effrayant doigt invisible
> Écrit sous leur crâne la bible
> Des astres, des monts, et des eaux.
>
> Ces hommes, ce sont les poètes;
> Ceux dont l'aile monte et descend [1];
> Toutes les bouches inquiètes
> Qu'ouvre le verbe frémissant....

Telle est l'idée, — si c'est une idée, — qu'en plus de sept cents vers, il va développer, avec une ampleur et une diversité de mouvements, avec une fécondité d'invention verbale, avec une richesse, une abondance, une splendeur d'images incomparables, sans analogues ou du moins sans égales dans son œuvre même, et sans supérieures peut-être dans aucune langue. Détachons-en deux ou trois strophes :

> Quand les cigognes du Caystre
> S'envolent au souffle des soirs;
> Quand la lune apparaît sinistre
> Derrière les grands dômes noirs;

1. Je ne sais pourquoi ce dernier vers me rappelle toujours le début d'un sermon de Bossuet : *Sur les anges gardiens* : « D'où vient que les cieux sont ouverts? et que veulent dire ces anges qui montent et descendent d'un vol si léger, de la terre au ciel, et du ciel en la terre? » — Il y a d'ailleurs plus d'un rapport entre Bossuet et Hugo, comme on en signalerait plus d'un entre Lamartine et Massillon.

Quand la trombe aux vagues s'appuie ;
Quand l'orage, l'horreur, la pluie,
Que tordent les bises d'hiver,
Répandent avec des huées
Toutes les larmes des nuées
Sur tous les sanglots de la mer.

Quand dans les tombeaux les vents jouent
Avec les os des rois défunts ;
Quand les hautes herbes secouent
Leur chevelure de parfums ;
Quand sur nos deuils et sur nos fêtes
Toutes les cloches des tempêtes
Sonnent au suprême beffroi ;
Quand l'aube étale ses opales,
C'est pour ces contemplateurs pâles,
Penchés dans l'éternel effroi !

Les vents, les flots, les cris sauvages,
L'azur, l'horreur du bois jauni,
Sont les formidables breuvages
De ces altérés d'infini ;
Ils ajoutent, rêveurs austères,
A leur âme tous les mystères,
Toute la matière à leurs sens ;
Ils s'enivrent de l'étendue ;
L'ombre est une coupe tendue
Où boivent ces sombres passants.

Peut-être, Messieurs, qu'au point de vue du philosophe ou du penseur, ces vers ne veulent pas dire grand'chose, ou rien du moins ni rien surtout qui ne soit assez banal. Énumération de parties, répétitions, variations, multiplication de l'idée par le mot, les moyens sont ici faciles à surprendre, et il semble que

nous voyions comment « cela est fait » ! Mais c'est
presque ce que je trouve aussi de plus extraordinaire,
cette étrange facilité, cette étonnante fécondité, tant
de mots pour dire la même chose, et cependant tant
d'impressions si diverses, ou, si je puis ainsi parler,
tant de « chocs » si différents. Notez effectivement
qu'il n'y a pas dans ces vers une expression qui
n'évoque, qui ne suscite, qui ne fasse, de vers en
vers, comme émerger de l'ombre une vision dont la
netteté n'a d'égale que sa grandeur, ou plutôt son
énormité.

> Quand la lune apparaît sinistre
> Derrière les grands dômes noirs;
> Quand la trombe aux vagues s'appuie;
> Quand l'orage, l'horreur, la pluie,
> Que tordent les bises d'hiver,
> Répandent avec des huées
> Toutes les larmes des nuées
> Sur tous les sanglots de la mer....

Est-ce que vous n'entendez pas l'ouragan mugir
dans cette strophe? est-ce que vous ne le voyez pas?
je dirais volontiers : est-ce que vous ne le touchez
pas? et qui jamais, en dix vers, en a plus pleinement
rendu l'horreur ou l'effroi physique? Notez encore
qu'il n'y a pas là, dans ces vers que nous venons de
lire, comme aussi bien dans toute la pièce, une expression qui ne soit ce que l'on appelle *créée*, neuve dans
la langue, inséparable de son contexte, étrange ou
bizarre, si vous l'en détachiez, personnelle et unique
à Hugo :

> L'azur, l'horreur du bois jauni
> *Sont les formidables breuvages*
> *De ces altérés d'infini....*
>
> .   .   .   .
>
> *Ils s'enivrent de l'étendue....*
> *L'ombre est une coupe tendue*
> *Où boivent ces sombres passants* [1].

Que vous dirai-je après cela du mouvement en apparence désordonné, farouche, presque sauvage, si souple

1. Relevons quelques-unes encore de ces expressions au courant de la plume :

> *Les nuages, ces solitudes*
> *Où passent en mille attitudes*   /
> *Les groupes sonores du vent ;*

ou encore :

> *Le doute où nos calculs succombent,*
> *Et tous les morceaux noirs qui tombent*
> *Du grand fronton de l'inconnu ;*

et :

> *Copernic éperdu regarde*
> *Dans les grands cieux aux mers pareils,*
> *Gouffre où voguent des nefs sans proue,*
> *Tourner toutes ces sombres roues*
> *Dont les moyeux sont des soleils.*

Mais qui donc a mieux exprimé le caractère énigmatique et bouffon à la fois du roman de Rabelais ?

> *Il berce Adam, pour qu'il s'endorme,*
> *Et son éclat de rire énorme*
> *Est un des gouffres de l'esprit.*

Terminons par une dernière strophe :

> *Ils sont là, hauts de cent coudées,*
> *Christ en tête, Homère au milieu,*
> *Tous les combattants des idées,*
> *Tous les gladiateurs du Dieu ;*
> *Chaque fois qu'agitant le glaive,*
> *Une forme du mal se lève*
> *Comme un forçat dans son préau ;*
> *Dieu, dans leur phalange complète,*
> *Désigne quelque grand athlète*
> *De la stature du fléau.*

et si varié néanmoins, si expressif à lui tout seul, qui
emporte tout ce développement? Hérésie, je le sais
bien, Messieurs, blasphème et sacrilège! mais lisez
la pièce tout entière, à voix haute, en vous abandon-
nant, si vous le pouvez, à l'autorité de ce mouvement,
et même quand ces vers ne voudront rien dire, ou
presque rien, vous serez forcés de convenir encore
qu'ils sont extraordinaires, beaux encore, toujours
beaux pour la qualité d'imagination et pour la quantité de lyrisme qui les soutiennent.

C'est qu'à le bien entendre, si Victor Hugo ne développe pas son thème à la façon d'un orateur, logiquement et raisonnablement, d'une manière suivie,
et comme articulée, il y a cependant quelque chose
là-dessous d'intérieur et de profond: Il y a, Messieurs,
deux ou trois idées diffuses, ou, si vous l'aimez mieux,
il y a deux ou trois préoccupations intenses, l'obsession
de deux ou trois choses, qui renouvellent de strophe
en strophe l'invention du poète, ou dont même on peut
dire qu'elles élèvent sa rhétorique à la hauteur d'une
philosophie, parce qu'en effet ce sont deux ou trois
choses dont nous pouvons affirmer qu'aucune méditation, ni même aucune verbosité, n'épuiseront jamais
la profondeur, — si la première est la Mer, si la seconde
est la Mort, et la troisième l'Inconnaissable.

La Mer! elle est partout dans *les Contemplations*,
battant de son flot, en quelque sorte, l'imagination du
poète, la mer, non pas « blonde et pleine d'amour »,
comme l'a décrite un autre poète, mais une mer toujours sombre, toujours échevelée, toujours perfide, et

— depuis le tragique accident de Villequier, — comme invinciblement associée à l'idée de la Mort. Écoutez-le plutôt dans cette même pièce :

> Nous vivons, debout à l'entrée
> De la mort, *gouffre illimité,*
> Nus, tremblants, la chair pénétrée
> Du frisson de l'énormité.
> *Nos morts sont dans cette marée;*
> Nous entendons, foule égarée
> Dont le vent souffle le flambeau,
> *Sans voir de voiles ni de rames,*
> *Le bruit que font ces vagues d'âmes*
> *Sous la falaise du tombeau.*

Et, vous le voyez par ces vers mêmes, la Mer et la Mort, en communiquant à Hugo, l'une quelque chose de son immensité, et l'autre de sa profondeur, ont en même temps accru chez lui jusqu'à l'angoisse un sentiment du mystère dont il ne triomphe un instant qu'à force d'orgueil et de confiance dans la grandeur de sa mission :

> Comme un oiseau de mer effleure
> La haute rive où gronde et pleure
> L'océan plein de Jéhovah,
> De temps en temps, blanc et sublime,
> Par-dessus le mur de l'abîme,
> Un ange paraît, — et s'en va.
>
> Quelquefois, une plume tombe
> De l'aile où l'ange se berçait;
> Retourne-t-elle dans la tombe?
> Que devient-elle? On ne le sait.
> Se mêle-t-elle à notre fange?
> Et qu'a donc créé cet archange?

A-t-il dit non? A-t-il dit oui?
Et la foule cherche, accourue,
En bas la plume disparue,
En haut l'archange évanoui.

Puis après qu'ont fui comme un rêve
Bien des cœurs morts, bien des yeux clos,
Après qu'on a vu sur la grève
Passer des flots, des flots, des flots,
Dans quelque grotte fatidique,
Sous un doigt de feu qui l'indique,
On trouve un homme surhumain
Traçant des lettres enflammées
Sur un livre plein de fumées,
La plume de l'ange à la main.

Il songe, il calcule, il soupire,
Son poing puissant sous son menton,
Et l'homme dit : Je suis Shakspeare,
Et l'homme dit : Je suis Newton....

Il dit aussi, cet homme surhumain, vous l'entendez
assez : « Je suis Hugo ». Et là-dessus, Messieurs, comment voudriez-vous, — qu'ayant cette idée de lui-
même, de sa personnalité, de sa mission; qu'avec cet
orgueil monstrueux et naïf d'être en effet ce qu'il est;
avec cette conviction que les autres hommes attendent
qu'il se révèle à eux, — comment voudriez-vous qu'il
se fût dépris de lui-même; qu'il eût cessé d'être lui
pour devenir un autre; et qu'enfin, pour se faire
« artiste », il eût renoncé à son rôle de « mage », de
« puiseur d'ombre », de « chercheur »?

C'est encore en cela que *les Contemplations* sont
éminemment un livre « personnel », si jamais il en

fut, — « confessions », à vrai dire, autant que « contemplations », — plus personnel, à ce titre, comme je vous le faisais observer, que *les Orientales* ou que les *Odes et Ballades*. Non seulement pour l'ampleur des mouvements ou pour la splendeur des images, mais encore et surtout, pour et par ce « désordre » apparent, dont l'irrégularité même est la peinture ou la figure extérieure de l'âme agitée du poète, *les Contemplations* sont en quelque sorte adéquates à la définition du lyrisme. Ni l'homme ni le monde n'ont été vus par aucun poète sous un angle plus personnel, et jamais aussi poète, — à moins peut-être que ce ne soit Dante, — n'a traduit sa vision du monde par des fictions et d'une manière, ni par le moyen d'un style plus individuels. Lisez encore les pièces fameuses qu'il a intitulées : *Ibo*; *Ce que dit la bouche d'ombre*; *Horror*; *Dolor*; *Pleurs dans la nuit* :

> Je suis l'être incliné qui jette ce qu'il pense,
> Qui demande à la nuit le secret du silence,
>   Dont la brume emplit l'œil;
> Dans une ombre sans fond mes paroles descendent,
> Et les choses sur qui tombent mes strophes, rendent
>   Le son creux du cercueil [1].

1. Il n'est pas indifférent d'ajouter que, dans notre langue, il n'y a rien non plus d'aussi « pindarique »; et si je l'ose dire, en forme de note, quoique n'étant pas un « grand grec », c'est que je vois que ce caractère des *Contemplations* a vivement frappé M. Renouvier. On trouvera d'ailleurs plus de « lumière » sinon de « clarté », dans Pindare, et plus « d'ombre », avec plus « d'horreur », dans les *Contemplations*.

III

Dans ces conditions, Messieurs, ne serait-il pas bien surprenant qu'étant contemporaine des *Contemplations*, sa *Légende des siècles*, en dépit de son allure épique, ne fût pas, elle aussi, plus personnelle qu'on ne le croit communément; — et partant plus lyrique? C'est au point que je me demande comment Gautier, dans son *Rapport*, a pu s'y tromper autrefois. « On a beaucoup plaint la France, y disait-il, de manquer de poèmes épiques. En effet, la Grèce a l'*Iliade* et l'*Odyssée*.... L'Italie, l'Espagne, l'Angleterre..., etc. A tout cela nous ne pouvions opposer que *la Henriade*.... Mais maintenant, si nous n'avons pas encore le poème épique régulier en douze ou vingt-quatre chants, Victor Hugo nous en a donné la monnaie dans *la Légende des siècles*, monnaie frappée à l'effigie de toutes les époques et de toutes les civilisations, sur des médailles d'or du plus pur titre. Ces deux volumes contiennent, en effet, une douzaine de poèmes épiques, mais concentrés, rapides et réunissant en un bref espace la couleur, le dessin et le caractère d'un siècle ou d'un pays [1]. »

Je ne puis souscrire à cette opinion. A la vérité, les fragments épiques ne manquent pas dans *la Légende des siècles*; et, — naturellement, — ce sont ceux où le

---

[1]. Naturellement, pour respecter la chronologie, nous ne parlons, comme Gautier, que de la « première » *Légende des siècles*, celle qui parut en 1859.

poète s'est inspiré, pour la paraphraser, de la légende
biblique ou de la tradition du moyen âge : *le Sacre de
la Femme, Booz endormi, Aymerillot, le Mariage de Roland....* Là, j'en conviens, comme s'il avait fait deux
parts de son œuvre, et qu'il se délassât de « pleurer dans
la nuit », ou d'écouter parler « la bouche d'ombre »,
en revivant en imagination l'histoire de l'humanité,
Hugo ne semble s'être proposé rien de plus ni d'autre
que de reproduire la couleur des temps évanouis ;
que de ressusciter le passé de ses cendres ; et, comme
dans ses *Orientales*, il n'y a déployé de « magie »
que celle du prestige de son exécution. Sa personne
même a presque disparu de son œuvre, et sa soumission à l'objet semble entière. Oui, dans ces quelques
pièces, — comme autrefois le vieil Homère, quand il
racontait la naïve rencontre d'Ulysse et de Nausicaa,
ou comme Dante encore, quand il pleurait au récit
de la douloureuse aventure de sa Francesca, — c'est
vraiment un peintre que l'auteur de *Booz*, et, face
à face avec son modèle, je conviens qu'il a mis à
l'imiter fidèlement toute son application, son honneur,
et sa gloire.

> Pendant qu'il sommeillait, Ruth, une Moabite,
> S'était couchée aux pieds de Booz, le sein nu,
> Espérant on ne sait quel rayon inconnu
> Quand viendrait du réveil la lumière subite....
> . . . .
> La respiration de Booz qui dormait
> Se mêlait au bruit sourd des ruisseaux sur la mousse ;
> On était dans le mois où la nature est douce,
> Les collines ayant des lis sur leur sommet.

> Ruth songeait et Booz dormait; l'herbe était noire,
> Les grelots des troupeaux palpitaient vaguement,
> Une immense bonté tombait du firmament,
> C'était l'heure tranquille où les lions vont boire....

Certes, ni l'éclat sombre des soirs étoilés, ni les bruits confus de la nature dans le silence de l'obscurité, ni la chaleur amollissante et le voluptueux énervement des belles nuits d'Orient n'ont jamais été mieux traduits; jamais non plus la vague et puissante émotion de l'idylle biblique; et s'il n'y avait dans *la Légende des siècles* que des pièces de ce genre, s'il y en avait seulement davantage, oui, encore une fois, nous partagerions l'opinion de Gautier.

Dira-t-on, pour la soutenir, que d'autres pièces, non moins célèbres, la justifient encore? Et, en effet, Messieurs, je doute donc qu'à Rome, au palais Farnèse, il y ait une fresque des Carrache, ou jadis, à Fontainebleau; je doute qu'il y en eût du Primatice ou du Rosso, dont la fougue sensuelle égalât l'admirable inspiration, naturaliste et symbolique à la fois, du *Satyre*. J'ose même avancer, — témérairement peut-être, — qu'avec un peu de noir et de blanc, réhaussés d'un peu de rouge ou de jaune, le plus étonnant lui-même des coloristes, don Diego Rodriguez de Silva y Velasquez, n'a rien fait de plus étonnant que *la Rose de l'infante*; et si la comparaison est juste, ce n'est pas, Messieurs, parce qu'on l'a souvent faite qu'il nous faut craindre de la répéter.

> Elle est toute petite, une duègne la garde,
> Elle tient à la main une rose, et regarde.

Quoi? que regarde-t-elle? Elle ne sait pas. L'eau,
Un bassin qu'assombrit le pin et le bouleau,
Ce qu'elle a devant elle, un cygne aux ailes blanches,
Le bercement des flots sous la chanson des branches,
Et le profond jardin rayonnant et fleuri.
Tout ce bel ange a l'air dans la neige pétri.
On voit un grand palais comme au fond d'une gloire,
Un parc, de clairs viviers où les biches vont boire,
Et des paons étoilés sous les bois chevelus.
. . . .
Un jet de saphirs sort des bouches des dauphins.
Elle se tient au bord de l'eau; sa fleur l'occupe;
Sa basquine est en point de Gênes; sur sa jupe
Une arabesque, errant dans les plis du satin,
Suit les mille détours d'un lit d'or florentin;
La rose épanouie et toute grande ouverte,
Sortant du frais bouton comme d'une urne ouverte,
Charge la petitesse exquise de sa main....

Mais vous rappelez-vous la suite? et que déjà, dans
cette pièce, le désintéressement du poète n'est pas
entier? Sous le virtuose de la couleur, le lutteur,
vous le savez, reparaît promptement. Cette admirable peinture n'est pas destinée à nous remplir uniquement les yeux de la joie de la beauté pure, et
Hugo a un autre objet. Principalement, ou uniquement même, il s'agit ici pour lui d'imprimer la flétris-
sure immortelle de son vers au père de « ce bel ange »,
à Philippe II, roi d'Espagne, à la sainte Inquisition,
au catholicisme même :

Philippe deux était le Mal tenant le glaive....
. . . .
Et sa prunelle avait pour clarté le reflet
Des bûchers sur lesquels par moments il soufflait.

Il était redoutable à la pensée, à l'homme,
A la vie, au progrès, au droit, dévot à Rome...,
C'était Satan régnant au nom de Jésus-Christ.

Évidemment, ce peintre ne peint pas pour peindre ;
ce poète ne raconte même pas *ad narrandum*, mais
ad probandum. Son tableau n'est pas un tableau seulement, mais un plaidoyer, si je puis ainsi dire, ou
un acte ; et il veut nous émouvoir en faveur des sentiments ou des idées qui sont les siennes ; — ce qui est
d'ailleurs assurément son droit. Il y voyait, lui, vous
le savez assez, son devoir ou sa « fonction ».

Si cette observation est vraie de *la Rose de l'infante*,
combien ne l'est-elle pas davantage de tant d'autres
pièces : *la Conscience, Dieu invisible au philosophe,
Sultan Mourad, le Jour des rois, les Raisons du Momo-
tonbo, la Trompette du jugement?* Contre les rois, supposés tous tyranniques et féroces ; contre les prêtres,
supposés tous imbéciles ou fourbes ; et en faveur du
peuple, supposé toujours bon, toujours brave, toujours grand, nous pouvons dire que sous ce rapport *la
Légende* continue l'œuvre des *Châtiments*. Vingt autres
caractères, — sur lesquels je n'insiste pas, — la dif-
férencient du *Romancero du Cid* ou de la *Chanson de
Roland*. Elle est à la véritable épopée ce que l'*Essai
sur les mœurs*, de Voltaire, est à la véritable histoire.
Ce n'est point une formule d'art, comme Gautier, ou
une idée pure, comme Vigny, que le poète cherche à
faire triompher : c'est un idéal actuel de justice ; ce
sont des plans de réforme ou de révolution sociale ; ce
sont aussi des rancunes personnelles, des haines per-

sonnelles, des espérances personnelles. Voilà vraiment
ce qui le détermine dans le choix de ses sujets, — dont
vous n'en trouveriez pas plus d'une douzaine qui l'aient
séduit par eux-mêmes; — et voilà ce qui commande
ou ce qui règle sa manière de les traiter.

Je vous parlais de *la Conscience* :

> Lorsque avec ses enfants vêtus de peaux de bêtes,
> Échevelé, livide au milieu des tempêtes,
> Caïn se fut enfui de devant Jéhovah....

Est-ce qu'après ce début, Hugo s'est proposé de ressusciter par la force de l'imagination une scène des
temps préhistoriques? Est-ce qu'il s'est proposé seulement de nous montrer, sous le mythe ou dans l'histoire de Caïn, l'humanité se dégageant de la brute, et
le premier remords créant, pour ainsi dire, la conscience morale[1]? En aucune façon! Mais, en la trans-
posant, il a refait une pièce célèbre de ses *Châtiments*;
et, ce qu'il a voulu dire ou signifier, c'est qu'aussi
longtemps qu'il y aurait des rois, il serait pour eux,
lui, Victor Hugo, cet œil éternellement ouvert dans
les ténèbres :

> On fit donc une fosse, et Caïn dit : C'est bien.
> Puis il descendit seul sous cette voûte sombre.
> Quand il se fut assis sur sa chaise dans l'ombre,
> Et qu'on eut sur son front fermé le souterrain,
> *L'œil était dans la tombe et regardait Caïn.*

1. J'essaye, dans cette phrase, d'indiquer la manière dont
Vigny, par exemple, eût pu traiter l'histoire de Caïn. On en
verra une troisième encore quand nous viendrons prochainement à l'auteur des *Poèmes antiques* et des *Poèmes barbares*.

Que maintenant donc le monde extérieur occupe
dans *la Légende des siècles* une place plus considérable
que dans *les Contemplations*; que ce pouvoir d'évocation ou de suggestion, dont j'essayais tout à l'heure de
vous donner une idée, s'y montre encore plus extraordinaire; que le coloris de cette vaste fresque, plus
juste en général que celui des *Orientales*, — pas toujours, mais en général, — soit d'ailleurs plus éclatant
tour à tour, ou plus sombre, que celui même de Titien
ou de Rembrandt; que la facture en soit plus habile et
plus libre, avec je ne sais quoi de plus souverain que
jamais; et que, tout ce qu'avaient inventé Vigny dans
ses *Poèmes antiques*, Barbier dans ses *Iambes*, Sainte-
Beuve dans ses *Poésies populaires*, Gautier dans ses
Émaux et Camées, Banville même dans ses *Odes funam-
bulesques*, Hugo se le soit approprié, l'ait fondu dans le
creuset de son génie, et en ait forgé un vers d'un métal
unique, rien de tout cela n'empêche l'inspiration des
plus belles pièces de *la Légende* d'être lyrique encore,
éminemment, exclusivement lyrique, si la passion en
demeure l'âme; si toutes ou presque toutes elles ten-
dent à prouver quelque chose; et si c'est bien ce qui
les différencie, — je ne dis même plus de la *Chanson
de Roland* ou du *Romancero du Cid*, ou généralement
de tout ce que l'on nomme du nom d'épopée, — mais
de la poésie d'Alfred de Vigny et de celle de Théophile
Gautier, de *la Colère de Samson*, par exemple, ou des
Variations sur le Carnaval de Venise. Le regretterons-
nous d'ailleurs, ou le reprocherons-nous au poète? La
question est délicate, et si je voulais y répondre, je

n'aurais pas le temps de motiver ce que je vous dirais[1].
Mais sans doute vous m'accorderez que cette même
ardeur de passion, qui fait à de certains égards la
beauté de *la Légende des siècles*, fait aussi qu'elle
manque de désintéressement ou de sérénité; — et
ceci n'a pas besoin d'être prouvé davantage.

C'est qu'aussi bien, Messieurs, très inférieure ou
très inégale à l'élévation de son génie, l'âme d'Hugo,
par cela même qu'elle était l'une des plus passion-
nées, a été l'une des plus tumultueuses, et, partant,
l'une des plus troubles et des plus confuses que ce
siècle ait connues. Les événements qu'il a traversés, —
que je n'ai pu que vous indiquer, mais que vous connaissez, — n'étaient pas d'ailleurs pour la rasséréner,
pour la détacher d'elle-même, pour l'habituer à voir
les choses sous l'aspect de l'éternité. Dans sa première
manière, contenu, ou retenu qu'il était par toute
sorte d'entraves, par le besoin même ou l'ambition de
se faire un nom, par ses origines, par sa situation
sociale, — père de famille, chef d'école, académicien,

1. Je puis dire du moins ce que serait cette réponse, et
même je l'ai indiqué plus haut, rien qu'en rapprochant *la
Légende des siècles* de l'*Essai sur les mœurs*. On ne peut prendre
avec l'histoire que de certaines libertés, et quand on veut
en mettre les leçons au service d'une cause actuelle, — ce qui
est d'ailleurs parfaitement légitime, — on n'a, toutefois, le
droit d'en altérer ni les faits ni l'esprit. Si Voltaire et Victor
Hugo se le sont donc permis, c'est en cela qu'ils sont Hugo et
Voltaire, je le veux bien, mais c'est en cela aussi que l'*Essai sur
les mœurs* et *la Légende des siècles* ne tiennent pas les promesses
de leur titre. On n'a pas le droit de calomnier Philippe II pour
montrer les dangers du pouvoir absolu, ni de dénaturer la
vérité du christianisme pour combattre la superstition.

pair de France, — par quelque crainte encore du *ridi-*
cule, sinon de la critique, Hugo a donc dissimulé sa
véritable nature, ou du moins il n'en 'a laissé passer
ou percer que quelques traits seulement dans son
œuvre, dans son théâtre surtout, si le lyrisme de *Ruy
Blas* ou d'*Hernani*, qui n'a rien de moins fougueux,
a quelque chose déjà de plus révolutionnaire que
celui des *Feuilles d'automne*, des *Voix intérieures*,
des *Chants du crépuscule*. Mais plus tard, dans l'exil
et dans la solitude, libéré de toute contrainte, n'ayant
plus rien à ménager ni personne, devenu dieu sur
son rocher, il s'est mis tout entier dans ses *Châti-*
ments, dans ses *Contemplations*, dans sa *Légende des*
siècles, avec toutes ses rancunes et toutes ses haines,
toutes ses révoltes et toutes ses espérances,

> .... tout son génie et tout son cœur,

toutes ses préoccupations et toutes ses angoisses.
Et alors on a bien vu ce qu'il était en réalité, un
homme de son temps, oui, sans doute, mais, par la
qualité de son imagination, par l'impossibilité de
s'en rendre maître, par une espèce de nécessité de la
suivre jusque dans ses écarts les plus extravagants,
un contemporain d'Ézéchiel ou d'Eschyle [1], un « pri-

---

1. Voyez là-dessus comment il a lui-même parlé d'Eschyle
et d'Ézéchiel dans le premier livre de son *William Shakespeare* :
« Une sorte d'épouvante emplit Eschyle d'un bout à l'autre,
une méduse profonde s'y dessine vaguement derrière les
figures qui se meuvent dans la lumière.... Il est rude, abrupt,
excessif, incapable de pentes adoucies, presque féroce, avec
une grâce à lui qui ressemble aux fleurs des lieux farouches,

mitif », un cyclope, si je l'ose dire, sans que vous preniez ce mot pour une plaisanterie, mais qu'au contraire vous vous rappeliez tout ce qu'il exprime d'extraordinaire, d'énorme, de prodigieux ; et, Messieurs pour toutes ces raisons, non pas peut-être le plus grand poète, mais le plus grand *lyrique* de tous les temps [1].

moins hanté des nymphes que des Euménides, du parti des Titans, parmi les déesses choisissant les sombres, et souriant sinistrement aux Gorgones, fils de la terre comme Othryx et Briarée, et prêt à recommencer l'escalade contre le parvenu Jupiter. »

Voici maintenant Ézéchiel :

« C'est le bienfaiteur farouche.... C'est le colossal bourru bienfaisant du genre humain.... Ce visionnaire mangeur de pourriture est un résurrecteur. Ézéchiel a l'ordure aux lèvres et le soleil dans les yeux.... Son effarement de prophète était incontestable, il avait évidemment vu ce qu'il racontait.... On ne peut s'empêcher de songer que cet Ézéchiel, sorte de démagogue de la Bible, aiderait 93 dans l'effrayant balayage de Saint-Denis. Quant à la cité bâtie par lui, il murmure au-dessus d'elle ce nom mystérieux : JEHOVAH SCHAMMAÏ, qui signifie : *l'Éternel est là*. Puis, il se tait pensif dans les ténèbres, montrant du doigt à l'humanité, là-bas, au fond de l'horizon, une continuelle augmentation d'azur. »

1. On trouve encore de curieux renseignements sur la nature d'imagination qu'Hugo savait lui-même être la sienne dans le premier livre des *Travailleurs de la mer*. Voyez notamment le chapitre intitulé : *A maison hantée habitant visionnaire* :

« La solitude dégage une certaine quantité d'égarement sublime.... Il en résulte un mystérieux tremblement d'idées qui dilate le docteur en voyant et le poète en prophète.... »

Ou encore ce passage :

« La rêverie, qui est la pensée à l'état de nébuleuse, confine au sommeil, et s'en préoccupe comme de sa frontière. L'air habité par des transparences vivantes, ce serait le commencement de l'inconnu ; mais au delà s'offre la vaste ouverture du possible. Là d'autres êtres, là d'autres faits. Aucun surnaturalisme, mais la continuation occulte de la nature infinie. »

Vous vous expliquez sur ce mot comment et pourquoi, si personne, je le crois, n'a plus fortement ébranlé ni surtout étonné l'imagination de ses contemporains, il ne pouvait pas cependant faire école. Car, comment s'inspirerait-on de *la Trompette du jugement?*

> Je vis dans la nuée un clairon monstrueux.
>
> Et ce clairon semblait, au seuil profond des cieux,
> Calme, attendre le souffle immense de l'archange.
>
> Ce qui jamais ne meurt, ce qui jamais ne change
> L'entourait. A travers un frisson, on sentait
> Que ce buccin fatal, qui rêve et qui se tait
> Quelque part dans l'endroit où l'on crie, où l'on sème,
> Avait été forgé par quelqu'un dè suprême,
> Avec de l'équité condensée en airain.
> Il était là, lugubre, effroyable, serein,
> Il gisait sur la brume insondable qui tremble
> Hors du monde, au delà de tout ce qui ressemble
> A la forme de quoi que ce soit [1]....

On peut parodier de tels vers, mais vous comprenez aisément qu'on ne puisse les imiter. La vision est trop personnelle; et quiconque essayerait de s'en suggéra à lui-même d'analogues, il faudrait qu'il fût Hugo; — ou certainement il échouerait dans le ridicule. Mais c'est ce qui vous explique aussi qu'ayant eu la force d'interrompre le courant, Hugo n'ait pas eu celle de l'arrêter. Le romantisme lui a dû de voir son histoire

---

1. Je crois devoir faire observer de nouveau que *la Trompette du jugement,* — comme les pièces intitulées : *Pleine mer* et *Plein ciel,* — appartient bien à la première *Légende des siècles.*

se clore en quelque sorte par ses chefs-d'œuvre ; et
ces chefs-d'œuvre ont pu faire hésiter ou suspendre
un moment le siècle dans sa course. Mais trop de raisons se joignaient ou conspiraient ensemble pour que
la défaite finale du romantisme ne suivît pas ce retour
de succès. C'est, Messieurs, ce que nous verrons
mieux dans une prochaine leçon, où j'essayerai de
démêler avec vous quelques-unes de ces raisons et de
vous montrer surtout pourquoi, si l'on a conçu et
présenté jusqu'ici la figure de l'histoire littéraire de
notre siècle sous la forme d'une circonférence dont
le romantisme serait le centre, il faut maintenant la
dessiner et la voir plutôt sous la forme d'une ellipse
dont le *Romantisme* étant l'un des foyers, le *Naturalisme* en serait l'autre.

3 mai 1893.

DOUZIÈME LEÇON

LA RENAISSANCE DU NATURALISME

I. **Du vrai sens du mot de naturalisme.** — De la liberté dans l'art, et qu'elle n'est pas un principe : — 1° parce que les limites et les lois de chaque art ont leur fondement dans son objet même; — 2° parce que la nature, étant la matière de nos sensations, en est donc aussi la mesure ou le juge; — 3° parce qu'il y a entre elle et l'homme des correspondances qui leur sont supérieures à tous deux.

II. **Formation de la théorie.** — L'influence du roman de Balzac. — La lutte dans son œuvre du *romantisme* de la conception, et du *naturalisme* de l'exécution. — La philosophie de *la Comédie humaine*. — Influence du positivisme. — L'essai de Taine sur *Balzac*. — La critique naturaliste. — Un rapprochement inattendu. — La détermination du nouvel idéal.

III. **Du principe de l'imitation de la Nature.** — En quoi le principe risque d'être trop étroit. — En quoi d'autre part il est trop vague. — Comment cependant il contient toute une esthétique. — L'une de ses conséquences a été de ramener les artistes à la rhétorique du xviiᵉ siècle. — Citations de Flaubert. — Qu'une autre conséquence en a été le retour à l'étude et l'intelligence de l'antiquité. — Remarque importante sur *la Légende des siècles* et sur le romantisme.

DOUZIÈME LEÇON

LA RENAISSANCE DU NATURALISME

Messieurs,

Si vous vous rappelez la liaison que nous avons naguère essayé d'établir entre les trois termes de *romantisme*, d'*individualisme*, et de *lyrisme*, c'en est une aujourd'hui du même genre que je voudrais tâcher de vous bien faire voir entre les trois termes de *naturalisme*, d'*objectivisme* et de *positivisme*.... Je vous demande pardon de tous ces mots en *isme*.... Si chacun d'eux est un peu lourd, et sans doute, à lui tout seul, tout à fait inélégant, l'assemblage que j'en forme n'a rien qui les rende plus littéraires ni plus légers, je le sens bien, et j'en suis le premier fâché.... Mais, je ne les ai pas inventés; on serait obligé, pour ne pas s'en servir, de les remplacer par d'interminables périphrases; et puis, et enfin, ce qu'ils veulent dire, ils le disent bien. C'est à la condition, toutefois, que l'on prenne la peine de les définir, et il n'est que trop vrai que les hommes en général n'aiment pas les définitions trop précises. Trouvent-ils peut-être qu'elles entreprennent sur leur liberté de penser? Les définitions nous obligent à voir clair dans nos propres idées, et c'est ce que nous n'aimons guère. N'en faut-il pas cependant, de temps en temps, quelques-unes, si c'est le seul moyen qu'on ait inventé de s'entendre en parlant? et que rien, comme dit Pascal, « n'éloigne plus promptement et plus puissamment les surprises captieuses des sophistes »? La moitié de nos discussions deviendrait inutile si nous commencions par convenir du sens des mots. Ne nous lassons donc point de définir les termes; c'est une des parties essentielles de l'art de parler ou d'écrire; et, quand on y songe, il se pourrait que c'en fût une aussi de l'art même de penser.

I

Le mot de *naturalisme*, pour être mieux fait, moins arbitraire assurément, plus expressif que celui de *romantisme*, n'est cependant pas de soi beaucoup plus clair, et le contenu n'en est guère plus facile à déterminer. Il est ancien dans la langue; et nos peintres, par exemple, au xviie siècle, s'en servaient couramment dans un sens encore très voisin de son étymologie[1]. Nous pourrions faire comme eux. Mais, depuis

1. J'ai déjà cité plusieurs fois ce texte du peintre Henri Testelin, 1616-1695 : « L'opinion qu'on appelle *naturaliste* estime nécessaire l'imitation exacte du naturel en toutes choses. » Voir les *Conférences de l'Académie royale de peinture et de sculpture*, recueillies et publiées par M. Henry Jouïn. Paris, 1883, Quantin.

quelques années, — comme aussi bien tant de mots
de la langue, — on l'a mis à tant d'usages, ou plutôt,
pour parler franchement, on l'a compromis dans de
telles aventures, qu'il n'éveille plus rien que de
vague, d'incertain, de confus, je ne veux pas dire d'in-
convenant et de grossier. Pour le débarrasser d'abord
ou le laver de son mauvais renom, en même temps
que pour en préciser le sens, prenons-le donc, Messieurs, comme nous avons fait le mot de romantisme :
dans l'histoire; et de même que nous avons vu le
romantisme se déterminer par son opposition croissante avec le *classicisme*, voyons si le *naturalisme* à
son tour ne se définirait pas assez heureusement par
les péripéties mêmes de la lutte qu'il a soutenue contre
le *romantisme*.

L'erreur capitale du *romantisme*, — je vous l'ai
déjà signalée, mais peut-être ne l'ai-je pas assez
développée, — celle d'où toutes les autres, une par
une, avaient comme nécessairement découlé, c'était
d'avoir pris la « liberté » pour un principe d'art[1]. A
Dieu ne plaise, encore une fois, que je médise de la
liberté! Mais il y a manière de l'entendre, et pas
plus en art qu'ailleurs, la liberté n'est un principe,
et bien moins encore une fin. La liberté n'est qu'une
condition, ou un moyen, si vous l'aimez mieux, — une
possibilité d'agir, — que nous réclamons, et qui nous
est effectivement nécessaire pour obtenir et réaliser

---

1. Voir la leçon sur *l'Émancipation du Moi par le romantisme.*

quelque chose d'autre et de plus qu'elle-même. Et c'est pourquoi, dire à l'artiste qu'il est libre, c'est ne lui rien dire du tout, à moins peut-être, vous l'avez vu, que ce ne soit lui donner le pire et le plus dangereux de tous les conseils.

Car, on ne saurait trop le répéter, l'art a en soi sa raison d'être, ou sa cause finale; non seulement l'art en général, mais chaque art en particulier; et non seulement chaque art, mais chaque genre aussi. L'objet de la peinture n'est pas celui de la musique; nous ne demandons pas la même espèce de plaisir à une ode qu'à un vaudeville; et, dans l'usage de la vie quotidienne, nous n'allons pas chercher le même divertissement au Chat-Noir qu'à... l'Odéon. Il en résulte nécessairement que, si chaque art a sa raison d'être dans sa définition, la connaissance intime de l'objet de chaque art, et des moyens de l'atteindre, a été la première leçon dont le naturalisme contemporain dût opposer l'urgence à la liberté romantique. C'est ce que nous avons commencé de voir quand nous avons parlé de Théophile Gautier; et, là même, vous le voyez sans doute mieux aujourd'hui, là est l'explication du prix qu'il a, comme toute son école, attaché au pouvoir de la forme. Un tableau, Messieurs, doit d'abord être *peint*, ce qui s'appelle *peint*, quels que soient d'ailleurs ses autres mérites, quelles que soient aussi ses prétentions; de même qu'avant d'être quoi que ce soit, — épiques, dramatiques, ou lyriques, — des *vers* doivent être des *vers*. Il n'y a pas là de liberté qui tienne, et l'exigence est absolue. Des vers qui ne sont pas des vers sont... de la prose, et un tableau qui n'est pas peint, n'en est pas un [1]. Avez-vous vu jamais des lions qui fussent des tigres, ou des chênes, par hasard, qui fussent des sapins?

Faisons maintenant un pas de plus dans la même direction. Supposons, admettons, accordez-moi, pour un moment, que la peinture, en général, soit une *imitation* de la nature extérieure, et la littérature, en général aussi, une *imitation* des sentiments, des passions, des idées de l'humanité. La liberté de l'artiste en souffre aussitôt une restriction de plus, et en dépit qu'il en ait, la nature devient son inspiratrice, son objet, et son juge. Son inspiratrice; — puisqu'il aura beau faire, il ne pourra jamais sortir de la nature qu'avec des moyens qui soient d'elle, qu'il faudra qu'il lui emprunte, et que, même quand il imaginera la « Chimère » ou le « Sphinx », les morceaux, pour ainsi parler, lui en seront toujours donnés par la nature. Son objet; — l'objet qu'il ne saurait trop étudier, de trop près, avec trop de soumission, de complaisance, et de docilité, puisqu'il n'en saurait saisir ou surprendre, ni surtout approfondir autrement le secret. Et son juge enfin; — si le talent ou le génie même, en tous genres, en tout temps, en tous lieux, ne sont jamais qu'un rapport de l'individualité de l'artiste avec la façon dont tout

---

1. C'est ce que l'on oublie trop aujourd'hui, qu'en peinture comme en poésie, comme au théâtre, l'art commence où le métier cesse, mais que le métier n'en est pas moins le support indispensable de l'art.

le monde autour de lui voit, sent, ou comprend la nature.

Oui, faites-y bien attention, Messieurs : dans toutes les discussions d'art, qu'elles viennent à s'élever sur la valeur d'une toile ou sur celle d'une comédie, lorsque nous agitons la question de savoir si la manière de Titien est plus haute que celle de Rubens, ou pourquoi l'*Andromaque* de Racine est au-dessus de la *Zaïre* de Voltaire, toujours, que nous le sachions ou non, nous en appelons, si je puis ainsi dire, à un tiers interlocuteur; et ce tiers c'est la nature! Quelle idée, ou, si vous le préférez, quelle sensation de la nature et de la vie les Vénus de Titien ou les nymphes de Rubens nous procurent-elles? Quel est le degré de vraisemblance ou de vérité de Pyrrhus et d'Andromaque, d'Oreste et d'Hermione, de Zaïre, d'Orosmane, de Lusignan? Qu'expriment-ils d'humain? Par où sortent-ils peut-être de la nature pour entrer dans le domaine de la convention? C'est l'éternel problème, qui ne peut être évidemment tranché que par un appel à la nature. Et, Messieurs, qu'en faut-il conclure, sinon que, comme nous le disions, l'artiste a un maître qui est la nature? que toutes les leçons seront donc légitimes qui auront pour objet de lui apprendre à mieux voir la nature [1]? et qu'à vouloir

1. C'est encore à l'une des *Conférences de l'Académie de peinture*, — celle d'Oudry sur l'enseignement de son maître Largillière, — que j'emprunte cette notion des règles : « *La nature bien vue*, disait Largillière, vous peut seule donner ces lumières originales qui distinguent un homme du commun. Je

enfin se libérer de cette contrainte salutaire, il ne peut que broncher, s'égarer, et se perdre.

C'est le second trait d'une définition du naturalisme. *Non mihi res, sed me rebus....* Bien loin de vouloir troubler ou renverser l'ordre essentiel et permanent des choses en se soumettant la nature, c'est à elle désormais que se soumettra l'artiste. Ce que sa vision personnelle des choses a communément de court ou de défectueux, — souvent même de faux, en tant que personnelle, — c'est à la nature qu'il demandera de le corriger, de le redresser, de le rétablir dans sa vérité. Par suite encore, il ne mettra de lui-même, — je dis de sa personne, — que le moins qu'il pourra dans son œuvre, le plus de son talent, mais le moins qu'il pourra de ses « goûts », lesquels ne sont d'ordinaire en lui que la suite et l'effet de l'hérédité, de l'ambiance, comme l'on dit, de la première éducation ou des premiers exemples. Il abdiquera son égoïsme, cet égoïsme qui lui est d'ailleurs si naturel en tant qu'homme ; et non seulement l'art n'y perdra rien, mais vous voyez ce qu'il y gagnera, si nul de nous ne peut se flatter d'être « le premier homme du monde », — j'entends premier en date, seul et unique de son espèce ; — si les conceptions de l'artiste ne se réalisent véritablement que dans la mesure où elles le dépassent lui-même, qu'autant qu'elles s'en déta-

dis : *bien vue...*, car vous comprenez bien que ce ne serait pas la voir comme il faut *que de la soumettre à un goût particulier....* Les principes ne sont faits que pour vous mettre vis-à-vis de la nature. »

chent comme l'effet de sa cause, qu'elles représentent,
qu'elles expriment quelque chose de plus général ou
de plus permanent que lui; et si enfin la nature est
toujours plus vaste, plus diverse, et plus riche que le
génie d'un seul homme.

Un mot célèbre d'Amiel, — ce Genevois dont on
eût fait un Dieu, à Paris, si ses compatriotes l'eussent
permis, — me servira pour vous faire bien entendre,
et pour justifier, ce que ces idées semblent d'abord
avoir de subtil, ou plutôt d'excessif. « Un paysage,
a-t-il dit quelque part, est un état de l'âme » ; et, je
ne sais comment, on a cru qu'il avait voulu dire
que, dans le paysage que le peintre fixait sur sa toile
ou le poëte en ses vers, poëte ou peintre ils se peignaient eux-mêmes. Comme on retrouve donc dans
le Déluge, ou dans *le Diogène*, l'âme noble et austère
de Poussin, ou comme on voit dans ses *Batailles* se
déchaîner furieusement l'âme tragique et tourmentée
de Salvator Rosa; de même, dans *Ischia*, dans *Baïa*,
dans *le Lac*, respire le génie voluptueux de Lamartine, et de même, dans les stances de *la Maison du
berger*, nous reconnaitrions le génie pessimiste,
stoïque, et résigné de Vigny. L'observation n'aurait
sans doute rien de bien neuf. Mais Amiel a voulu
dire autre chose, et quelque chose de moins banal et
de plus profond [1]. Il a voulu dire, Messieurs, qu'in-

1. Quand il ne suffirait pas, pour se convaincre de la vérité de
cette interprétation, de se reporter au texte du *Journal* d'Amiel,
il suffirait encore de se rappeler qu'en sa qualité d'hégélien
« la nature » et « l'esprit » ne sont pas deux choses pour lui,

dépendamment du poète ou du peintre qui le peignent et qui le décrivent, un paysage avait en soi sa
signification idéale, et sa valeur absolue, ce qui est
justement le contraire de l'opinion qu'on lui prête.
Il a voulu dire que, pour vous, comme pour moi,
comme pour Lamartine, quel que soit notre état
d'âme, la vue du golfe de Naples dégageait de la
joie; et que, pour moi, comme pour vous, comme
pour Hugo, la vue de la mer du Nord déchaînée sur
ses plages « suggérait » de l'horreur. Loin que ce
soient nos « états d'âme » qui s'imposent à la nature,
au contraire c'est la nature dont les spectacles déterminent nos « états d'âme ». Ou encore, si vous l'aimez
mieux, entre la nature et l'homme, — entre ce que
la première a de plus secret et le second de plus
intérieur, — Amiel a voulu dire qu'il y avait des affinités, une convenance cachée, du « sensible » et de
« l'intelligible », dirait un philosophe, qui se corres-
pondent, qui sont le relatif ou le corrélatif l'un de
l'autre. Tristesse ou gaieté, douleur ou volupté, joie
de vivre, lassitude ou ennui d'être au monde, plaisirs
légers, regrets amers, dégoût des choses, avidité d'en
jouir, étant faits comme nous le sommes, il n'y a

mais identiquement la même. Au reste, son *Journal* étant
assez récent encore, l'erreur que nous essayons de redresser
n'en est que plus significative, comme prouvant à quel point
nous sommes toujours imbus de romantisme. Et pourquoi
n'ajouterais-je pas que, dans le sens qu'on donne au mot
d'Amiel, il n'y aurait rien qui ne fût « un état de l'âme »
notre façon de nous habiller, par exemple, ou le mobilier
d'un cabinet de travail, ou celui d'un salon?

pas un sentiment humain qui ne se traduise éternellement en quelque aspect de la nature, qui n'y soit objectivé, concrété, si je puis ainsi dire, ou cristallisé; voilà ce qu'entendait Amiel; et voilà pourquoi, Messieurs, en nous subordonnant à la nature, nous n'avons pas à craindre, je le répète avec assurance, que l'art y perde rien, ni de sa diversité, ni de sa profondeur, ni même de son « humanité »…. Je n'attendrai pas longtemps à vous le montrer, je l'espère, plus clairement encore.

Accroissement donc de la sympathie qui lie les hommes entre eux et aux choses; abdication de soi-même et soumission entière à la nature; respect absolu de la forme et des lois propres à chaque art, tels sont les traits essentiels d'une définition du *naturalisme*, parmi lesquels, s'il en est un de plus important que les autres , — c'est le second, — vous voyez aisément qu'il est aussi le trait essentiel d'une définition de l'*objectivisme* ou de l'impersonnalité dans l'art.

En voulez-vous une preuve par l'histoire? Vous la trouverez dans l'art hollandais. On n'a jamais mieux peint, — si j'en crois les historiens de la peinture, et les peintres surtout, — on n'a jamais peint plus consciencieusement, avec plus de probité, pour ne pas dire avec plus de dévotion, que ceux que l'on appelle les petits maîtres hollandais, un Metzu, un Terburg, un Pierre de Hooch, un Van Ostade[1]. Jamais non plus

---

1. Voir dans *les Maîtres d'autrefois*, d'Eugène Fromentin, le chapitre : *Terburg, Metzu et Pierre de Hooch au Louvre*. Pour

on n'a mis dans son œuvre moins de « documents »
ou de révélations sur soi-même, rien qui trahisse
moins visiblement l'individu, sa vie privée, ni ses
goûts personnels. Et on n'a jamais enfin témoigné
d'une sympathie plus sincère pour l'homme, pour les
moindres occupations dont la suite fait le cours de la
vie quotidienne, les plus simples, les plus humbles,
disons les plus vulgaires, si vous le voulez; on n'a
jamais mieux aimé, d'un amour plus égal et par cela
même plus profond, la nature et la vérité.

J'ose en dire autant de nos grands classiques du
xvii° siècle, j'entends les bons, les vraiment grands :
Molière et Pascal, Bossuet, Racine ou La Fontaine.
Leur observation, je le sais, systématiquement réduite
à l'homme et à l'homme social, s'est exercée plutôt
en profondeur qu'en étendue; et ils diffèrent beaucoup par là des Hollandais, à qui ce sont au contraire les parties supérieures et intérieures de la
nature humaine qui semblent avoir échappé. Mais
qui s'est intéressé davantage, plus passionnément et
plus curieusement, à l'objet de son observation?
Quels écrivains, quels poètes se sont montrés plus
sobres de renseignements sur eux-mêmes? ont moins
essayé d'attirer à leur personne ce que l'on pouvait
refuser de sympathie à leur œuvre? Et dans quel
temps enfin de notre langue a-t-on mieux écrit, quoi
qu'on en puisse dire, avec plus d'ordre, avec plus

ce qui est du naturalisme des classiques français, il y a déjà
longtemps que j'ai développé le point de vue que je résume
ici dans une conférence sur *le Naturalisme au* xvii° *siècle.*

de justesse, avec plus d'art, et cependant avec moins d'emphase, avec moins d'artifice, avec plus de sincérité? C'est un autre excellent exemple d'un art impersonnel, objectif, naturaliste, — naturaliste en tant qu'objectif, et objectif parce qu'impersonnel [1].

Il n'importe pas là-dessus d'examiner si l'artiste, quoi qu'il fasse, ne mêle pas toujours une partie de sa personne dans son œuvre. Tout le monde le sait et tout le monde en convient. Nous ne voyons qu'avec nos yeux, nous ne sentons qu'avec nos sens. Mais, pour aujourd'hui, ce n'est pas la question. Ce que j'essaye uniquement c'est de vous faire voir que la liaison n'est pas plus étroite, entre le *romantisme* et l'*individualisme*, qu'entre le *naturalisme* et l'*objectivisme*, et que tout ce que l'on pouvait faire, entre

---

1. Il ne faut point dire là-dessus, comme on le fait quelquefois, que toutes les écoles ont posé l'imitation de la nature en principe, y compris l'école romantique elle-même. Ce serait une erreur, et j'entends une erreur historique. Dans sa *Philosophie de l'art*, Taine a parfaitement montré que l' « altération des rapports réels des choses », en vue d'un effet à obtenir, avait été le principe essentiel de très grandes écoles. On peut se proposer de faire « plus grand » que nature, comme Corneille, par exemple, ou comme Michel Ange; on peut se proposer de faire « plus élégant », plus délicat, plus mièvre, plus joli, comme en général tous les alexandrins ou comme nos peintres du xviiiᵉ siècle; on peut se proposer de faire « plus drôle », et en littérature comme en peinture, ç'a été l'objet de tous les caricaturistes et de presque tous les comiques. Qui dira sérieusement que Regnard se soit proposé, dans son *Légataire universel* ou dans ses *Folies amoureuses*, d'imiter la nature? Pater ou Lancret dans leurs *Fêtes galantes*? et l'auteur de *Rodogune* et d'*Héraclius* n'a-t-il pas écrit en propres termes que le sujet d'une belle tragédie *doit* n'être pas vraisemblable?

1850 et 1860, en faveur du *naturalisme*, on le faisait,
il fallait qu'on le fît, contre le *romantisme*, ou réciproquement.

II

On le faisait aussi contre le *lyrisme*.

A cet égard, si nous avons vu comment George Sand
avait commencé de dégager le roman du lyrisme,
l'œuvre de Balzac était venue compléter celle de l'auteur du *Meunier d'Angibault*, et la transformation était
à peu près achevée. Non pas, assurément, qu'il n'y
ait dans Balzac bien des parties encore d'un romantique, d'un contemporain d'Hugo, de Dumas, de Musset, et presque autant d'imagination ou de lyrisme
même, en un certain sens, que de réalisme ou d'observation. Audacieuse et brutale, avec de curieuses
parties de générosité, sa conception de la vie, telle
qu'elle ressort de son œuvre imparfaite, ne diffère
pas assez du rêve personnel de fortune, d'ambition,
et de gloire qu'il eût voulu réaliser lui-même. Savantes
ou bizarres, ténébreuses, compliquées, ses intrigues,
— celle du *Père Goriot*, par exemple, ou de *la Dernière Incarnation de Vautrin*, à plus forte raison, —
n'ayant rien de plus simple ou de plus vraisemblable,
n'ont donc rien aussi de plus conforme à l'ordre commun ou de moins « inventé » que celles de *Ruy Blas*
ou de *la Tour de Nesle*. Et laborieux enfin, chargé
de métaphores, prétentieusement incorrect, si vous

savez quel est son style, c'est que jamais homme ne se tourmenta davantage pour donner à ses lecteurs une plus haute idée de l'universalité de son esprit, de l'étendue de sa science, et de la profondeur de ses intuitions. Mais, ses moyens, en revanche, presque tous ses moyens, — descriptions, inventaires, portraits, analyses, dialogues, — sont d'un naturaliste. Il s'est encore proposé d'être le peintre véridique, le chroniqueur fidèle, ou plutôt l'impartial historien, l'observateur philosophe des mœurs de son temps, et quand vous voudrez juger comment il y a réussi, lisez, Messieurs, ou relisez *un Ménage de Garçon, César Birotteau, la Cousine Bette.* Si ce ne sont pas là des romans historiques, — j'entends dont la valeur d'art, quelque rare qu'elle soit, le cède à la valeur « documentaire », — je ne sais plus ce que les mots veulent dire, et il n'y a pas de romans historiques. Mais ce qui sans doute est le comble de l'objectivisme, si je puis ainsi dire, n'a-t-il pas enfin voulu que ses romans, non contents de cette valeur « documentaire », en eussent une « scientifique »? et vous rappellerai-je à ce propos la curieuse préface de *la Comédie humaine?* Elle est plus courte, et néanmoins, j'en conviens, plus difficile à lire que la fameuse préface de *Cromwell.* Je crois qu'elle marque dans l'histoire littéraire de notre temps une date presque plus importante. Et, pour vous le prouver, je n'ai qu'à vous en remettre quelques fragments sous les yeux : Balzac s'y réclame de Geoffroy Saint-Hilaire et de sa zoologie philosophique.

Pénétré de ce système, y dit-il, bien avant les débats auxquels il a donné lieu [1], je vis que sous ce rapport la Société ressemblait à la Nature. La société ne fait-elle pas de l'homme, suivant les milieux où son action se déploie, autant d'hommes différents qu'il y a de variétés en zoologie? Les différences entre un soldat, un ouvrier, un administrateur, un avocat, un oisif, un savant, un homme d'État, un commerçant, un marin, un poète, un pauvre, un prêtre, sont, quoique plus difficiles à saisir, aussi considérables que celles qui distinguent le loup, le lion, l'âne, le corbeau, le requin, le veau marin, la brebis, etc. Il a donc existé, il existera de tout temps des *Espèces Sociales*, — c'est lui qui met des majuscules, — comme il y a des *Espèces zoologiques*. Si Buffon a fait un magnifique ouvrage en essayant de représenter dans un livre l'ensemble de la zoologie, n'y a-t-il pas une œuvre de ce genre à faire pour la société?

Vous le voyez : s'il se mêle d'ailleurs à ces prétentions rigoureusement scientifiques des intentions de réforme sociale, comme dans les romans de George Sand, cependant l'auteur, en tant qu'homme, s'impose pour première loi de s'effacer de son œuvre. « La société française allait être l'historien, dit-il

1. Il veut parler de la discussion mémorable qui mit aux prises Geoffroy Saint-Hilaire et Cuvier dans la séance de l'Académie des sciences du 22 février 1830, et dont personne, pas même Gœthe, n'a mieux résumé le caractère que le chimiste Dumas quand il a dit : « Dans la forme, tout était contre Geoffroy Saint-Hilaire, et pourtant le public, avec son admirable instinct du vrai, ne s'y trompa pas. Dès le premier jour du débat, chacun se prit à souhaiter que les vues de Geoffroy Saint-Hilaire fussent confirmées; *chacun comprit que l'esprit humain allait faire un grand pas.* » Et en effet c'était l'idée d'Évolution qui entrait ce jour-là dans la science.

encore lui-même, je ne devais être que le secrétaire. »
On ne saurait mieux définir son rôle, ni mieux préciser la fonction de son art. Et là-dessus, ne m'opposez
pas, Messieurs, avec une critique jalouse, que Balzac
avait réalisé plus de la moitié de son œuvre quand
il conçut le plan de sa *Comédie humaine*, si cela
même témoigne assez qu'il n'a pas écrit ses romans
pour les faire entrer dans le cadre de son naturalisme, mais qu'au contraire sa doctrine d'art s'est
dégagée pour lui, comme involontairement, du caractère de son œuvre.

Il n'est pas étonnant, — je vous dirai tout à l'heure
pourquoi, — mais il est curieux, et non moins démons-
tratif, de retrouver à quelques années de là, l'expression des mêmes idées dans la *Correspondance* de Gustave Flaubert. Personne alors, ou presque personne
ne connaissait Flaubert. Enfermé dans sa province,
il y passait son temps à lutter contre ce qu'il trouvait
encore en lui de trop « lyrique » et de trop « romantique ». Né pour écrire des *Tentation de saint Antoine*,
des *Salammbô*, des *Hérodias*, il s'imposait de faire des
Madame Bovary. Ce n'était pas qu'il eût lui-même le
moindre goût, la moindre sympathie pour les campa-
gnards et les bourgeois qu'il s'obligeait d'y peindre,
— avec quelle conscience, quels scrupules d'observateur et surtout de styliste, Messieurs, vous le savez!
— mais il voulait triompher de lui-même, anéantir
en lui le « troubadour »; fonder l'art objectif sur les
débris du lyrisme; et, dans une série de lettres qui
vont de 1850 à 1855, — notez la date, — voici quel-

ques-uns des conseils qu'il donnait à l'une de ses amies[1] :

Nous sommes avant tout dans un siècle historique, aussi faut-il raconter, tout bonnement, mais raconter dans l'âme. On ne dira jamais de moi ce que l'on dit de toi dans le sublime prospectus de la Librairie Nouvelle : « Tous ses travaux concourent à un but élevé »; non, il ne faut chanter que pour chanter....

... Mais où as-tu vu que je perds le sens de certains sentiments que je n'éprouve pas? Et d'abord je te ferai observer que je les éprouve.... J'aime ma petite nièce comme si elle était ma fille;... mais que je sois écorché vif plutôt que d'*exploiter cela* en style! — c'est lui qui souligne; — je ne veux pas considérer l'art comme un déversoir à passion.... Non! non! la poésie ne doit pas être l'écume du cœur, cela n'est ni sérieux ni bien.... *La personnalité sentimentale* sera ce qui plus tard fera passer pour puérile et un peu niaise une bonne partie de la littérature contemporaine. Que de sentiment! Que de tendresse! Que de larmes! Il n'y aura jamais eu de si braves gens.

Et, dans une autre lettre :

La passion ne fait pas les vers, et plus vous serez personnel, plus vous serez faible. J'ai toujours péché par là, moi, c'est que je me suis toujours mis dans tout ce que

1. Cette intéressante *Correspondance*, qui ne fait point encore partie de la collection des *Œuvres de Flaubert*, a été par malheur trop négligemment éditée. Si l'on en avait d'abord effacé les grossièretés inutiles et énormes dont Flaubert aimait à égayer ses lettres, sa mémoire n'y eût rien perdu. Mais si l'on en avait plus consciencieusement collationné le texte, — que je suis obligé, en le citant, de rectifier au jugé, — et, à défaut d'un « commentaire », si l'on y eût joint quelques notes indispensables, tout le monde y eût certainement gagné.

j'ai fait.... *Moins on sent une chose, plus on est apte à l'exprimer comme elle est*, comme elle est *toujours*, en ellemême, dans sa généralité, et dégagée de tous ses contingents éphémères, mais il faut avoir la faculté de *se la fuire sentir*. Cette faculté n'est autre que le génie : *voir*, avoir le modèle devant soi, qui pose.

Il raconte alors l'histoire d'une dame de ses amiës, qui, pour preuve de l'inquiétude qu'elle avait éprouvée « pendant une maladie de cinq ou six jours que son mari avait faite », lui montrait deux ou trois cheveux blancs sur ses tempes, et gémissait : « J'ai passé trois nuits sans dormir, trois nuits à le garder... ».

Et, en effet, — continue-t-il, — c'était formidable de dévouement.... Sont de même farine tous ceux qui vous parlent de leurs amours envolées, de la tombe de leur mère, de leur père, de leurs souvenirs bénis, baisent des médailles, pleurent à la lune, délirent de tendresse en voyant des enfants, se pâment au théâtre, prennent un air pensif devant l'Océan. Farceurs! farceurs! et triples saltimbanques, qui font le saut du tremplin sur leur propre cœur pour atteindre à quelque chose!

Ces déclarations ne sont pas suspectes, et, comme je vous le disais, encore inconnu de tout le monde, celui qui les faisait, dans des lettres privées, — ou amoureuses même, et à ce propos, qui s'en douterait? — n'avait pas encore de système, puisqu'il travaillait à s'en « composer » un. Elles sont d'ailleurs contemporaines des *Châtiments*, ou des *Contemplations*, — dont nous parlions l'autre jour; — et, dans cette même lettre, où Flaubert vient d'exécuter Musset, pourquoi celui qui « délire de tendresse en voyant des enfants », ou qui « prend des airs pensifs devant l'Océan », ne serait-il pas Hugo lui-même? Et enfin, Messieurs, pour venir d'un romancier, vous voyez qu'en prose comme en vers ce sont bien, ce sont surtout, ou presque uniquement, les poètes qu'elles visent. Assez donc de *lyrisme*, si décidément le *lyrisme* ne consiste qu'à s'étaler soi-même dans son œuvre! Le moment est venu de substituer une esthétique nouvelle à celle du « tempérament », si je puis ainsi dire, et l'impartiale froideur de l'observation aux élans du cœur ou de l'imagination. Se pouvait-il rien de plus net, mais rien surtout de moins romantique? Et si vous voulez vous assurer que ce ne sont point là des boutades, voyez, dans cette même *Correspondance*, la façon dont Flaubert, conséquent avec ses principes, y parle constamment de Musset, de Lamartine, d'Hugo [1].

C'est qu'aussi bien, ces dispositions, — qui étaient déjà celles de plusieurs poètes autour de lui, de Théo-

---

1. Voir dans la *Correspondance* de Flaubert son jugement sur *les Misérables* :

« Je ne trouve dans ce livre ni vérité ni grandeur. Quant au style, il me semble intentionnellement incorrect et bas.... Il n'est pas permis de peindre si faussement la société quand on est le contemporain de Balzac et de Dickens.... C'était un bien beau sujet pourtant, mais quel calme il aurait fallu, et quelle envergure scientifique! Il est vrai que le père Hugo méprise la science, et il le prouve.... Où la rage de la philosophie l'a-t-elle conduit? Et quelle philosophie? Celle de Prud'homme, du bonhomme Richard et de Béranger. »

phile Gautier; de Louis Bouilhet, son ami, l'auteur des *Fossiles* et de *Melænis*; de Théodore de Banville et de M. Leconte de Lisle; — étaient elles-mêmes singulièrement favorisées par le progrès croissant de là doctrine positiviste, dont la fortune s'établissait alors sur les ruines de l'éclectisme.

Il ne m'appartient pas de vous parler ici d'Auguste Comte, ni de prononcer un jugement sur le *positivisme* [1]. Je ne sais pas si j'y réussirais, et, en tout cas, pour y réussir, il me faudrait commencer pàr sortir de mon sujet. Mais une remarque au moins s'y rapporte, qui me paraît capitale, et sur laquelle peut-être on n'a pas assez appuyé : c'est qu'en substituant en psychologie l'observation du dehors à celle du dedans, le *positivisme* a ruiné non seulement l'*éclectisme*, mais l'*individualisme* aussi jusque dans son fondement.

Vous connaissez la controverse à laquelle je fais allusion. Comment, par quels moyens arrivons-nous à nous connaître nous-mêmes, — et nous, c'est-à-dire ici l'homme en général, sa nature, ses idées, ses sentiments, ses passions? En nous observant nous-mêmes, répondaient les Cousin, les Jouffroy, les Saisset; en nous regardant vivre, en nous enfermant, en nous

---

1. Sur la philosophie d'Auguste Comte en général je ne trouve aujourd'hui même encore, après trente ans bientôt passés, rien de mieux à citer que les belles pages de M. Ravaisson dans son mémorable *Rapport sur la philosophie en France au* xix° *siècle*.

Quant à ses arguments contre l'*observation intérieure*, voir la première leçon du *Cours de philosophie positive*.

absorbant dans la contemplation de nous; en imitant les Chateaubriand, les Rousseau, les Montaigne; en tenant enfin les *Mémoires* ou le *Journal* de notre vie. Γνῶθι σεαυτόν : Connais-toi toi-même; et tu connaîtras en toi l'humanité tout entière, sans avoir besoin de l'aller étudier chez les Guaranis ou les Botocudos. Et de là, comme vous l'entendez, il ne suivait rien que de parfaitement conforme à l'esthétique romantique, jusques et y compris le fâcheux, l'inintelligent, l'impertinent dédain qu'elle affectait pour la science. « Voici comment se passent les choses, disaient timidement les physiologistes, — Charles Bell, Magendie, Flourens, — voilà le mécanisme du plaisir, et voilà celui de la perception. » A d'autres! s'écriait Cousin. Oui, chez vous, peut-être, dans vos laboratoires, chez vos lapins, chez vos cobayes, chez vos grenouilles, les choses se passent ainsi, j'y consens, puisque vous le dites, mais elles se passent autrement chez moi! Je n'ai pas « conscience » des phénomènes que vous me décrivez. Mais n'en ayant pas conscience, pourquoi, de quel droit voulez-vous que je soumette mon observation à la vôtre? Tout au contraire, puisqu'il s'agit entre nous de l'homme et non pas du lapin, c'est moi qui suis le juge de vos expériences! Je ne les tiens pour concluantes ou pour vraies qu'autant qu'elles me paraissent telles à la lumière de ma « conscience »; et sa « conscience », — ai-je besoin de l'ajouter? — c'était son « Moi » [1].

1. Sur la prétention de Cousin à suivre en cela la philoso-

On ne saurait, Messieurs, savoir trop de gré au positivisme d'avoir dissipé toute cette sophistique.

Sans doute, Auguste Comte a eu tort de nier la possibilité de l'observation du dedans, son intérêt et sa fécondité. « On ne se met pas à la fenêtre pour se voir passer dans la rue », disait-il ! A quoi, si les comparaisons ou les métaphores prouvaient quelque chose, ne répondrait-on pas aisément qu'on se regarde au moins dans un miroir, et même qu'on s'y peut étudier ? Il ne faut point médire de l'observation intérieure, et encore moins la dédaigner. — Mais, où Comte avait raison, absolument raison, c'est quand il voyait la vraie source de la connaissance de l'homme dans l'observation du dehors, ou, si vous l'aimiez mieux, Messieurs, dans la physiologie, dans l'ethnographie, dans l'histoire. Ce n'est pas à nos sensations de contrôler la nature. Elles nous sont justement trop individuelles. Est-ce qu'un fou, est-ce qu'un halluciné ne se croient pas assurés de la vérité de leurs sensations ? ou, mieux encore, est-ce que ce n'est pas en cela même qu'ils sont fous ? parce qu'ils confondent la réalité des choses avec la projection de leur sensibilité hors d'eux-mêmes ? Mais, au contraire, c'est la nature qui nous apprend que, si nous confondons, par exemple, le rouge avec le vert, il n'y a pas de « conscience » là dont on puisse invoquer le témoignage, et nous sommes malades, ou nous

phie de Descartes, voir *Descartes*, par Alfred Fouillée, dans la collection des *Grands Écrivains français*. Paris, 1893, Hachette.

avons l'œil mal fait! C'est donc à la nature, habilement interrogée, qu'il appartient de rectifier, de compléter, de démentir au besoin les prétendues révélations du Moi. Elle n'est pas tout, et nous ne sommes pas rien, mais il nous faut toujours en revenir à elle. Qu'est-ce à dire, Messieurs, sinon que la concordance est entière entre les leçons du *positivisme* et celles du *naturalisme*? Le positivisme est la réduction à ses principes philosophiques de la doctrine dont le naturalisme est l'expression d'art.

Deux hommes entre tous, — les deux grands écrivains que nous verrons de perdre, — M. Taine et M. Renan, me paraissent avoir contribué à la diffusion de ce que j'appellerai ce positivisme esthétique. Le premier, M. Taine, publiait alors, en 1857, le livre qui précisément devait porter le dernier coup à l'éclectisme : ses *Philosophes français au XIX° siècle*. Ce livre fut suivi, vous le savez, de ses *Essais de critique et d'histoire*, puis, de cette belle *Étude sur Balzac*, dont on peut dire que la critique en France a vécu vingt-cinq ans, si Sainte-Beuve lui-même s'en est senti ébranlé, et qu'il ait modifié sa manière ou plutôt sa méthode pour rivaliser en quelque sorte avec son jeune émule. Vous vous rappelez la *Préface* des *Essais de critique et d'histoire*. L'auteur y développait les analogies de l'histoire naturelle avec celle de l'homme, et il concluait en ces termes :

On pourrait énumérer entre l'histoire naturelle et l'histoire humaine beaucoup d'autres analogies. *C'est que leurs deux matières sont semblables.* Dans l'une et dans l'autre, on opère sur des groupes naturels, c'est-à-dire sur des individus construits d'après un type commun divisibles en familles, en genres et en espèces.

C'est du Balzac, vous le reconnaissez, et je ne dirai pas que la *Préface* de la *Comédie humaine* rendit tout à fait le même son, — parce que le style de Balzac n'est pas du même métal, il n'a ni la densité, ni surtout l'homogénéité de celui de M. Taine, — mais ce sont les mêmes idées, et c'est bien le même idéal :

Il suit de là qu'une carrière semblable à celle des sciences naturelles est ouverte aux sciences morales; — que l'histoire, la dernière venue, peut découvrir des lois comme ses aînées; — qu'elle peut, comme elles et dans sa province, gouverner les conceptions et guider les efforts des hommes; — que, par une suite de recherches bien conduites, elle finira par déterminer les conditions des grands événements humains, je veux dire, les circonstances nécessaires à l'apparition, à la durée ou à la ruine des diverses formes d'association, de pensée et d'action [1].

Un autre passage, que j'emprunte à l'*Étude sur Balzac*, n'est pas moins caractéristique :

Ce qui véritablement achève en lui, — Balzac, — le philosophe, et le met au niveau des plus grands artistes, c'est la réunion de toutes ses œuvres en une œuvre unique. Chaque roman tient à tous les autres; les mêmes personnages reparaissent; tout s'enchaîne;... à chaque page vous

1. On sait assez que cette idée de « souder », comme il disait, les sciences morales aux sciences physiques et naturelles, est demeurée jusqu'à son dernier jour l'une des idées fondamentales de la philosophie de Taine.

embrassez toute la comédie humaine; c'est un paysage
disposé de manière à être aperçu tout entier à chaque
détour. Jamais artiste n'a concentré tant de lumière sur
les visages qu'il voulait peindre; jamais artiste n'a mieux
paré à l'imperfection originelle de son art. Car le drame,
ou le roman isolé, ne comprenant qu'une histoire isolée,
exprime mal la nature. Il ne découpe qu'un événement
dans le vaste tissu des choses, et supprime ainsi les atta-
ches et les prolongements par lesquels cet événement se
continue dans ses voisins; parce qu'il choisit, et mutile,
et il altère son modèle en le réduisant. C'est donc être
exact que d'être grand : Balzac a saisi la vérité parce qu'il
a saisi les ensembles, sa puissance systématique a donné
à ses peintures l'unité avec la force, avec l'intérêt la
fidélité [1].

Fidélité, nature, imitation du modèle, peinture
de la réalité, toujours les mêmes mots qui revien-
nent! La critique enregistrait, elle « homologuait »
au nom de l'esthétique, si je puis ainsi dire, la transformation en train de s'accomplir. Ou plutôt, en donnant à la métamorphose une conscience plus claire
de son but, et des moyens d'y atteindre, elle l'aidait
à s'achever.

On n'a pas toujours très bien compris M. Taine,

1. On rapprochera de cette conclusion sur Balzac les lignes
suivantes de Sainte-Beuve : « Cette prétention, — de saisir les
ensembles, — l'a finalement conduit à une des idées les plus
fausses et, selon moi, les plus contraires à l'intérêt, je veux
dire à faire sans cesse reparaître d'un roman à l'autre les
mêmes personnages, comme des comparses déjà connus. Rien
ne nuit plus à la curiosité qui naît du nouveau, et à ce charme
de l'imprévu qui fait l'attrait du roman. On se retrouve à
tout bout de champ en face des mêmes visages! »

qui, d'ailleurs, s'est lui-même plus d'une fois contredit. N'ayant rien reproché plus vivement à « l'éclectisme » que son « besoin de subordonner la science à la morale », c'est cependant par une morale qu'il a voulu couronner son œuvre scientifique; et personne, avant d'égaler Balzac « aux plus grands des artistes », n'avait parlé plus méprisamment de son « galimatias ». Je ne m'étonne donc pas qu'il ait refusé de se reconnaître dans quelques-uns de ses disciples, et j'en connais jusqu'à deux ou trois qu'il a eu raison, logiquement raison, de renier. Ce n'étaient point des « naturalistes » et ils abusaient du mot, comme du nom de Taine, pour masquer ce qu'il y avait en eux de romantisme persistant, de romantisme chronique, de romantisme induré. Mais l'auteur de l'*Histoire de la littérature anglaise* et du premier volume des *Origines de la France contemporaine* n'en a pas moins été le théoricien du naturalisme. Dépassant de beaucoup le point où s'était arrêtée la critique avant lui, c'est lui qui a débrouillé la confusion des idées de Balzac. Il les a systématisées. C'est bien lui qui a conçu le naturalisme comme une perpétuelle application de la critique ou de la science à la littérature, — nous le verrons, Messieurs, dans notre prochaine leçon, — et c'est lui qui a renouvelé la doctrine de l'impersonnalité dans l'art. Voilà, je pense, un assez grand service! ou, si vous l'aimez mieux, voilà de quoi lui assurer une part assez considérable dans l'histoire des idées et de l'art de son temps.

De quelle manière et dans quelle mesure, sur ces
entrefaites, les idées de M. Renan sont venues,
comme d'un autre point de l'horizon, renforcer celles
de M. Taine, c'est ce qu'il serait un peu long de dire,
et, d'ailleurs, très prochainement nous aurons l'occasion de le voir. Mais une autre preuve, d'un autre
genre, à vous donner de son influence, — à ce
moment précis du siècle, avant *la Vie de Jésus*, — je
la trouve dans ces quelques lignes d'une *Notice* de
Baudelaire sur M. Leconte de Lisle. Elles sont datées
de 1862 [1] :

Le seul poète auquel on pourrait sans absurdité comparer Leconte de Lisle, disait donc Baudelaire, est Théophile Gautier. Ces deux esprits se plaisent également dans
le voyage; ces deux imaginations sont naturellement cos-
mopolites.... Tous deux ils aiment l'Orient et le désert;
tous deux ils admirent le repos comme un principe de
beauté; tous deux ils inondent leur poésie d'une lumière
passionnée....

Et continuant, sans autre transition, il ajoutait :

Il y a encore un autre homme, mais dans un ordre
différent, que l'on peut nommer à côté de Leconte de

1. On trouvera cette *Notice* dans *les Poètes français*, d'Eugène
Crépet, t. IV. Paris, 1862, Hachette. J'ai déjà cité la notice de
Baudelaire sur *Victor Hugo*, dans le même recueil. Comme
d'ailleurs je n'aime point Baudelaire, pour des raisons d'esthétique et de morale, qu'on trouvera résumées plus loin — voyez
Quinzième leçon — je me sens obligé de dire que les quelques
notices qu'il a rédigées pour le recueil Crépet, sur Mme Desbordes-Valmore, sur Victor Hugo, sur Théophile Gautier, sur
M. Leconte de Lisle, sur Théodore de Banville sont toutes à
lire, à relire, et à retenir.

Lisle, c'est Ernest Renan. Malgré la diversité qui les
sépare, tous les esprits clairvoyants sentiront cette comparaison. Dans le poète comme dans le philosophe, je
trouve cette ardente mais impartiale curiosité des religions, ce même esprit d'amour universel, non pas pour
l'humanité prise en elle-même, mais pour les différentes
formes dont l'homme a, suivant les âges et les climats,
revêtu la beauté et la vérité.

Je craindrais aujourd'hui d'obscurcir ou de brouiller
en la commentant, la signification de ce curieux rapprochement.... Mais, évidemment, si vous joignez
ensemble tous ces témoignages, il nous suffit qu'étant
comme nous sommes au lendemain des *Contemplations* et de *la Légende des siècles*, les temps fussent
dès lors changés. Victor Hugo avait interrompu,
comme nous disions l'autre jour, il n'avait ni barré
longtemps ni détourné le courant. En dépit du prestige de son influence, la poésie se formait d'elle-même
et de sa « fonction » un idéal nouveau. C'est, Messieurs, ce nouvel idéal, qu'après l'avoir vu s'ébaucher
dans les poésies de Vigny, mais surtout dans celles de
Gautier, et prendre conscience de lui chez Balzac, chez
Flaubert, chez Taine, chez Renan, pessimiste, naturaliste, positiviste, — mais non pas pour cela moins
noble ni peut-être moins poétique, — nous verrons
s'incarner et triompher enfin dans l'œuvre de
M. Leconte de Lisle.

III

Mais, auparavant, et sans plus attendre, il nous
faut faire une remarque ou deux, dont c'est ici la
véritable place.

En voici la première : c'est qu'entre autres avantages, la nouvelle doctrine n'en avait pas de plus
considérable, ni de plus marqué, sur le *romantisme*,
que justement d'être une doctrine, je veux dire de
reposer tout entière sur un principe d'art. Si, en effet,
comme j'ai tâché de vous le montrer, la liberté n'est
pas un principe d'art, l'imitation de la nature, au
contraire, en est un, et j'espère, Messieurs, que vous
l'avez bien vu.

On peut le discuter, ce principe, on peut le trouver
trop étroit; et, par exemple, puisqu'il y a des arts qui
ne sont pas « d'imitation », comme la musique ou
l'architecture, — lesquels cependant ne sont pas
moins des arts, et auxquels nous devons des plaisirs
qui ne sont pas sans quelque rapport avec ceux que
nous procurent la peinture ou la poésie, — on peut
se demander, il faut se demander si, pour être le point
de départ, et le moyen même de toute peinture ou
de toute poésie, l'imitation de la nature en est aussi
pour cela le terme ou la fin. C'est ce qu'il semble
assez difficile d'admettre. Quelque diversité qu'il y
ait de la musique à la peinture ou de la sculpture à
la poésie, et pour différente qu'en soit la « tech-

nique », elles ne laissent pas d'avoir toutes ensemble
quelque chose de commun entre elles, dont le principe
esthétique de l'imitation de la nature ne rend pas un
compte suffisant. Et l'autre jour encore, dans les
Contemplations, par exemple, est-ce bien l'imitation
de la nature que nous avons admirée? ou si ce n'en
est pas plutôt l'altération?

Mais s'il peut paraître à de certains égards trop
étroit, ne peut-on pas soutenir, qu'en un autre sens,
le principe de l'imitation de la nature est trop large,
ou trop vague? Car enfin qu'est-ce que la nature?
Qu'est-ce qui est « naturel », et qu'est-ce qui ne l'est
pas? Tout autant que la banalité, par exemple,
nierons-nous que la singularité, que la bizarrerie
même, que l'étrangeté soient dans la nature, et de la
nature? l'Antony de Dumas aussi bien que le Néron
de Racine? le Triboulet d'Hugo comme le Tartufe
de Molière? Et, d'une manière générale, qui de nous
déterminera, sur quelle autorité, de quel droit, et
pour quelles raisons, l'extension du mot et de l'idée
de nature? Pour disputer à l'artiste la fidélité de son
imitation, il faudrait être l'artiste lui-même, et il
faudrait surtout avoir fait les mêmes expériences.
Revenez vous d'Amérique, vous qui trouvez peut-être
les descriptions d'*Atala* trop chargées? C'est une
autre difficulté, que je dois vous signaler, mais dont
je ne veux pas non plus aborder l'examen, comme
n'important pas essentiellement à notre sujet.

Pour que l'imitation de la nature soit ce que j'appelle, ce que l'on appelle un principe d'art, il suffit, en

effet, Messieurs, que la leçon contienne en puissance non seulement toute une esthétique, mais toute une rhétorique, — je veux dire toute une discipline, dont l'objet est de l'adresser elle-même plus sûrement à son but, — et non seulement toute une rhétorique, mais, comme on pourrait le prouver, toute une conception de la vie[1]. Si c'est là ce qu'on ne saurait nier, c'est au contraire ce que l'on ne saurait dire de la liberté romantique; et n'eût-il eu sur le *romantisme* que ce seul avantage de savoir où il tendait, ce serait beaucoup déjà pour le *naturalisme*. Vive la liberté! mais la liberté sous la règle; une liberté raisonnée, dont le nom ne soit pas synonyme de désordre et de confusion; et surtout, Messieurs, une liberté dont l'exercice ne se développe pas, en quelque sorte, à vide!

Une autre observation ne me semble pas moins intéressante; — et j'ai plusieurs fois signalé, mais peut-être n'ai-je pas mis assez clairement en lumière les affinités intimes de ce nouveau *naturalisme* avec le *classicisme*. Oui, je sais toutes les différences, et qu'elles sont considérables : je vous en indiquerai

---

1. En effet, si la diversité des genres et la distinction des arts ne semblent répondre d'abord qu'à la diversité de nos moyens de sentir, il suffit de creuser un peu plus avant, et on s'aperçoit que de la diversité des moyens de sentir, s'engendre la variété des familles d'esprit. Mais la variété des familles d'esprit n'est évidemment à son tour que l'expression psychologique des diverses manières qu'il y a de concevoir la vie. L'*Idéalisme* et le *Naturalisme* dans l'art impliquent donc l'un et l'autre des « philosophies », dont il est d'ailleurs possible que les artistes ne se doutent pas, mais qui n'en sont pas moins des « philosophies », et qu'on peut aisément extraire de leurs œuvres.

même dans huit jours, la principale.... Il n'en est pas
moins vrai, Messieurs, qu'entre la conception d'art
des Flaubert ou des Gautier, d'une part, et des Malherbe ou des Boileau, de l'autre, — l'oserai-je bien
dire? — il y a plus d'un rapport et plus d'un trait
commun. C'est au témoignage encore de Flaubert que
j'en appellerai comme garant, si personne, en mal-
traitant l'auteur des *Satires*, ne lui a cependant plus
pleinement rendu justice :

Il ne t'a manqué jusqu'à présent que la patience, —
écrivait-il un jour à sa Muse, — et je ne crois pas que ce
soit le génie, la patience, mais c'en est le signe quelquefois
et ça en tient lieu. *Ce vieux croûton de Boileau vivra
autant que qui que ce soit, parce qu'il a su faire ce qu'il
a fait.* Dégage-toi de plus en plus, en écrivant, de ce qui
n'est pas l'art pur. Aie en vue le modèle, toujours le
modèle et rien autre chose.... Je veux, — et j'y arriverai,
— te voir t'enthousiasmer d'une coupe, d'une période,
d'un rejet, de sa forme en elle-même enfin, abstraction
faite du sujet pour le cœur, pour les passions. L'art est
une représentation ; il faut que l'esprit de l'artiste soit
comme la mer, assez vaste pour qu'on n'en voie pas les
bords, assez pur pour que les étoiles du ciel s'y mirent
jusqu'au fond.

Et dans une autre lettre :

J'en reviens toujours à mon vieil exemple de Boileau ;
ce gredin-là vivra autant que Molière, autant que la langue
française ; et, cependant, c'était un des moins poètes des
poètes ! Qu'a-t-il fait ? Il a suivi sa ligne jusqu'au bout, et
donné à son sentiment si restreint du beau toute la perfection plastique qu'il comportait.

Citons encore un dernier passage :

Nous nous étonnons des bonshommes du siècle de Louis XIV, mais ils n'étaient pas des hommes d'énorme génie! On n'a aucun de ces ébahissements, en les lisant, qui vous fassent croire en eux à une vertu plus qu'humaine; comme à la lecture d'Homère, de Rabelais, de Shakespeare surtout! Non! mais quelle conscience! Comme ils se sont efforcés de trouver pour leurs pensées les expressions justes! Quel travail! Quelles natures! Comme ils se con-sultaient les uns les autres! Comme ils savaient le latin! Comme ils lisaient lentement! Aussi, toute leur idée y est; la forme est pleine, bourrée et garnie de choses jusqu'à la faire craquer. *Or, il n'y a pas de degrés,* — c'est lui qui souligne, — *ce qui est bon vaut ce qui est bon.* La Fontaine vivra tout autant que le Dante, et Boileau que Bossuet ou même qu'Hugo.

Sa rhétorique, c'est le cas de le dire, s'explique, je le pense, en termes assez forts, et peut-être, Messieurs, pour quelques-uns d'entre vous, en termes assez inattendus. Vous vous en étonnerez déjà moins, si vous songez à quel degré *Madame Bovary,* par exemple, est « classique » pour ses qualités de composition, de style, de tenue. Mais vous vous en étonnerez moins encore, si vous vous rappelez, — permettez-moi et pardonnez-moi ce triste souvenir, — qu'il n'y a rien de plus « classique », je dis dans Voltaire même ou dans Le Sage, que les meilleures nouvelles de Guy de Maupassant.

Allons cependant plus loin, car il y a mieux encore; et, quand on les entend bien l'un et l'autre, il y a, Messieurs, tant de rapports secrets entre le *classicisme*

et le *naturalisme* que, du fait seul de la renaissance
du naturalisme, nous avons vu reparaître ce que le
romantisme avait peut-être le plus obstinément com-
battu dans le classicisme : c'est l'inspiration gréco-
latine, ou généralement le culte et l'adoration de l'antiquité. Certainement nos parnassiens, — s'il faut les
appeler par leur nom, — n'ont pas compris, n'ont
senti l'antiquité d'une manière analogue à celle de
Fénelon, de Racine, de Boileau.... Mais l'ont-ils tra-
duite ou interprétée d'une façon qui diffère beaucoup de celle de Chénier, par exemple, ou de Ronsard?
Lisez là-dessus, Messieurs, par provision, *l'Aveugle*
ou *le Mendiant*; lisez, non les *Sonnets* dont l'inspiration est plutôt italienne, mais les *Hymnes* ou les
Odes de Ronsard :

> Tu montas sur un char que deux lynces farouches
> Traînaient d'un col félon, mâchantes en leur bouche
> Un frein d'or écumeux....
> Un manteau tyrien s'écoulait sur tes hanches,
> Un chapelet de lis mêlés de roses franches,
> Et de feuilles de vigne et de lierre espars,
> Voltigeant, ombrageait ton chef de toutes pars [1].

Mais, quoi qu'il en soit, Messieurs, ce qui n'est pas
douteux, c'est que nos contemporains soient retournés
aux sources de l'antiquité; c'est qu'ils y aient cherché
la matière ou le prétexte de leurs chants; c'est que

---

1. Ces vers sont tirés de l'*Hymne de Bacchus.* Voyez aussi
la fameuse *Ode au chancelier de l'Hôpital,* que l'on pourrait
appeler *les Mages* de Ronsard.

quelques-uns d'entre eux l'aient aimée, l'aiment passionnément encore [1].

Or ceci est d'autant plus caractéristique, si je ne me trompe, que dans *la Légende des siècles*, — la première, celle dont nous parlions l'autre jour, — dans ce livre où le poète ne s'était proposé rien de moins, comme il le disait, que « d'exprimer *l'humanité dans une espèce d'œuvre cyclique*, de la peindre successivement et simultanément sous tous ses aspects : histoire, fable, religion, philosophie, science... », vous trouverez des pièces sur *l'an 9 de l'Hégire*, vous en trouverez sur *le Mariage de Roland*, et au besoin sur *Zim-Zizimi*, mais vous n'en trouverez qu'une seule en tout sur la Rome antique, — parce qu'il y avait là, pour le satirique passionné des *Châtiments*, de la pourriture impériale à remuer, — et vous n'en trouverez pas une, Messieurs, je dis pas une, sur la Grèce. Ainsi, ni la mythologie des Grecs, cette mythologie symbolique, naturaliste et plastique à la fois, où toutes les énergies de la nature, dans toutes les directions, ont poussé, si je puis ainsi dire, et développé de si belles, de si profondes, mais surtout de si riches légendes, encore aujourd'hui pleines et comme gonflées de sens ; — ni l'histoire grecque, Messieurs, la guerre de Troie, les journées de Salamine et de Platée, le Granique et

1. Je ne sais si l'on ne pourrait noter encore, comme un caractère commun au *classicisme* et au *naturalisme*, leur indifférence relative pour les littératures étrangères. Reprenez la comparaison de la peinture hollandaise, du classicisme français, et du naturalisme contemporain.

Arbèles, c'est-à-dire la civilisation, cette civilisation qui sert encore de fondement ou de pierre angulaire à la nôtre, trois fois sauvée du barbare, les Perses trois fois repoussés, et l'Orient trois fois vaincu; — ni tant de grands artistes, de grands poètes et de grands hommes, ni Phidias, ni Platon, ni Démosthène, rien de tout cela n'a rien dit à l'imagination de ce vieux romantique; et pour tout cela, presque jusqu'au bout, il est demeuré l'homme de sa jeunesse, le poète des *Odes et Ballades* et le romancier de *Notre-Dame de Paris....*

A quoi bon insister, puisque ce n'est pas de lui que nous nous occupons aujourd'hui? Mais, Messieurs, vous me l'accorderez, je ne pouvais, en étudiant la renaissance du *naturalisme*, négliger de noter ce symptôme. Le retour à l'étude et au culte de l'antiquité en a fait l'un des traits essentiels. Et nous en verrons les suites, si, — ne m'en veuillez pas de cette mythologie, — comme Antée reprenait des forces nouvelles en touchant la Terre, sa mère, ainsi pareillement dans l'histoire, et en tout temps, toutes les fois qu'ils retournent se retremper aux sources grecques, l'art et la poésie s'épurent, s'ennoblissent, et s'élèvent. En se rapprochant donc de la nature, dont les Grecs étaient voisins encore, on dirait que l'âme moderne se rapproche aussi de la beauté. Ce qu'elle a de trouble s'y filtre, pour ainsi parler; ce qu'elle a de tumultueux s'y apaise; ce qu'elle a de tourmenté s'y rythme ou s'y ordonne. Κτῆμα ἐς ἀεί, — ce n'est pas pour l'heure

présente qu'il faut que l'art travaille, — nous comprenons le beau mot de l'historien ! et du milieu de ce
qui change et de ce qui passe, l'ambition de l'artiste, Messieurs, n'est plus alors que d'en retenir,
pour le fixer dans son œuvre, ce qui est réalisable
« sous l'aspect de l'éternité ».

10 mai 1893.

TREIZIÈME LEÇON

M. LECONTE DE LISLE

Des caractères généraux de la poésie de M. Leconte de Lisle.

I. **L'impersonnalité dans l'art.** — L'impersonnalité diffère de l'impassibilité. — Le sonnet des *Montreurs*. — La nature de l'émotion dans la poésie de M. Leconte de Lisle.

II. **L'alliance de la science et de la Poésie.** — Qu'elle ne consiste pas dans l'identité de leur objet, ni dans celle de leurs moyens ou de leurs procédés, ni dans la traduction en vers des résultats de la science. — Mais on peut la voir dans l'exactitude de la *couleur locale*; dans la nature de la description; et à ce propos digression sur le naturalisme et sur l'humanisme. — L'alliance de la science et de la poésie consiste surtout dans une manière de rejoindre par la poésie les derniers résultats de la science.

III. **De l'importance de la forme.** — La poésie plastique. — Extension de l'idéal classique à de nouveaux sujets. — En quoi les *Poèmes barbares* diffèrent de la *Légende des siècles*.

TREIZIÈME LEÇON

M. LECONTE DE LISLE [1]

Messieurs,

Vivants ou morts, grands ou petits, lyriques ou épiques, dramatiques aussi, et je crois qu'en vérité je pourrais dire Français ou étrangers, s'il a été donné à quelqu'un de nos contemporains de réaliser son œuvre « sous l'aspect de l'éternité », selon la belle expression dont je me servais l'autre jour, — et qui n'est pas de moi, vous le savez sans doute, mais de Spinosa ; — c'est à M. Leconte de Lisle. « Rien de plus hautainement impersonnel, de plus en dehors du temps, de plus dédaigneux de l'intérêt vulgaire et de la circonstance », disait Gautier, parlant des *Poèmes antiques* et des *Poèmes barbares*, voilà plus de vingt-cinq ans ; et, depuis vingt-cinq ans, — depuis quarante ans, si quelques-uns de ces *Poèmes* sont en

1. Consultez : Théophile Gautier, *Rapport*, etc. ; — A. Dumas, *Réponse au discours de réception de M. Leconte de Lisle* ; — P. Bourget, *Essais de psychologie contemporaine*, Paris, 1886, Lemerre ; — J. Lemaître, *les Contemporains*, 2ᵉ série, Paris, 1886, Lecène et Oudin ; — et Maurice Spronck, *les Artistes littéraires*, Paris, 1889, Calmann Lévy.

réalité datés de 1852, — nous avons vu se passer bien des choses, nous avons vu bien des changements du goût, nous en avons vu s'opérer d'autres et de plus profonds jusque dans la structure de la société, comme dans la conception de l'art et de la science; mais ces beaux poèmes n'ont pas pris une ride, ils n'ont pas aujourd'hui plus d'âge qu'ils n'avaient en naissant; et *les Méditations*, *les Nuits*, *les Contemplations* ont vieilli par endroits; nous y aurions noté, si nous l'avions voulu, plus d'une trace de rhétorique; mais tout ce qu'ils étaient quand ils ont paru pour la première fois, *Khirôn* et *Niobé*, *le Rêve du jaguar* et *le Sommeil du condor*, *la Fontaine aux lianes* ou *le Manchy* le sont toujours, le sont encore, avec seulement, et en plus, ce que le temps ajoute aux choses qu'il ne détruit pas. Et cependant, ils sont « modernes »! Nous nous y retrouvons! Nous nous y reconnaissons! Écrits pour l'immortalité, nous sentons qu'ils ne pouvaient être conçus et réalisés que de notre temps. Toutes ces idées, que nous avons vues naître ou se formuler vers 1850, ils les expriment; ils les incarnent; elles en sont la substance même.

I

Quel est donc, Messieurs, ce mystère ou, pour mieux dire, ce paradoxe? Anciens à la fois et modernes, « barbares » et contemporains d'une civilisation aussi compliquée que la nôtre, à quel mélange, à quelle intime union de qualités que l'on croirait d'abord contradictoires, ces poèmes doivent-ils leur double caractère? Comment le même homme, ou plutôt le même art, a-t-il pu se faire le contemporain· des *Hymnes homériques* et des *Fleurs du mal*, le compatriote à la fois des bardes armoricains, des scaldes scandinaves, de Darwin et de Renan? C'est ce que je voudrais aujourd'hui vous montrer; et si j'y réussissais, je vous aurais peut-être défini trois choses en même temps : l'individualité poétique de M. Leconte de Lisle; la place de son œuvre dans l'évolution de la poésie contemporaine; et, — comme je vous l'annonçais l'autre jour, — une transformation d'idéal qui ne le cède pas en importance à celle même que nous avons vue s'accomplir dans et par l'œuvre des Lamartine et des Hugo.

Pour cela, je ne vous reparlerai pas du pessimisme, vous en ayant dit naguère ce que j'en avais d'essentiel à dire, quand je vous parlais d'Alfred de Vigny. Sans doute, je sais la différence qu'il y a du pessimisme de l'auteur de *l'Illusion suprême* ou de *la Fin de l'homme* à celui de l'auteur de *la Colère de Samson* et de *la Maison du berger*! Plus hindou, si je puis ainsi dire, moins occidental, si vous l'aimez mieux, plus philosophique en un certain sens, le pessimisme de M. Leconte de Lisle serait plus voisin de celui de Théophile Gautier. Mais enfin ce n'est pas là que je vois son originalité de poète. Le pessimisme est une disposition générale d'esprit, — je ne veux pas dire contemporaine, puisque, comme vous le savez, le chris-

tianisme et le bouddhisme sont des religions pessimistes, qui ne doivent qu'au pessimisme leur supériorité sur le judaïsme ou sur le brahmanisme, leur
profondeur philosophique, et surtout-cet esprit de
compassion ou de charité qui les anime, — mais ne
sommes-nous pas tous aujourd'hui pessimistes ou
presque tous? et pour l'être autrement que Vigny ou
que Gautier, M. Leconte de Lisle l'est-il plus que
M. Sully-Prudhomme, par exemple, ou tel autre que
l'on pourrait nommer? Non, à mon sens; et ce sont
d'autres traits qui le caractérisent, qui l'individuali-
sent, dont voici, je crois, les trois principaux : nul n'a
mieux compris, — pas même Flaubert, — ni mieux
ou plus fidèlement observé que lui la doctrine de l'impersonnalité dans l'art; nul n'a conçu d'une manière
plus profonde et plus neuve l'alliance de la science et
de la poésie, d'une manière plus conforme ou plus
adéquate à l'essence de l'une et de l'autre; et nul
enfin n'a mieux montré, par de plus beaux exemples,
ni mieux connu, dans ce qu'ils ont de plus intime ou
de plus secret, le pouvoir de la forme et la vertu
mystérieuse de la rime, du rythme, et du mot.

Ne le prenons pas là-dessus pour un « impassible »;
et au contraire, pas plus que la force n'eût fait défaut
à Lamartine, vous l'avez vu, s'il l'eût voulu, disons
d'abord que ni la douceur, ni la grâce, ni le charme,
ni la « sensibilité » même n'auraient manqué au
poète du *Manchy*. Vous rappelez-vous ces beaux vers?

> Sous un nuage frais de claire mousseline,
> Tous les dimanches au matin,

Tu venais de la ville en manchy de rotin,
   Par les rampes de la colline.

La cloche de l'église alertement tintait;
   Le vent de mer berçait les cannes;
Comme une grêle d'or, aux pointes des savanes,
   Le feu du soleil crépitait.

Le bracelet aux poings, l'anneau sur la cheville,
   Et le mouchoir jaune aux chignons,
Deux Telingas portaient, assidus compagnons,
   Ton lit aux nattes de Manille.

. . . .

On voyait, au travers du rideau de batiste,
   Tes boucles dorer l'oreiller,
Et, sous leurs cils mi-clos, feignant de sommeiller,
   Tes beaux yeux de sombre améthyste.

Tu t'en venais ainsi, par ces matins si doux,
   De la montagne à la grand'messe,
Dans ta grâce naïve et ta rose jeunesse,
   Au pas rythmé de tes Hindous.

Maintenant, dans le sable aride de nos grèves,
   Sous les chiendents, au bruit des mers,.
Tu reposes parmi les morts qui me sont chers.
   O charme de mes premiers rêves !

Dans *la Fontaine aux lianes*, dans *l'Illusion suprême*, dans combien d'autres poèmes encore, vous retrouverez, Messieurs, ce même accent d'émotion intime et contenue :

Mille aromes légers émanent des feuillages
Où la mouche d'or rôde, étincelle et bruit;
Et les feux des chasseurs, sur les mornes sauvages,
Jaillissent dans le bleu splendide de la nuit.

Et tu renais aussi, fantôme diaphane,
Qui fis battre son cœur pour la première fois,
Et, fleur cueillie avant que le soleil te fane,
Ne parfumas qu'un jour l'ombre calme des bois !

O chère Vision, toi qui répands encore,
De la plage lointaine où tu dors à jamais,
Comme un mélancolique et doux reflet d'aurore,
Au fond d'un cœur obscur et glacé désormais !

Les ans n'ont pas pesé sur ta grâce immortelle,
La tombe bienheureuse a sauvé ta beauté ;
Il te revoit, avec tes yeux divins, et telle
Que tu lui souriais en un monde enchanté ! _

Mais je m'empresse d'ajouter que, si vous comparez
ces vers à telle pièce de Musset, d'Hugo, de Lamartine
même, que nous avons lues ici de compagnie : *le Lac,
la Tristesse d'Olympio, le Souvenir*, et qui ne sont en
effet qu'autant de variations sur un même thème,
vous verrez poindre une première différence. Personnels assurément et aussi personnels que possible au
poète, colorés et comme dorés du soleil de son île
natale, imprégnés de ses parfums puissants, ni *le
Manchy*, ni *l'Illusion suprême*, ni *la Fontaine aux lianes*
ne sont toutefois ce que j'appellerais des poèmes de
chair et de sang, et je veux dire que le souvenir y
est comme épuré par la distance ou par le temps de
tout ce qui jadis a pu s'y mêler de physique. On ne
sent point là palpiter l'égoïste regret des voluptés
perdues. Le charme pénétrant de la vision est fait de
son inconsistance, et de sa « diaphanéité » même.
C'est de la « sensibilité » ou de la « sensualité », si

l'on osait ainsi dire, purement intellectuelle. Pas un
de ces vers ne parle au corps. Et, en un mot, Messieurs, c'est de la « poésie », et non plus seulement
un appel à l'émotion qu'éveille presque toujours en
nous le vain effort de ressaisir les sensations que nous
n'éprouverons plus. Aussi « sensible » qu'un autre,
plus sensible peut-être, M. Leconte de Lisle n'a jamais
mis de lui-même, de sa personne, dans son œuvre que
le peu qu'il fallait pour que l'inspiration générale en
demeurât lyrique; et le célèbre sonnet des *Montreurs*
pourrait servir d'éloquente épigraphe au recueil entier
de ses poèmes :

LES MONTREURS.

Tel qu'un morne animal, meurtri, plein de poussière,
La chaîne au cou, hurlant au chaud soleil d'été,
Promène qui voudra son cœur ensanglanté
Sur ton pavé cynique, ô plèbe carnassière!

Pour mettre un feu stérile en ton œil hébété,
Pour mendier ton rire ou ta pitié grossière,
Déchire qui voudra la robe de lumière
De la pudeur divine et de la volupté.

Dans mon orgueil muet, dans ma tombe sans gloire,
Dussé-je m'engloutir pour l'éternité noire,
Je ne te vendrai pas mon ivresse ou mon mal,

Je ne livrerai pas ma vie à tes huées,
Je ne danserai pas sur ton tréteau banal
Avec tes histrions et tes prostituées.

Flaubert, l'autre jour, vous vous le rappelez, nous
disait les mêmes choses. Et moi, si peut-être je n'avais

pas su me faire assez entendre, je tiens, Messieurs, à vous dire que je partage entièrement l'avis du poëte et du romancier. Non! il ne faut pas, comme l'ont fait Musset et Lamartine même, « prostituer » la mémoire de celle qui fut Elvire, à la « pitié grossière » ou au « rire » de la foule; et c'est manquer à la pudeur que d'exposer à la railleuse curiosité des hommes la femme que l'on a aimée, nos plus chers souvenirs, tous les débris d'un passé dont nous devrions toujours songer que nous ne sommes jamais les seuls maîtres! Il ne faut pas non plus, si nous avons souffert, solliciter ou mendier pour notre personne une sympathie que nos œuvres ou nos actes n'ont pas su nous concilier [1] : nous ressemblerions à ces pauvres de foire qui se font un gagne-pain de leurs plaies, qui les étalent, qui les avivent, qui les enveniment, qui rivalisent à qui d'entre eux nous montrera la plus sanguinolente, l'ulcère le plus ignominieux, et qui arrachent

1. On ne saurait trop le redire : là même, et nulle part ailleurs, est l'origine de toute espèce de *Mémoires* ou de *Confessions*, dans le besoin qu'éprouvent les victimes ou les vaincus de la vie d'en appeler de leurs déceptions à « l'impartiale postérité ». Je ne connais pas de *Mémoires* de Turenne ou de *Confessions* de Buffon. Mais quand nous n'avons pas reçu des hommes ou de la vie même, les satisfactions que notre vanité croyait nous être dues, c'est alors que nous nous plaignons; nous demandons, pour nos « intentions » méconnues ou pour notre « mérite », injustement négligé, ce que nous croyons qu'ils valaient d'admiration ou de sympathie. Et falsifiant outrageusement l'histoire, nous punissons Louis XIV, si nous sommes Saint-Simon, de ne nous avoir pas mis en passe de nous distinguer, ou le « genre humain », tout entier, si nous sommes Rousseau, de n'avoir pas senti combien nous différions de **Voltaire et de Diderot!**

ainsi l'obole que nous laissons tomber, non pas du tout, Messieurs, à notre charité, mais à notre horreur, à notre effroi physique, à notre dégoût! Et il ne faut pas davantage, il ne faut pas surtout faire servir le prestige de l'art à masquer ce que de semblables exhibitions ont toujours d'impudique; rabaisser la beauté même à des usages indignes d'elle, qui finissent toujours par en corrompre le sens; et réduire la poésie, comme avaient fait nos romantiques, à n'être plus qu'une rabâcheuse ou une entremetteuse d'amour !

C'est ce que M. Leconte de Lisle a compris mieux que personne. Impassible? Oh! que non pas! Non, le poète n'est pas « impassible », à qui nous devons *la Fin de l'homme* :

O jardin d'Iahveh! Eden, lieu de délices,
Où sur l'herbe divine Ève aimait à s'asseoir;
Toi qui jetais vers elle, ô vivant encensoir,
L'arome vierge et frais de tes mille calices,
Quand le soleil nageait dans la vapeur du soir!

Beaux lions qui dormiez, innocents, sous les palmes,
Aigles et passereaux qui jouiez dans les bois,
Fleuves sacrés, et vous, Anges aux douces voix,
Qui descendiez vers nous, à travers les cieux calmes,
Salut! Je vous salue une dernière fois!

Salut! ô noirs rochers, cavernes où sommeille
Dans l'éternelle nuit tout ce qui me fut cher....
Hébron! muet témoin de mon exil amer,
Lieu sinistre où, veillant l'inexprimable veille,
La femme a pleuré mort le meilleur de sa chair !

Lisez encore *Qaïn*, Messieurs; lisez le *Dies Iræ* qui termine les *Poèmes antiques*. Toutes les misères, qui sont les nôtres comme les siennes, jamais poète ne les a plus éloquemment ou plus poétiquement traduites. Il les a seulement transposées sous la forme et dans l'ordre de l'angoisse métaphysique. Mais, d'être supérieur à son égoïsme; de ne parler jamais presque en son nom, mais au nom de la science ou de la vérité; de n'être attentif ou curieux en soi, pour le retenir et le noter, qu'à ce que l'on y trouve de général, de permanent, d'identique sous le changement des apparences quotidiennes, si c'est là, Messieurs, être « impersonnel » ce n'est pas être « impassible ». Et, voulez-vous savoir pourquoi j'insiste? C'est pour écarter de M. Leconte de Lisle l'injustice du reproche, mais aussi c'est pour essayer de dissiper la plus fâcheuse des confusions. Encore une fois donc, on n'est pas impassible pour n'avoir pas pris l'univers à témoin de ses amours trompées. Replié sur soi-même, ou plutôt retiré de soi-même; indifférent à sa propre personne; contemplant du haut du ciel de l'art le perpétuel écoulement des phénomènes au sein de l'éternelle illusion; non, on n'est pas « impassible » pour n'en avoir voulu fixer que ce que cette fuite même a de désespérant! On a seulement souffert de l'angoisse commune au lieu de ne souffrir que de sa douleur; on a songé moins à soi qu'aux autres; on a été la voix de tous ceux qui

Aspirent au repos que la vie a troublé;

et s'il y a d'autres attitudes, — plus suppliantes, en quelque sorte, — je n'en sache pas, quant à moi, de plus noble, ni qui réponde à une conception plus élevée de l'art.

II

Quelle est cependant, Messieurs, cette conception de l'art? et en quoi dirons-nous qu'elle diffère de celle de Gautier par exemple, ou de celle de Vigny? C'est ici la question des rapports de la science ou de la poésie, question difficile entre toutes, et question controversée. En la résolvant d'une manière originale, et qu'il semble que l'on n'ait pas généralement comprise, — je puis bien le dire, s'il fut un temps où moi-même je ne l'entendais pas, — essayons de voir comment l'auteur des *Poèmes barbares* l'a dégagée du milieu des obscurités qui l'enveloppaient et posée comme il faudra désormais qu'on la pose pour la discuter utilement.

Car vous pensez bien qu'il ne s'est agi ni pour lui, ni pour aucun de ceux qui croient cette alliance possible et désirable, de mettre en vers, comme on faisait il y a cent ans, à la manière de l'abbé Delille, les *Trois règnes de la nature*, la magnésie, le café, le sucre de canne...

. . . . ce miel américain
Que du suc des roseaux exprima l'Africain,

les merveilles de la vapeur ou de l'électricité, le génie
de la navigation, le téléphone, le phonographe, la
série des éthers ou les secrets de la thérapeutique.
Il ne s'agit pas davantage de soumettre la poésie, ni
l'art en général, aux méthodes qui sont celles de la
science, de la physiologie par exemple, ou de l'histoire naturelle. Je ne connais pas de roman ni de
drame « expérimental », et c'est ici qu'avant d'en
user il faudrait peser les mots que l'on emploie. Encore
moins est-il question, sous prétexte de *modernité*,
d'interdire au poète, comme l'ont cru quelques poètes
mêmes, de puiser son inspiration aux sources de la
légende ou de la fable. Les *Poèmes antiques*, eux
tout seuls, suffiraient aujourd'hui pour écarter cette
interprétation. Mais ce que M. Leconte de Lisle a
pensé, c'est que, pour parler, fût-ce en vers, de l'Inde,
par exemple, de la Grèce, ou de Rome, peut-être
était-il de bon de commencer par les connaître, et
pour cela de les étudier; et vous me direz qu'il n'y a
rien de plus simple; et j'en conviendrai; mais vous
m'accorderez que les romantiques ne s'en étaient pas
doutés. Ils se créaient des Indes ou des Grèces à eux-
mêmes, comme Hugo dans ses *Orientales* ou Mérimée
dans sa *Guzla* [1], par la force de l'imagination, pour
leur usage exclusif, et ils s'y tenaient.

---

1 Mérimée, dans la préface définitive de sa *Guzla*, s'est
d'ailleurs, comme l'on sait, fort agréablement moqué de la
« couleur locale » en général, et de la sienne en particulier.
C'est bien. Mais, là-dessus, si ce n'était la « couleur locale »,
je serais curieux de savoir ce qu'on lirait encore aujourd'hui

Là « couleur locale » a donc une tout autre valeur,
comme une tout autre intensité, dans les *Poèmes
antiques* et dans les *Poèmes barbares*, que dans les
Orientales ou dans la *Légende des siècles*. Supposez
qu'elle y soit fausse, elle n'y est pas cependant arbitraire. J'ajoute qu'elle y a surtout, Messieurs, une
autre signification. « Sur les monuments de Persé-
polis, a dit quelque part Ernest Renan, — dans une
de ces pages où lui-même il alliait si heureusement
l'érudition à la poésie, — on voit les différentes
nations tributaires du roi de Perse représentées par
un personnage qui porte le costume de son pays et
tient entre ses mains les productions de sa province
pour en faire hommage au souverain. *Telle est l'humanité : chaque nation, chaque forme intellectuelle,
religieuse, morale, laisse après elle une courte expression qui en est comme le type abrégé*, et qui demeure
pour représenter les millions d'hommes à jamais
oubliés, qui ont vécu, et qui sont morts groupés
autour d'elle. » Telle est aussi, Messieurs, la couleur
locale dans la poésie de M. Leconte de Lisle. *La mort
de Valmiki, la Vision de Brahma, Khirôn* ou *Niobé,
Qaïn, Néférou-Râ, l'Épée d'Angantyr, le Massacre de
Nona*, hindous, grecs, ou égyptiens, hébreux, celtes ou
scandinaves, dans tous ces poèmes, c'est le type abrégé

de l'auteur de *Carmen* et de *Colomba*. Serait-ce par hasard l'*Histoire de don Pèdre*? Je n'aime pas cette espèce de « sceptiques »
dont le scepticisme consiste, quand ils ont obtenu de la vie
ce qu'ils voulaient, à se moquer eux-mêmes des moyens qu'ils
y ont employés, — et à s'efforcer d'en dégoûter les autres.

d'une « nation » tout entière, d'une époque historique, d'une « forme religieuse où intellectuelle » qu'il s'est proposé d'incarner ; et si ce n'est pas l'alliance encore de la science et de la poésie, c'est au moins déjà, vous le voyez, celle de la poésie et de l'érudition. Pour retrouver et réunir, selon sa propre expression[1], « les titres de famille de l'intelligence humaine ! » le poète s'est doublé d'un orientaliste, d'un archéologue et d'un historien. Lisons ensemble *la Vérandah*.

> Au tintement de l'eau dans les porphyres roux,
> Les rosiers de l'Iran mêlent leurs frais murmures,
> Et les ramiers rêveurs leurs roucoulements doux.
> Tandis que l'oiseau grêle et le frelon jaloux,
> Sifflant et bourdonnant, mordent les figues mûres,
> Les rosiers de l'Iran mêlent leurs frais murmures
> Au tintement de l'eau dans les porphyres roux.
>
> Sous les treillis d'argent de la vérandah close,
> Dans l'air tiède, embaumé de l'odeur des jasmins,
> Où la splendeur du jour darde une flèche rose,
> La Persane royale, immobile, repose,
> Derrière son col brun croisant ses belles mains,
> Dans l'air tiède, embaumé de l'odeur des jasmins,
> Sous les treillis d'argent de la vérandah close.
> . . . .
> Deux rayons noirs, chargés d'une muette ivresse,
> Sortent de ses longs yeux entr'ouverts à demi ;
> Un songe l'enveloppe, un souffle la caresse ;
> Et parce que l'effluve invisible l'oppresse,
> Parce que son beau sein qui se gonfle a frémi,
> Sortent de ses longs yeux entr'ouverts à demi
> Deux rayons noirs, chargés d'une muette ivresse.

1. Voyez dans les premières éditions, Paris, 1852, Ducloux, la préface des *Poèmes antiques*.

Et l'eau vive s'endort dans les porphyres roux,
Les rosiers de l'Iran ont cessé leurs murmures,
Et les ramiers rêveurs leurs roucoulements doux.
Tout se tait. L'oiseau grêle et le frelon jaloux
Ne se querellent plus autour des figues mûres.
Les rosiers de l'Iran ont cessé leurs murmures,
Et l'eau vive s'endort dans les porphyres roux.

Est-ce qu'il n'y aurait là, Messieurs, qu'une description, comme on l'entendait dans l'école romantique, ou une vision, l'une des plus gracieuses et des plus voluptueuses qu'un poète ait jamais caressées dans ses vers? Mais j'y trouve quelque chose de plus, et pour ainsi parler, dans une seule pièce, tout un « raccourci » d'histoire. Oui, cette « Persane royale », sous « sa vérandah close », dans sa prison enchantée... ces « longs yeux noirs » charmants et inexpressifs... tout ce bel animal féminin, vide, si je puis ainsi dire, de sentiment et de pensée... ce luxe aussi qui l'entoure, et qui la garde, ce « treillis d'argent », ces « coussins de soie », ces « vasques de porphyres », n'est-ce pas le résumé de ce que trois mille ans de civilisation orientale ont réussi à faire de la femme? le terme où sont venus aboutir les efforts des Darius et des Artaxercès? et s'il s'y est mêlé depuis eux quelque chose de plus musulman, ne le retrouverons-nous pas, Messieurs, dans la savante monotonie du rythme, dans son arabesque, et dans ses entre-lacs [1]?

---

1. Voir encore *Néférou-Râ*, *le Cœur de Hialmar*, *la Mort de Sigurd*, *le Massacre de Mona*, *Nurmahal*, *le Corbeau*, *la Tête du comte*; et dans les *Poèmes antiques* : *Çunacépa*, par exemple, ou *Niobé*, etc.

Et l'eau vive s'endort dans les porphyres roux,
Les rosiers de l'Iran ont cessé leurs murmures.

. . . .
Tout se tait....

. . . .
Les rosiers de l'Iran ont cessé leurs murmures,
Et l'eau vive s'endort dans les porphyres roux.

Ne serait-il pas, après cela, bien surprenant, impossible même, que tant d'autres poèmes, eux aussi réputés purement descriptifs et loués uniquement comme tels, ne fussent pas autre chose, et tout autre chose que de pures descriptions? Vous connaissez *les Éléphants* :

Le sable rouge est comme une mer sans limite,
Et qui flambe, muette, affaissée en son lit.
Une ondulation immobile remplit
L'horizon aux vapeurs de cuivre où l'homme habite
. . . .
Tel l'espace enflammé brûle sous les cieux clairs.
Mais, tandis que tout dort aux mornes solitudes,
Les éléphants rugueux, voyageurs lents et rudes,
Vont au pays natal à travers les déserts.

. . . .
D'un point de l'horizon, comme des masses brunes,
Ils viennent, soulevant la poussière, et l'on voit,
Pour ne point dévier du chemin le plus droit,
Sous leur pied large et sûr crouler au loin des dunes.

. . . .
L'oreille en éventail, la trompe entre les dents,
Ils cheminent, l'œil clos. Leur ventre bat et fume,
Et leur sueur dans l'air embrasé monte en brume,
Et bourdonnent autour mille insectes ardents.

Mais qu'importent la soif et la mouche vorace,
Et le soleil cuisant leur dos noir et plissé?
Ils rêvent en marchant du pays délaissé,
Des forêts de figuiers où s'abrita leur race.

Ils reverront le fleuve échappé des grands monts,
Où nage en mugissant l'hippopotame énorme,
Où, blanchis par la lune, et projetant leur forme,
Ils descendaient pour boire en écrasant les joncs.

Aussi, pleins de courage et de lenteur, ils passent
Comme une ligne noire, au sable illimité;
Et le désert reprend son immobilité
Quand les lourds voyageurs à l'horizon s'effacent.

Rapprochez cette pièce de tant d'autres, *la Panthère
noire*, *le Rêve du jaguar*, *le Sommeil du condor* : où
tendent-elles? que veulent-elles dire? de quelle inspiration procèdent-elles? Messieurs, si nous savons lire,
elles ne traduisent rien de moins en poésie que la
grande révolution scientifique du siècle; — et j'entends par ce mot la substitution en tout du point de
vue naturaliste au point de vue proprement et uniquement humain, qui avait été jusqu'à nous celui de l'art
comme de la science; qui était encore exclusivement,
vous l'avez vu; celui de Lamartine et de Hugo, de
Vigny même et de Gautier; qui est toujours celui de
plus d'un poète et d'un artiste parmi nous [1].

1. « L'art et la science, longtemps séparés par suite des
efforts divergents de l'intelligence, doivent désormais tendre à
s'unir étroitement sinon à se confondre. L'un a été la révélation primitive de l'idéal contenu dans la nature extérieure;
l'autre en a été l'étude raisonnée et l'exposition lumineuse.

En ce temps-là donc, vous le savez, c'était en vain que les maîtres, ou plutôt les fondateurs de l'astronomie moderne, avaient démontré le contraire : la Terre passait pour toujours être le centre du monde ; et, sur terre, on continuait de croire, ou du moins on agissait, on pensait, on sentait même comme si l'on croyait que, depuis les « étoiles du ciel » jusqu'aux « poissons de la mer », tout eût été fait à l'usage de l'homme. Ai-je besoin, à ce propos, de vous rappeler les extravagances de Bernardin de Saint-Pierre, sa théorie du « melon », par exemple, ou de la citrouille ? et Buffon, qui est un autre homme, ne peut-il pas ici nous suffire ? Car vous vous souvenez comment sont classées les espèces dans son *Histoire naturelle,* d'après l'utilité que nous en pouvons tirer, le plaisir qu'elles nous procurent, ou le danger que nous en avons à craindre : espèces domestiques d'abord, le cheval et le bœuf ; celles que l'on chasse ensuite, comme le cerf ; enfin les carnassières..... Et cependant, c'est un libre esprit, c'est même un grand esprit que Buffon !

Trait pour trait, si je puis ainsi dire, à cette conception du monde et de la science répondait une conception de l'art que l'on peut nommer du nom général d'humanisme.

Minerve est la prudence et Vénus la beauté !

Mais l'art a perdu cette spontanéité intuitive, ou plutôt il l'a épuisée. C'est à la science de lui rappeler *le sens de ses traditions oubliées, qu'il fera revivre dans les formes qui lui sont propres.* ▪ Préface des *Poèmes antiques.*

S'est-on assez moqué de ce vers de Boileau! s'en
moque-t-on encore assez de nos jours même! Et
cependant on ne saurait mieux résumer, en moins de
mots, plus clairement, d'une manière plus expressive,
ce qui était alors la règle, la loi des lois de l'art de
peindre comme de celui d'écrire. Tout s'exprimait
alors en fonction de l'humanité, — non seulement les
pensées ou les sentiments de l'homme, ses vertus ou
ses vices, — mais aussi les choses mêmes, et jusqu'aux
énergies cachées de la nature! Un fleuve était un
homme de pierre dont « la barbe limoneuse », entre-
mêlée d'attributs aquatiques, et l'allure pour ainsi dire
coulante semblaient analogues à sa nature fluide.
L'inépuisable fécondité de la nature se représentait
sous la figure d'une femme de marbre, dont la con-
struction géante, les seins robustes, les larges flancs
disaient éloquemment la promesse des générations à
venir. Je vous laisse le soin de trouver d'autres
exemples!... En deux mots, la forme humaine, —
avec ce qu'elle comportait d'altérations, d'atténua-
tions ou d'exagérations sans cesser pour cela d'être
humaine, — était censée pouvoir tout dire. L'homme
était la « mesure de toutes choses ». Et ce que l'on
désespérait de réussir à rendre par le moyen de la
forme humaine, on en était arrivé à croire qu'il ne
valait pas la peine d'être dit ou représenté [1].

1. Consultez Burckhardt : *la Civilisation en Italie au temps
de la Renaissance*; et surtout Fromentin, dans ses *Maîtres
d'autrefois*. La page entière vaut bien d'être ici reproduite :
« Il existait une habitude de penser hautement, grandement,

Nous avons changé tout cela.

Ce n'est pas seulement l'astronomie, ce sont toutes les sciences qui se sont jointes ou conjurées ensemble pour nous déshabituer de voir dans la Terre le centre ou l'ombilic du monde. Le développement des sciences naturelles, en particulier, nous a fait gâté cevoir que, bien loin d'être l'enfant chéri, l'enfant con- de la création, nous n'étions sur la terre même qu'un accident d'un jour. Toutes les formes de la vie ont été mises par là comme sur un pied d'égalité. L'animal et la plante ont conquis de ce jour une importance

un art qui consistait à faire choix des choses, à les embellir, à les rectifier, qui vivait dans l'absolu plutôt que dans le rélatif, apercevait la nature comme elle est, mais se plaisait à la montrer comme elle n'est pas. *Tout se rapportait plus ou moins à la personne humaine, s'y subordonnait et se calquait sur elle, pour qu'en effet certaines lois de proportions, et certains attributs, comme la grâce, la force, la beauté, savamment étudiés chez l'homme et réduits en corps de doctrine, s'appliquaient aussi à ce qui n'était pas l'homme. Il en résultait une sorte d'universelle humanité ou d'univers humanisé, dont le corps humain, dans ses proportions idéales, était le prototype.* Histoire, versions, croyances, dogmes, mythes, symboles, emblèmes, la forme humaine exprimait presque seule tout ce qui pouvait être exprimé par elle.... » Il montre alors quelles étaient en peinture les conséquences de cette manière de penser, comment les Hollandais ont rompu avec elle, et il continue : « Le moment est venu de penser moins, de viser moins haut, d'observer mieux et de peindre aussi bien, mais autrement.... Il s'agit de devenir humble pour les choses humbles, petit pour les petites choses, subtil pour les choses subtiles, de les accueillir toutes sans omission ni dédain, d'entrer familièrement dans leur intimité, affectueusement dans leur manière d'être. C'est affaire de sympathie, de curiosité attentive et de patience. *Désormais le génie consistera à ne rien préjuger, à ne pas savoir qu'on sait, à se laisser surprendre par son modèle, à ne demander qu'à lui comment il veut qu'on le représente.* »

en quelque sorte personnelle. L'homme n'est plus
« le roi des animaux ». S'il forme actuellement le dernier anneau de la chaîne, il ne le sera pas toujours,
— on peut du moins le croire, — et très assurément
il ne l'a pas toujours été. D'où, Messieurs, cette conséquence que, pour connaître la nature, la première
démarche de l'esprit devra donc être de s'abstraire
du point de vue proprement humain. Dans l'espace,
comme dans le temps, c'est peu de chose que l'homme;
traitons-le donc comme peu de chose; et tout d'abord,
pour l'étudier, commençons par le replacer à son
rang, — et non pas hors cadre, — dans la nature,
dont il dépend.

Logiquement, nécessairement, l'art a suivi; il a
tâché de suivre; il a compris qu'il fallait suivre et que,
comme la finalité de Fénelon, par exemple, et comme
les cieux de Ptolémée, les images, les habitudes, les
représentations qu'il avait héritées de ses anciens
maîtres avaient, elles aussi, fait leur temps. Notez
ici, à ce propos, la soudure des deux sens du mot de
naturalisme [1] : le philosophique et l'esthétique. Car

1. Il n'y a pas de confusion de mots généralement consentie
qui n'exprime, quand on y songe, quelque parenté de sentiments ou d'idées. Aussi persistons-nous à nous servir du mot
de *naturalisme*, et non pas de celui de *réalisme*, comme on
nous l'a quelquefois demandé. L'auteur des *Bourgeois de
Molinchart* est un « réaliste », l'auteur de *l'Éducation sentimentale* est un « naturaliste »; et voilà une première différence. J'en énumérerais, au besoin, beaucoup d'autres, que
ce n'est pas ici le lieu de signaler. Mais je ne saurais omettre
d'indiquer au moins la principale : c'est qu'une esthétique
« naturaliste » étant, par définition, aussi vaste que la nature

pourquoi, Messieurs, exigeons-nous de l'artiste qu'il se soumette à la nature, et qu'ainsi, sans dépouiller l'humanité, — ce qui lui serait d'ailleurs impossible, — il la subordonne du moins à quelque chose de plus vaste qu'elle-même? Vous en voyez l'une des grandes raisons. C'est que nous ne sommes, à vrai dire, que l'éphémère et fragile support de notre propre humanité, une manifestation ou une expression transitoire de la Nature, un caprice ou un jouet de sa fécondité. C'est que nous n'avons pas en nous sa mesure, ni le droit de la réduire à la nôtre. C'est que nous tirons d'elle non seulement enfin notre existence, mais notre raison d'être; et que par conséquent, toutes les fois que nous nous retrempons en elle, retournant à nos origines, nous tendons, en art comme en tout, à remplir la vérité de notre définition. Lisons là-dessus *les Hurleurs* :

> Le soleil dans les flots avait noyé ses flammes,
> La ville s'endormait au pied des monts brumeux.
> Sur de grands rocs lavés d'un nuage écumeux,
> La mer sombre en grondant versait ses hautes lames.
>
> . . . .
> . . . .

même, quiconque s'en inspire, la nature entière lui appartient, tandis que le premier article d'une esthétique « réaliste » est de ne rien reproduire qu'on n'ait vu de ses yeux et touché de ses mains. Un « réaliste », s'il était logique, ne permettrait qu'à des Hindous d'écrire des poèmes hindous, qu'à des Grecs d'écrire des poésies grecques; mais, par delà les apparences, un « naturaliste » essaye de saisir la raison de leur diversité; et même il n'est digne de son nom qu'autant qu'il y réussit.

Mais sur la plage aride, aux odeurs insalubres,
Parmi les ossements de bœuf, et de chevaux,
De maigres chiens, épars, allongeant leurs museaux,
Se lamentaient, poussant des hurlements lugubres.

La queue en cercle sous leurs ventres palpitants,
L'œil dilaté, tremblant sur leurs pattes fébriles,
Accroupis çà et là, tous hurlaient immobiles,
Et d'un frisson rapide agités par instants.

L'écume de la mer collait sur leurs échines
De longs poils qui laissaient les vertèbres saillir;
Et, quand les flots par bonds les venaient assaillir,
                                        [babines.
Leurs dents blanches claquaient sous leurs rouges

Devant la lune errante aux livides clartés,
Quelle angoisse inconnue, aux bords des noires ondes,
Faisait pleurer une âme en vos formes immondes?
Pourquoi gémissiez-vous, spectres épouvantés?

Je ne sais; mais, ô chiens qui hurliez sur les plages,
Après tant de soleils qui ne reviendront plus,
J'entends toujours, du fond de mon passé confus,
Le cri désespéré de vos douleurs sauvages!

Mais nous, Messieurs, de notre côté, n'entendons-nous pas maintenant la vraie signification de ces vers? L'animal est un frère inférieur de l'humanité. Dans son cerveau rudimentaire, aux circonvolutions rares et peu profondes, encore embrumé d'inconscience, il s'accomplit des mouvements, lesquels sont obscurément analogues aux nôtres, et comme nous avons de ses instincts, de ses appétits, de ses passions, il a, lui de nos terreurs, de nos angoisses, de nos désespoirs peut-être! Ou encore, si vous le voulez, dans l'animal

et dans l'homme, c'est la même nature qui se manifeste ou plutôt qui se joue, qui s'incarne un moment
dans une forme d'un jour, qui la reprend ensuite pour
la faire servir à d'autres usages; — et tel est le sens
des « descriptions » de M. Leconte de Lisle.

Vous comprenez aussi, je l'espère, en quoi l'alliance
de la science et de la poésie a consisté pour lui. Son
intention ou son œuvre, pour mieux dire, n'a pas été
du tout de les fondre l'une dans l'autre, et de mettre
en vers, comme je vous disais, la loi de Mariotte ou la
zoologie philosophique de Geoffroy-Saint-Hilaire. Il ne
s'est même pas proposé, dans *Bhagavat* ou dans *Çuna-*
cépa, d'exposer les dogmes du brahmanisme. Non!
mais il s'est rendu compte que la science et l'art, pui-
sant à la même source, devaient manifester identiquement les mêmes lois ou signifier les mêmes idées,
chacun par ses moyens à soi; et puisque tout à l'heure,
à ce propos, je vous ai mis sous les yeux quelques
lignes de Renan, en voici, Messieurs, quelques-unes de
Taine qui achèveront d'éclairer la question : « Pour
atteindre, dit-il dans sa *Philosophie de l'art*, à la
connaissance des causes permanentes et génératrices
desquelles son être et celui de ses pareils dépendent,
l'homme a deux voies : la première, qui est la science,
par laquelle, dégageant ces causes et ces lois fondamentales, il les exprime en formules exactes et en
termes abstraits; *la seconde, qui est l'art, par laquelle*
il manifeste ces causes et ces lois fondamentales... d'une
façon sensible, en s'adressant, non seulement à la
raison, mais au cœur et aux sens de l'homme le plus

ordinaire. L'art a cela de particulier, qu'il est à la
fois supérieur et populaire, qu'il manifeste ce qu'il y
a de plus élevé, et qu'il le manifeste à tous. »
M. Leconte de Lisle souscrirait-il à ces paroles? Je
l'ignore. Mais s'il y a dans cette page deux ou trois
mots sur lesquels il demanderait peut-être que l'on
voulût bien s'expliquer, il avait, longtemps avant
M. Taine, exprimé la même idée, précisément, dans
cette belle pièce d'*Hypatie*, qu'on lisait autrefois
tout au début de ses *Poèmes antiques* :

O sage enfant, si pure entre tes sœurs mortelles!
O noble front, sans tache entre les fronts sacrés!
Quelle âme avait chanté sur des lèvres plus belles,
Et brûlé plus limpide en des yeux inspirés?

Le vil Galiléen t'a frappée et maudite,
Mais tu tombas plus grande! Et maintenant, hélas!
Le souffle de Platon et le corps d'Aphrodite,
Sont partis à jamais pour les beaux cieux d'Hellas!

Dors, ô blanche victime, en notre âme profonde,
Dans ton linceul de vierge, et ceinte de lotos;
Dors! l'impure laideur est la reine du monde,
Et nous avons perdu le chemin de Paros.

Les Dieux sont en poussière, et la terre est muette :
Rien ne parlera plus dans ton ciel déserté.
Dors! mais vivante en lui, chante au cœur du poète
L'hymne mélodieux de la sainte Beauté!

Elle seule survit, immuable, éternelle.
La mort peut disperser les univers tremblants,
Mais la Beauté flamboie, et tout renaît en elle,
Et les mondes encor roulent sous ses pieds blancs!

Vous rappellerai-je là-dessus, Messieurs, quelle et qui fut Hypatie? de quelle alliance ensemble de la « Science » et de la « Beauté », son nom demeure le symbole? Elle était belle du reflet de la « Science » en elle, et la science s'éclairait par elle de l'illumination de la « Beauté ». Sa beauté persuadait les choses qu'elle disait, mais les choses qu'elle disait renouvelaient sa beauté.

Le souffle de Platon dans le corps d'Aphrodite!

C'est l'idéal même du poète; et si vous songez qu'autrefois, — avant qu'il eût demandé d'autres inspirations aux religions de l'Inde, — le volume des *Poèmes antiques* s'ouvrait, comme je vous le disais, par cette invocation à la vierge d'Alexandrie, vous y verrez sans doute ce que l'on pourrait appeler une déclaration de principes. La science et la poésie ne sont pas la même chose, mais elles ont les mêmes racines dans les profondeurs de l'esprit; quelque chose donc de commun entre elles; et, de mettre en lumière, par les moyens qui lui sont propres, ces affinités secrètes ou cette parenté primitive, c'est une des fonctions de l'art [1], si même ce n'en est la fin.

1. « A l'antique mythologie, dit à ce propos Th. Gautier, le poète moderne mêle les interprétations platoniciennes et les Alexandrins. Il retrouve sous les fables du paganisme les idées primitives oubliées de là, et comme l'empereur Julien il le ramène à ses origines. Il est parfois plus Grec que la Grèce et son orthodoxie païenne ferait croire qu'il a été, ainsi qu'Eschyle, initié aux mystères d'Éleusis. »

D'une autre manière, moins imagée, mais plus générale,

III

Ces vers ont d'ailleurs un autre intérêt, qui est, en proposant à la poésie la réalisation de la beauté comme son objet suprême, de lui indiquer en même temps l'un des chemins au moins qui l'y conduisent, et le plus sûr qu'elle en puisse prendre. Rien n'était plus nécessaire alors, si les leçons de Sainte-Beuve, ou celles de Gautier même, n'avaient rien encore, presque rien opéré, et si le souvenir même s'en fût peut-être perdu sans l'apparition des *Poèmes antiques*. Cependant, où il n'y a pas d'art il peut y avoir tout ce que l'on voudra, — voire du génie même, — mais j'ose bien dire, en dépit de Musset, qu'il ne saurait y avoir de poète; et c'est ce que M. Leconte de Lisle, l'ayant d'abord admirablement vu, n'a pas cessé de maintenir par l'autorité de son exemple, et de ses leçons.

Ce serait à cet égard un curieux problème que de rechercher les raisons du pouvoir mystérieux de la forme. « On ne confie rien d'immortel à des langues toujours changeantes »; — c'est Bossuet qui l'a dit, —

---

c'est ce que nous dirons nous aussi. Grâce au sentiment qu'il a de la *nature*, M. Leconte de Lisle a pu retrouver plus d'une fois dans les fables *humanisées* des Grecs la très inconsciente, mais très profonde philosophie *naturaliste*, dont la mythologie que l'on pourrait appeler classique n'est qu'une simplification.

Voyez Renan : *les Religions de l'antiquité*, et Creuzer, dans son grand ouvrage.

et pareillement, on ne confie pas de grandes pensées
à de méchants vers, ni même à des vers qui ne
seraient qu'honnêtes. Pourquoi cela? J'aurais vraiment quelque peine à le dire; et je n'ai sur ce point
rien de probable à vous proposer. Le fait seul me
paraît certain. Mais le rôle de la forme est plus facile
à préciser, et il semble être d'emprisonner, comme
qui dirait dans des contours durables, ce que les
apparences ont, par définition, de fluide et de transitoire. Rappelez-vous, dans vos *Géorgiques*, les efforts
d'Aristée pour se rendre enfin maître du « vieux pas-
teur des troupeaux de Neptune », — c'est Protée,
comme vous le savez. Le Dieu, selon son usage,
essaye de se soustraire à l'étreinte du fils de Cyllène.
Mais en vain! Aristée est le plus fort et Protée reprend
sa figure : *Victus in sese redit!* L'artiste est ce berger
de Virgile. La nature essaye de lui échapper; elle
se dérobe à son étreinte; on dirait qu'elle se fait un
malicieux plaisir de le railler par la diversité, la
rapidité, la multiplicité de ses transformations. Tout
change au monde en un moment, et même en nous
d'un moment à l'autre. Ni sous l'ardeur du soleil de
midi le même paysage n'est aujourd'hui ce qu'il était
hier; et, de plus, vous l'apprendrai-je? en même
temps que la physionomie du modèle, d'un jour
à l'autre aussi la disposition du peintre a changé.
Si, selon le mot du philosophe, nous ne descendons
jamais dans le même fleuve, on peut donc dire que
jamais non plus nous n'ouvrons les mêmes yeux sur
le même spectacle. La fonction de la forme est préci-

sément de saisir, de fixer, d'immobiliser ce que j'entends quelquefois appeler le « fluent » des choses. Un poète ou un artiste ne serait pas digne de son nom qui n'y réussirait pas! Il faudrait le mettre au rang de ces savants de laboratoire qui amassent péni-blement les faits dont un autre trouvera quelque jour et nous dira la loi. Et encore, ce savant ferait-il une besogne utile; mais quel besoin avons-nous de ces demi-artistes et de ces quarts de poète!

Autant que d'avoir reconnu le pouvoir de la forme, il faut louer M. Leconte de Lisle d'avoir dit, et prouvé par son exemple qu'aucune école, encore aujourd'hui même, ne valait pour un pareil apprentissage l'école de l'antiquité. Je ne parle pas de quelques petites pièces, comme *le Souhait*, où j'ose croire qu'Anacréon se fût volontiers reconnu :

> Du roi Phrygien la fille rebelle
> Fut en noir rocher changée autrefois :
> La fière Prokné devint hirondelle
> Et d'un vol léger s'enfuit dans les bois.
> Pour moi, que ne suis-je, ô chère maîtresse,
> Le miroir heureux de te contempler,
> Le lin qui te voile et qui te caresse,
> L'eau que sur ton corps le bain fait couler,
> Le réseau charmant qui contient et presse
> Le ferme contour de ton jeune sein,
> La perle, ornement de ton col que j'aime,
> Ton parfum choisi, ta sandale même,
> Pour être foulé par ton pied divin....

Mais si la poésie des anciens, grecque ou latine, est en général éminemment « plastique », ou scul-

plurale même, si vous le voulez, quel est, Messieurs,
dans un de nos musées, quel est le *Laocoon* ou le
Taureau Farnèse que n'égale, que ne surpasse même,
— puisque tout n'est pas louable dans ces marbres
fameux [1], — le court, l'énergique, et, pour ainsi parler,
l'athlétique poème d'*Hèraklès au taureau*. C'est le
soir, et les taureaux rentrent :

> En avant, isolé comme un chef belliqueux,
> Phaétôn les guidait, lui, l'orgueil de l'étable,
> Que les anciens bouviers disaient à Zeus semblable,
> Quand le Dieu triomphant, ceint d'écume et de fleurs,
> Nageait dans la mer glauque avec Europe en pleurs.
> Or, dardant ses yeux prompts sur la peau léonine
> Dont Hèraklès couvrait son épaule divine,
> Irritable, il voulut heurter d'un brusque choc
> Contre cet étranger son front dur comme un roc.
> Mais, ferme sur ses pieds, tel qu'une antique borne,
> Le héros d'une main le saisit par la corne,
> Et sans rompre d'un pas, il lui ploya le col,
> Meurtrissant ses naseaux furieux dans le sol.
> Et les bergers en foule, autour du fils d'Alkmène,
> Stupéfaits, admiraient sa vigueur surhumaine,
> Tandis que, blancs dompteurs de ce soudain péril,
> De grands muscles roidis gonflaient son bras viril.

Ce qui est cependant presque plus remarquable
encore que la singulière beauté de ce morceau, c'est
le bonheur, ou le talent avec lesquels, dans *Qaïn*

---

1. Je veux dire par là que, comme le savent tous les archéo-
logues, ils appartiennent à une époque de décadence, étant de
l'école de Pergame, dont les chefs-d'œuvre sont à l'école de
Phidias, de Praxitèle ou de Lysippe, ce que les chefs-d'œuvre
du Guide sont à ceux de Titien, de Corrège et de Michel-Ange.

par exemple, transportant à d'autres sujets, tout différents, les qualités qu'il avait perfectionnées dans le
commerce des anciens, M. Leconte de Lisle a su
comme enfermer dans le contour définitif du bas-
relief jusqu'à des scènes dont je ne sache pas qu'il y
eût avant lui de modèles. Lisez *Qaïn*, Messieurs, lisez
ces vers :

> C'est ainsi qu'ils rentraient, l'ours velu des cavernes
> A l'épaule, ou le cerf, ou le lion sanglant.
> Et les femmes marchaient, géantes, d'un pas lent.
> Sous les vases d'airain qu'emplit l'eau des citernes,
> Graves, et les bras nus, et les mains sur le flanc.
>
> Elles allaient, dardant leurs prunelles superbes,
> Les seins droits, le col haut, dans la sérénité
> Terrible de la force et de la liberté,
> Et posant tour à tour dans la ronce et les herbes
> Leurs pieds fermes et blancs avec tranquillité.
>
> Le vent respectueux, parmi leurs tresses sombres,
> Sur leur nuque de marbre, errait en frémissant,
> Tandis que les parois des rocs couleur de sang,
> Comme de grands miroirs suspendus dans les ombres,
> De la pourpre du soir baignaient leur dos puissant.

Noblesse et simplicité sculpturales de la ligne ; éclat
sombre et comme savamment éteint de la couleur;
vivante évocation du « préhistorique », — ou, pour
parler français, des origines farouches de l'humanité;
— sourde et vibrante émotion du poète en présence
du spectacle que la science et l'art se sont joints
ensemble pour lui « suggérer »; fermeté de la langue,
beauté des mots, richesse ou plénitude des rimes,
tout ici concourt ensemble et se multiplie l'un par

l'autre. Vous constaterez une fois de plus aussi dans ce même poème qu'impersonnalité n'est pas synonyme d'indifférence ou d'impassibilité, si Vigny lui-même n'a rien fait de plus éloquent que les imprécations de Qaïn contre son créateur. Vous y verrez encore à quel point tout diffère dans les *Poèmes barbares* et dans cette *Légende des siècles*, à laquelle on les a si souvent comparés : l'inspiration, le dessin, la facture, le caractère, l'effet, la forme et le fond, le style et l'idée. Que s'il faut que l'un des deux poètes ait « imité » l'autre, vous vous rendrez compte, en passant, que c'est Victor Hugo, puisqu'il n'est venu qu'à la suite. Et pour toutes ces raisons, enfin, vous conclurez, Messieurs, que l'on ne saurait mieux définir la part propre de M. Leconte de Lisle dans l'évolution de la poésie contemporaine qu'en disant qu'il y a réintégré le sens de l'épopée [1].

Louerons-nous maintenant d'autres qualités encore dans son œuvre? Nous le pourrions. Mais ce serait sortir du cadre que nous nous sommes imposé, et je vous renvoie à M. Paul Bourget dans un beau chapitre de ses *Essais de psychologie contemporaine*. Faisons donc plutôt, avant de terminer, les restrictions nécessaires et mettons, comme l'on dit, au tableau quelques ombres. Accordons, par exemple, que, dans sa placidité sculpturale, cette poésie a souvent quelque

1. C'est ici que s'est exercée l'influence de Ronsard et d'André Chénier, et qu'on pourrait montrer comment ils ont été pour les Parnassiens les maîtres qu'ils ne furent pas pour les romantiques.

chose, non pas du tout de froid, — je crois vous avoir
montré le contraire, — mais d'un peu dur : j'entends
par là de trop arrêté, de trop précis dans son contour, qui ne laisse pas assez de place à la liberté ou
au vagabondage de l'imagination du lecteur. Gâtés
aujourd'hui que nous sommes par la musique, nous
aimons que le poète nous permette aussi de rêver;
qu'il nous laisse non pas à deviner, mais à continuer,
mais à prolonger quelque chose; qu'il ne nous donne,
en un mot, qu'un thème ou une vague indication à
développer. Ce n'est pas, vous l'avez vu, la manière
de M. Leconte de Lisle, et si jamais poète a refusé ce
genre de plaisir à ses lecteurs, c'est bien lui.

Ne peut-on pas noter aussi quelque excès d'érudition dans son œuvre, trop de noms « barbares », trop
de noms grecs, orthographiés de façon trop savante?
Gautier disait à ce propos : « M. Leconte de Lisle a
rejeté la terminologie latine adaptée aux noms grecs,
on ne sait trop pourquoi, ce qui enlève à ces mots
si-beaux en eux-mêmes une partie de leur sonorité
et de leur couleur ». Je suis tout à fait ici de l'opinion
de Gautier. Mais je ne la partage pas moins quand il
ajoute : « Peut-être M. Leconte de Lisle pousse-t-il la
logique de son système trop loin lorsqu'il appelle les
Parques les *Moires*; les Destinées, les *Kères*; et le Ciel,
Ouranos. » Ces singularités, qui attirent l'œil, gênent
la lecture, il faut en convenir; et même, serait-il
impossible qu'elles l'eussent parfois découragée?

Enfin, Messieurs, dans son ensemble ou dans quelques-unes au moins de ses parties, cette poésie n'est-

elle pas quelquefois bien haute, et par suite, inaccessible à la foule, à cet homme « ordinaire » dont Taine
nous parlait tout à l'heure? Je ne poserais même pas
la question, si, — comme nous le verrons dès la prochaine fois, — quelques-uns des disciples eux-mêmes
de M. Leconte de Lisle n'avaient cru devoir faire
descendre la poésie des hauteurs où il l'a, lui, toujours maintenue. Mais, pour ma part, dans le temps,
dans le pays où nous sommes, vous entendez assez
ma réponse. Tant pis! Messieurs, tant pis pour ceux
qui ne seraient pas à la hauteur de cet art! et qu'ils
tâchent de s'y élever! Car, nous ne manquons pas
d'amuseurs, ni surtout, si je l'ose dire, de « montreurs » dans notre littérature. N'ayons donc pas peur,
si nous les aimons, et croyons fermement que la race
n'en périra pas! Il se trouvera toujours assez de gens,
en France, pour nous assassiner du récit de leurs
infortunes, et pour égayer, plutôt que de se taire, la
multitude à leurs dépens. Mais, d'hommes qui se
soient retranchés les moyens habituels de succès;
qui n'aient pas craint de placer trop haut l'objet de
leur art; et qui aient toujours eu pour lui le respect
d'un dévot pour son Dieu, j'en connais moins! voilà
ceux que l'on compte! et ce sont pourtant, en tout
temps, ceux qu'il nous faudrait. Je voudrais aujour-
d'hui, Messieurs, vous avoir montré que l'auteur des
Poèmes barbares en est un; et qu'avec l'explication
de la beauté de son œuvre, là aussi est le secret de
son influence.

    17 mai 1893.

QUATORZIÈME LEÇON

MM. DE HEREDIA, SULLY PRUDHOMME ET FRANÇOIS COPPÉE

Sur la difficulté de choisir parmi les contemporains ceux dont la part dans l'évolution de notre poésie est dès à présent certaine.

I. **Leurs caractères communs.** — En tant qu'ayant subi ou recherché tous les mêmes influences; — comme étant tous des *artistes* autant que des poètes; — comme étant tous enfin plus ou moins *naturalistes*.

II. *L'œuvre de M. de Heredia.* — La vérité de la couleur. — Le renouvellement du sonnet. — *La Poésie de M. Sully Prudhomme.* — Le pessimisme. — L'évolution de la poésie intime, et comment elle correspond à une évolution de la sensibilité contemporaine. — La poésie philosophique. — *L'œuvre de M. François Coppée.* — Sa variété. — Son caractère bourgeois, populaire, et parisien. — L'ironie dans l'œuvre de M. Coppée.

III. **De quelques défauts des Parnassiens.** — La tendance au prosaïsme. — Dangers de la superstition de la forme. — Manque de force et de profondeur.

QUATORZIÈME LEÇON

MM. DE HEREDIA, SULLY PRUDHOMME ET FRANÇOIS COPPÉE

Messieurs,

Dans le choix que j'ai fait jusqu'ici, — pour vous retracer l'évolution de notre poésie lyrique au xixᵉ siècle, — de quelques hommes et de quelques œuvres seulement, j'ai négligé bien des noms, mais je les ai négligés sciemment, et je ne crois pas avoir à regretter d'omission essentielle. Lamartine et Victor Hugo, Musset et Vigny, Sainte-Beuve et Gautier, M. Leconte de Lisle, voilà bien les vrais maîtres ; c'est bien d'eux que tout procède ; et la preuve en est que, si je voulais vous parler de Mme Desbordes-Valmore, par exemple, ou d'Édouard Turquety, je ne trouverais rien à vous en dire que je ne vous eusse déjà dit de Lamartine, ou de Musset. Je baisserais seulement le ton, et, pour dire les mêmes choses, je n'userais pas des mêmes termes. C'est à peu près ainsi, vous le savez, qu'au xviiᵉ siècle, autour de Corneille, de Molière, de Racine, on groupe aisément tout ce qu'il

y a d'essentiel à savoir du théâtre français; et, après
cela, qu'importe l'omission de quelque Poisson ou de
quelque Montfleury? On écrit trop, depuis cinq cents
ans; et, pour voir clair dans l'histoire de la littérature,
il est temps enfin de commencer à la désencombrer.

Je suis moins sûr aujourd'hui de mon choix. Vous
rappellerai-je en effet qu'en 1869, ils étaient cinquante-
six qui ont collaboré au *Parnasse contemporain*? Mais
savez-vous, d'autre part, que, dans un seul volume de
l'*Anthologie des poètes français du* xixe *siècle*, — le
dernier, — j'en ai compté soixante-dix-sept, je dis
soixante-dix-sept autres, et que cela fait cent trente-
trois? Encore, s'ils s'étaient tous tournés, depuis lors,
comme quelques-uns, du côté du théâtre, par exemple,
ou du roman, ou du journalisme, leurs vers leur
seraient toujours chers, je le sais, — et je n'oserais
pas louer *la Rôtisserie de la reine Pédauque* aux dépens
des *Poèmes dorés*, — mais enfin j'aurais moins de
remords; ce serait une raison de choisir; je me
sentirais moins embarrassé. Vous me pardonnerez,
Messieurs, — et *ils* me pardonneront, je l'espère, —
si ne pouvant parler d'eux tous, j'ai pris le parti de
m'en tenir à MM. François Coppée, Sully Prudhomme,
et de Heredia [1]. L'opinion même les a tirés du rang;

1. Les *Trophées* de M. de Heredia n'ont à la vérité paru que
cette année même, mais qui ne connaissait ses sonnets? On
les copiait, on les récitait, nous en savions, depuis vingt ans,
par cœur. Les *Conquérants de l'or* avaient paru dans le *Parnasse* de 1869, dont ils remplissaient toute une livraison; et
Gautier avait fait une place à leur auteur dans son *Rapport*
de 1867.

l'avenir, qui n'en parlera peut-être pas comme nous, retiendra certainement leurs noms; et le rapide examen de leur œuvre suffit au dessein que nous nous sommes proposé.

J'aurai, d'ailleurs, assez de peine à les caractériser. Quels traits en retiendrai-je? et lesquels m'est-il permis d'en négliger? Nous manquons, en effet, ici, de recul ou de perspective. Leur œuvre n'est pas terminée. Qui dira même, quelques éléments que nous y démêlions, si peut-être elle ne contient pas d'autres promesses d'avenir, plus intérieures, plus cachées, qui n'en sont pas encore sorties? Est-ce que pendant près de cinquante ans on n'a pas lu les *Élégies* d'André Chénier de préférence à ses *Idylles*? Et combien y a-t-il de temps que ce n'est plus dans ses *Orientales* ou dans ses *Feuilles d'automne*, mais dans ses *Contemplations*, que nous avons appris à voir le vrai Victor Hugo? Aussi, Messieurs, toutes ces difficultés nous imposent-elles un léger changement de méthode. Quels que soient les caractères particuliers des poètes dont je voudrais aujourd'hui vous parler, ceux qu'il nous faut surtout noter en eux, ce sont ceux qu'ils ont de communs, ou plutôt ce sont ceux qui, d'une part, en font les continuateurs de ce *naturalisme* dont nous parlions l'autre jour, et d'autre part, ce sont ceux par lesquels ils diffèrent des *symbolistes* qui les ont suivis.

.... *Facies non omnibus una,*
Nec diversu tamen....

Avant d'essayer de discerner ce qu'ils ont chacun de vraiment original, — puisque autrement nous n'en parlerions pas, — il nous faut essayer de dire ce qu'il y a d'analogue en eux.

I

Et, d'abord, c'est d'avoir commencé par former tous ensemble une sorte d'école, s'ils ont subi les mêmes influences : nullement ou si peu que rien celle de Lamartine et de Musset; un peu plus celle d'Hugo; mais surtout celle de M. Leconte de Lisle, de Théophile Gautier, de Vigny et de Sainte-Beuve. Comment et pourquoi Sainte-Beuve? Il y en avait, Messieurs, plus d'une raison, dont la principale est celle-ci qu'étant alors, vers 1865, au plus haut point de sa réputation de critique, on aimait à chercher, et on retrouvait en les y cherchant bien, dans ses *Consolations* et dans son *Joseph Delorme*, quelques-unes des rares qualités qui font le charme de ses *Lundis*. Pénétration, subtilité, finesse, — intelligente, savante, indiscrète curiosité, nous l'avons vu, vous vous le rappelez, sans doute, — psychologie, physiologie, anatomie, en effet, c'est bien le même homme; et pour l'y reconnaître on n'a pas attendu jusqu'à nous. Quant à Vigny, la publication de ses *Destinées*, en 1864, venait justement de raviver l'éclat un moment éclipsé de sa gloire, et *la Colère de Samson*, *la Bouteille à la mer*, *la Maison du berger* étaient dans les mémoires de tous les jeunes poètes. Mais les plus écoutés de tous, — pour les motifs qu'en parlant d'eux j'ai tâché de vous indiquer, — les plus suivis étaient l'auteur d'*Émaux et Camées*, celui des *Poèmes antiques* et des *Poèmes barbares* [1]. Ajoutez-y, si vous le voulez, Théodore de Banville, qu'on pourrait appeler le théoricien, — et pourquoi pas le « législateur du nouveau Parnasse »? — le spirituel et paradoxal auteur de ce *Petit Traité de poésie française*, qui n'était pas encore imprimé, mais qu'il parlait avant de l'écrire; le maître enfin de toutes les finesses ou de toutes les « roueries » du métier. Vous savez le cas que nous sommes convenus de faire du métier. C'est quelque chose en tout art que d'être un bon ouvrier, et, — prenez la peine d'y regarder de près, — c'est même quelque chose en tout temps d'assez rare!

Ainsi du moins le pensaient alors nos jeunes poètes, et pour l'avoir pensé, ce qu'ils doivent tous aux maîtres dont je viens de rappeler les noms, c'est d'avoir tous

---

1. C'est ce qui m'empêche d'accepter ce que M. Catulle Mendès, dans sa *Légende du Parnasse contemporain*, a dit de l'influence d'Hugo sur la formation de l'école parnassienne. Évidemment les Parnassiens, en général, — car il y a des exceptions, — n'ont eu garde et avec raison, de ne pas s'approprier « pour se les convertir en sang et en nourriture » les conquêtes du romantisme; et, nécessairement, peintre ou poète, tout artiste procède toujours en quelque mesure de *tous* ceux qui l'ont précédé dans son art. Mais en fait — et j'ai tâché de le prouver dans les précédentes *Leçons* — c'est contre Hugo que le Parnasse a voulu réagir; et je me rappelle parfaitement qu'aux environs de 1866 on ne le maltraitait guère moins dans les jeunes cénacles que Lamartine ou que Musset, pour ce que l'on appelait « l'énormité de son *éructation* poétique »

été des *artistes*. Entre l'artiste et le poète la différence ou la nuance est difficile à démêler, je le sais. Elle existe pourtant, et elle vaut la peine qu'on essaie de la préciser. Le poète doit plus à « l'inspiration », et l'artiste à « l'étude » Le premier, qui peut d'ailleurs être un plus grand écrivain, — cela dépend du don de nature, — est moins soucieux que le second des qualités qui font que des vers sont des vers. Il ne joue pas la difficulté, si je puis ainsi dire; et aussi, sa littérature, sa peinture si vous le voulez, sont souvent trop « faciles ». Mais l'artiste est plus scrupuleux; sa conscience est plus délicate; il se contente moins aisément lui-même ;

Quand il ajoute un mot, il en retranche trois :

ou, en d'autres termes encore, étant donné que la forme et le fond, la beauté du style et la force de l'idée concourent ensemble à la perfection de l'œuvre d'art, mais en des proportions qui diffèrent pour chaque cas, on est poète ou on est artiste, selon que l'on donne plus ou moins d'importance à l'un ou à l'autre de ces deux éléments [1]. M. Sully Prudhomme,

---

1. Pour bien sentir cette différence, qu'à peine ici pouvons-nous indiquer, on ne saurait mieux faire que de consulter la *Correspondance de Flaubert et de George Sand*. Leurs discussions ne roulent, n'ont roulé pendant des années que sur cette question même. — Elle n'était pas nouvelle, si les Ronsard et les Du Bellay l'avaient débattue, trois siècles avant eux, contre les poètes de l'école de Marot. Et j'ajouterai, puisque l'occasion m'en est offerte ici, que ceux qui croient la résoudre en disant qu'il faut que la nature et l'art concourent

en ce sens, est plus « poète »; mais M. de Heredia et
M. Coppée sont plus « artistes », avec des moyens
analogues, en des genres d'ailleurs extrêmement dif-
ferents : M. de Heredia, plus Grec ou plus alexandrin,
plus voisin de Chénier, de Ronsard, plus Espagnol
aussi, comme il convient au nom qu'il porte ; M. Coppée, plus Parisien, plus contemporain, plus curieux
surtout de « modernité ».

La différence apparaît assez bien dans la manière
dont ils ont tous les trois usé de l'antiquité. Vous
connaissez le sonnet des *Danaïdes* :

> Toutes, portant l'amphore, une main sur la hanche,
> Théano, Callidie, Amymone, Agavé,
> Esclaves d'un labeur sans cesse inachevé,
> Courent du puits à l'urne où l'eau vaine s'épanche.
>
> Hélas ! le grès rugueux meurtrit l'épaule blanche
> Et le bras faible est las du fardeau soulevé :
> « Monstre ! que nous avons nuit et jour abreuvé,
> O gouffre ! que nous veut ta soif que rien n'étanche? »
>
> Elles tombent, le vide épouvante leurs cœurs ;
> Mais la plus jeune alors, moins triste que ses sœurs
> Chante, et leur rend la force et la persévérance.
>
> Tels sont l'œuvre et le sort de nos illusions :
> Elles tombent toujours, et la jeune espérance
> Leur dit toujours : « Mes sœurs, si nous recommencions? »

ensemble à former le poète, suppriment tout simplement le
problème. L'art du gouvernement ne consiste aussi qu'à concilier l'ordre et la liberté, et, comme dit Molière, celui de
l'escrime se réduit à deux choses, qui sont : l'une de ne pas
recevoir de coups et l'autre d'en donner.

S'il y a dans ce beau sonnet quelques taches légères, vous penserez certainement, Messieurs, qu'il faut ne point les voir, mais plutôt les pardonner à la beauté du symbole ou de l'allégorie. C'est, en effet, leur signification psychologique, philosophique, morale aussi que M. Sully Prudhomme aime surtout dans les fictions de l'antiquité. Elles l'intéressent bien pour elles-mêmes, mais ce n'est qu'ensuite, si je puis ainsi dire, secondairement ou accessoirement, et ce qu'il y cherche d'abord, ce sont des leçons de sagesse ou de haute morale.

M. Coppée est plus « artiste » :

> Devant la loterie éclatante, où les lots
> Sont un sucre de pomme ou quelque étrange vase,
> L'illustre Arpin, devant un public en extase,
> Manipule des poids de cinquante kilos.
>
> Colossal, aux lueurs sanglantes des falots,
> Il beugle un boniment, et montre avec emphase
> Sa nièce, forte fille, aux courts jupons de gaze,
> Qui doit, à bras tendus, soulever deux *tringlots*.
>
> A qui pourra *tomber*, à la lutte à main plate,
> Son frère, au caleçon d'argent et d'écarlate,
> Qui, sur un bout de pain, achève un cervelas,
>
> Il promet cinq cents francs, chimérique utopie !
> — Oh ! les athlètes nus sous l'azur clair d'Hellas !
> O palme néméenne ! O laurier d'Olympie !

L'exécution est ici la perfection même ; et on ne saurait imaginer ni de tableau plus vivant et plus « juste », ni de mots mieux choisis, ni de rimes, si je

puis ainsi dire, plus spirituellement « inventées ».
Mais vous voyez aussi la nuance. Pour M. Coppée,
l'antiquité se recule dans un lointain fabuleux dont
le regret, pour être sincère, ne l'empêche pas d'apprécier ce que les spectacles de la Foire au pain d'épice
ont d'amusant, de pittoresque à leur manière, ou d'un
peu « canaille » même. Nous ne ressusciterons pas les
jeux d'Olympie, n'est-ce pas? De la nostalgie de
« l'azur clair d'Hellas », qu'il a comme un autre
éprouvée, rien n'a donc passé dans ses *Lutteurs
forains* que ce qu'il en fallait pour les rehausser d'un
accent de poésie. C'est qu'il aime bien les Grecs, mais
il aime bien les Parisiens aussi. Et il est « artiste »!
mais il est surtout moderne, d'une « modernité » qui
se connaît, qui se plaît en soi, qui s'égaye et se joue
de son contraste même avec l'antiquité.

Mais M. de Heredia, lui, aime et excelle à rendre le
côté « plastique » des belles inventions des Grecs :

La Vierge Céphéenne, hélas! encor vivante,
Liée, échevelée, au roc des noirs flots,
Se lamente, en tordant avec de vains sanglots
Sa chair royale, où court un frisson d'épouvante.

L'Océan monstrueux que la tempête évente
Crache à ses pieds glacés l'âcre bave des flots,
Et partout elle voit, à travers ses cils clos,
Bâiller la gueule glauque, innombrable, et mouvante.

Tel qu'un éclat de foudre en un ciel sans éclair,
Tout à coup retentit un hennissement clair.
Ses yeux s'ouvrent. L'horreur les remplit, et l'extase;

> Car elle a vu, d'un vol vertigineux et sûr,
> Se cabrant sous le poids du fils de Zeus, Pégase
> Allonger sur la mer sa grande ombre d'azur.

C'est le mythe ou le symbole ici, c'en est la signification philosophique ou morale, qui passent au second plan, qui semblent presque s'effacer; et, visiblement, tout l'intérêt de son sonnet, « l'artiste » l'a voulu mettre dans la beauté parfaite de l'exécution. Non que peut-être il ne fût facile, après coup, d' « allégoriser » son *Andromède au monstre*. Mais je ne crois pas que l'intention y soit! Elle ne s'y sent pas, au moins; et c'est en sculpteur ou en peintre que le poète a traité son sujet. On le lui a reproché quelquefois; et, dans quelle mesure j'accepte pour lui la critique, je vous le dirai tout à l'heure; — ou dans notre prochaine leçon.

Vous remarquerez également, Messieurs, dans l'œuvre de nos trois poètes, — mais plus particulièrement dans celle de M. de Heredia et de M. Coppée, — la fréquence des métaphores qu'ils ont pris un plaisir manifeste à tirer de l'art de l'émailleur, ou du damasquineur, ou du peintre-verrier. *Vitrail, Émail, Rêves d'émail*, ce sont quelques-uns mêmes de leurs titres :

> Le fer rougit, la plaque est prête. Prends ta lampe.
> Modèle le paillon qui s'irise ardemment,
> Et fixe avec le feu, dans le sombre pigment,
> La poudre étincelante où ton pinceau se trempe.

La place encore que tiennent les « gemmes » dans leurs vers; la façon, l'art savant, le goût habile avec

lequel elles y sont « enchâssées » ou « montées »;
ces mots « diamant ou saphir, émeraude ou rubis »,
dont Gautier parle quelque part; les « irisations »
ou les « coruscations » dont ils sont si curieux, tout
cela n'est pas moins caractéristique, le serait presque
davantage, Messieurs, si nous y voulions insister....
Ils sont orfèvres! Mais il peut suffire d'y signaler en
passant un effet et un signe à la fois de la préoccupation de la forme; et j'ai hâte de vous montrer que, la
vérité du fond répondant ordinairement chez eux à
la précision, à l'éclat, et à la netteté de cette forme,
ils sont encore, et autant qu' « artistes », dans le
bon sens du mot, « naturalistes ».

Car si j'ai pu vous définir, — non pas sans doute
avec une entière exactitude, mais peut-être avec une
suffisante approximation, — le sens du mot de « naturalisme », nous savons, Messieurs, que le naturalisme
n'implique en aucune façon le choix de certains sujets
particulièrement vulgaires ou répugnants, mais, bien
plutôt, une méthode ou un art de traiter indistincte-
ment toute espèce de sujets, — et au besoin l'absence
même de sujet. Je ne fais pas ici d'épigramme! Je
prends seulement à la lettre, et je commente la parole
que vous connaissez bien : « Quelle vanité que la
peinture, qui attire notre admiration par l'imitation
d'originaux que nous n'admirons point! » Et Pascal
se trompe, à mon avis du moins, quand il s'écrie :
« Quelle vanité que la peinture! » Son point de vue,
trop janséniste, est trop chrétien aussi pour nous.
Mais n'a-t-il pas raison, s'il veut dire, et s'il dit, s'il

constate qu'en fait l'imitation des objets de la nature
a justement pour nous le même degré d'intérêt que
la nature elle-même? La nature a toujours son prix,
comme étant la nature. C'est pourquoi le « sujet », —
toujours fâcheux, ou presque toujours en peinture,
— n'est pas toujours non plus nécessaire en poésie,
ni peut-être dans le roman même, ou du moins dans
la « nouvelle ».... Mais, sans appuyer aujourd'hui sur
ce genre de considérations, vous voyez, Messieurs,
ce que l'on veut dire quand on dit que tous les Parnassiens, autant qu'artistes, sont « naturalistes ».
Flaubert ne l'était pas moins dans *Salammbô*, par
exemple, que dans *l'Éducation sentimentale*; et pareillement, M. Coppée ne l'est pas plus quand il nous
conte l'histoire « vraie » d'*Un fils*, du *Petit épicier de
Montrouge*, ou de *la Nourrice* que M. de Heredia lui-
même, quand il essaye de ressusciter pour nous le
« vrai » *Romancero du Cid*, ou encore, sous ses vraies
couleurs, « héroïques et brutales » à la fois, l'épopée
des *Conquérants de l'or*.

Ici, toutefois, des différences plus individuelles commencent à se manifester, et non seulement le naturalisme de l'auteur des *Vaines tendresses* ou de l'auteur
des *Trophées* diffère beaucoup de celui de M. Leconte
de Lisle, mais il diffère encore sensiblement de l'un
à l'autre d'eux. Lorsque l'auteur des *Poèmes barbares*
nous décrit *le Rêve du jaguar* ou *le Sommeil du condor*,
c'est la beauté de ses vers qui en fait surtout la vérité
pour nous : tels ces portraits de maîtres, dont nous
n'avons pas besoin de connaître l'original pour affir-

mer la ressemblance! Mais M. de Heredia nous propose lui-même, dans ses *Andromède* et dans ses *Cléopâtre*, le moyen de « vérifier » la fidélité des représentations qu'il en trace; et, comme lui, Messieurs, pour nous en assurer, nous n'avons effectivement qu'à consulter, aussi nous, la légende et l'histoire. Est-ce là le vrai Persée des Grecs? la vraie Cléopâtre de Plutarque? ou de quel autre de ses historiens? Pareillement, tous tant que nous sommes, nous avons en nous, dans notre monde intérieur, nous avons dans l'observation attentive de nous-mêmes, ou dans les confidences, les aveux, les confessions de nos semblables, une occasion toujours actuelle, pour ainsi parler, de refaire, après lui, guidé par lui, les délicates analyses de l'auteur des *Épreuves*, des *Vaines tendresses*, des *Solitudes*.... Et pour M. Coppée, c'est plus facile encore, si nous n'avons comme lui qu'à flâner au long des rues, nous mêler dans la foule à sa suite, et comme lui qu'à ouvrir les yeux.

> Les deux petites sont en deuil,
> Et la plus grande, — c'est la mère, —
> A conduit l'autre jusqu'au seuil
> Qui mène à l'école primaire.
> Elle inspecte, dans le panier,
> Les tartines de confiture,
> Et jette un coup d'œil au dernier
> Devoir du cahier d'écriture.
> Puis, comme c'est un matin froid
> Où l'eau gèle dans la rigole,
> Et comme il faut que l'enfant soit
> En état d'entrer à l'école,

Écartant le vieux châle noir
Dont la petite s'emmitoufle;
L'aînée alors tire un mouchoir,
Lui prend le nez, et lui dit : « Souffle ».

II

Partant de là, nous pouvons peut-être essayer
maintenant de mieux caractériser nos trois poètes.
Le triomphe de M. de Heredia, c'est la *couleur*, — si
peut-être celui de M. Leconte de Lisle, son maître,
serait plutôt la *lumière* ; — et je ne crois pas que
jamais vers aient mieux rendu que les siens la diversité des époques, ou le changeant décor des lieux.
Que pourrait-il y avoir, en effet, de plus grec, — avec
un peu d'alexandrinisme, sans doute, et d'orienta-
lisme mêlés, — mais de plus grec enfin, que ses
Hercule, ses *Artemis* ou ses *Andromède*? Quoi de plus
latin, de plus romain que sa *Trebbia*, que son *Soir
de bataille*? de plus vénitien que sa *Dogaresse*? de plus
français, de plus « angevin » même que sa *Belle viole*?
Mais que voudriez-vous de plus japonais que son
Samouraï ou que son *Daïmio*?

> Sous le noir fouet de guerre à quadruple pompon,
> L'étalon belliqueux en hennissant se cabre,
> Et fait bruire, avec des cliquetis de sabre,
> La cuirasse de bronze aux lames du jupon.
>
> Le Chef, vêtu d'airain, de laque et de crépon,
> Otant le masque à poils de son visage glabre

Regarde le volcan sur un ciel de cinabre,
Dresser la neige où rit l'aurore du Nippon.

Mais il a vu, vers l'Est éclaboussé d'or, l'astre,
Glorieux d'éclairer ce matin de désastre,
Poindre, orbe éblouissant, au-dessus de la mer;

Et pour couvrir ses yeux dont pas un cil ne bouge,
Il ouvre d'un seul coup son éventail de fer
Où dans le satin blanc se lève un Soleil rouge.

Si j'ai d'ailleurs choisi *le Daïmio* de préférence à *la Dogaresse* ou à *la Belle viole*, c'est pour en prendre occasion de vous montrer, Messieurs, de quelle beauté nouvelle, et de quels effets d'ampleur le poète des *Trophées* a enrichi le sonnet.

Ne ris pas du sonnet, ô critique moqueur,...

disait naguère Sainte-Beuve. Mais le danger du genre, c'est que la fixité de sa forme, d'abord, et ensuite sa brièveté ne semblent pas permettre, ou tout au moins ne favorisent guère le développement des grandes pensées. De plus, — et nous venons d'en avoir des exemples, dans *les Danaïdes*, ou dans l'*Andromède au monstre*, — le dernier vers d'un sonnet, en achevant le tableau ou l'expression de l'idée, les limite, si je puis ainsi dire; il les encadre; et généralement il ferme ainsi les horizons que les premiers quatrains nous avaient quelquefois entr'ouverts. Et, pour cette raison encore, dans les rigides proportions du sonnet, ne se sent-on pas étouffer, comme le « daïmio » dans son corselet, ou plutôt dans sa prison de bronze? et n'ayant pas comme lui pour « s'aérer » d'éventail,

Où dans le satin blanc se lève un Soleil rouge,

on respire difficilement!

Mais M. de Heredia a vaincu toutes ces difficultés, et dans ses plus beaux sonnets, — car vous ne me croiriez pas si je vous disais qu'ils se valent tous, — le dernier vers, au lieu de borner l'horizon, l'ouvre, et soudain, sur les ailes de l'image, l'idée, prenant son vol, s'empare de l'immensité. Vous vous rappelez *Antoine et Cléopâtre* :

. . . .
Et le Romain sentait, sous la lourde cuirasse,
Soldat captif berçant le sommeil d'un enfant,
Ployer et défaillir sur son cœur triomphant
Le corps voluptueux que son étreinte embrasse.

Tournant sa tête pâle entre ses cheveux bruns,
Vers celui qu'enivraient d'invincibles parfums,
Elle tendit sa bouche et ses prunelles claires;

Et sur elle courbé, l'ardent Imperator
Vit dans ses larges yeux étoilés de points d'or
Toute une mer immense où fuyaient des galères.

Vous connaissez aussi le sonnet des *Conquérants* :

. . . .
Ils allaient conquérir le fabuleux métal
Que Cipango mûrit dans ses mines lointaines,
Et les vents alizés inclinaient leurs antennes
Aux bords mystérieux du monde Occidental.

> Chaque soir, espérant des lendemains épiques,
> L'azur phosphorescent de la mer des Tropiques
> Enchantait leur sommeil d'un mirage doré;
>
> Ou, penchés à l'avant des blanches caravelles,
> *Ils regardaient monter dans un ciel ignoré*
> *Du fond de l'Océan des étoiles nouvelles.*

Si la fuite éperdue des galères d'Actium se précipitait, pour ainsi dire, à l'infini, dans le dernier vers d'*Antoine et Cléopâtre*, ici, dans le dernier vers des *Conquérants*, c'est l'ascension de ces étoiles dans leur ciel ignoré qu'il semble que l'on suive de l'œil. Mais, dans l'un comme dans l'autre cas, si c'est la liberté rendue au rêve, c'est donc la poésie qui s'ajoute à la peinture, l'homme à son œuvre, le lyrique à son objet; — et surtout c'est la pensée aussi.

Pendant vingt-cinq ou trente ans, en effet, quand le poëte n'avait pas imprimé ni réuni ses sonnets en volume, — nous les admirions, puisque nous les savions par cœur, — mais on pouvait se demander, avec un peu d'inquiétude, ce qu'il en adviendrait du jour qu'ils seraient enfin rassemblés, s'ils y perdraient peut-être, ou s'ils y gagneraient? Ses admirateurs sont rassurés maintenant. Rassemblés et publiés cette année même en volume, non seulement les sonnets de M. de Heredia y ont gagné comme tels, du fait seul de leur contraste et de leur diversité, mais on peut dire qu'une idée ou une philosophie même s'en est dégagée. Moins profonde, ou moins intense, — cette philosophie est voisine de celle de M. Leconte de Lisle. Dans ces beaux vers colorés et sonores, on croit entendre « le fracas des empíres qui tombent les uns sur les autres ». On y retrouve toute l'amertume du néant de l'activité de l'homme, puisque enfin, de tant d'efforts, de tant de millions d'êtres, voilà tout ce qui reste, quelques trophées, qu'on pourrait suspendre au mur de cette salle! Joignons-y quelques épitaphes :

> Passant! ce marbre couvre Annia Regilla,
> Du sang de Ganymède et d'Aphrodite née.
> Le noble Hérode aima cette fille d'Énée.
> Heureuse, jeune et belle, elle est morte. Plains-la.

Et ainsi, Messieurs, sous cet art si robuste et si sain, si antique et pourtant si moderne, qui semble respirer le contentement de soi-même, la satisfaction de son œuvre accomplie, vous le voyez, c'est encore et toujours le pessimisme qui reparaît. Après tout, les anciens n'étaient pas toujours gais!

Est-ce également là, dans ce pessimisme que nous verrons la source de l'inspiration de M. Sully Prudhomme? Disons, du moins, qu'en fait de vers tristes, nul n'en a peut-être écrit de plus tristes, d'une tristesse plus pénétrante, je dirais volontiers de plus désolés que quelques-uns des siens. Vous parlerai-je du *Vase brisé*? Non; mais sans doute vous connaissez le *Rendez-vous* :

> Dans ce nid furtif où nous sommes,
> O ma chère âme, seuls tous deux,
> Qu'il est bon d'oublier les hommes
> Si près d'eux!

· · · · · · · · · · · · · · · ·

Aimons en paix : il fait nuit noire,
La lueur blème du flambeau
Expire.... Nous pouvons nous croire
        Au tombeau.

Laissons-nous dans les mers funèbres,
Comme après le dernier soupir,
Abimer, et par leurs ténèbres
        Assoupir....

Et voilà peut-être une façon peu commune de concevoir l'amour! Vous rappelez-vous aussi le *Vœu* du poète?

Du plus aveugle instinct je veux me rendre maître,
Hélas! non par vertu, mais par compassion.
Dans l'invincible essaim des condamnés à naître,
Je fais grâce à celui dont je sens l'aiguillon.

Demeure dans l'empire innomé du possible,
O fils le plus aimé qui ne naîtra jamais!
Mieux sauvé que les morts et plus inaccessible,
Tu ne sortiras pas de l'ombre où tu dormais!

Le zélé recruteur des larmes par la joie,
L'amour, guette en mon sang une postérité.
Je fais vœu d'arracher au malheur cette proie ;
Nul n'aura de mon cœur faible et sombre hérité!

C'est du pur Schopenhauer, et si nous pouvions lire ici toute la pièce, — qui est longue, mais qui est belle, — vous verriez que nous avons le droit de le dire : en vérité, l'auteur lui-même de la *Métaphysique de l'amour* n'a pas prêché plus éloquemment, au nom de l'humaine misère, l'extinction de l'espèce par l'anéantissement du désir.

Je ne puis m'empêcher, je l'avoue, de trouver ces
sentiments un peu singuliers, bizarres même, et
pour ma part, ce n'est pas tout à fait ainsi que j'entends, que je comprends, que j'interprète le pessimisme. Vous l'avez vu, Messieurs, quand je vous ai
parlé de Vigny. Mais je me hâte aussi de le dire, cette
bizarrerie, qui me détournerait de prendre M. Sully
Prudhomme pour guide ou pour maître de philosophie, est une preuve de sa sincérité. Nul poète plus
sincère, d'une sincérité plus touchante ou plus ingé-
nue. Par suite, — car tout ceci se tient, — nul poète
plus sensible, d'une sensibilité dont la délicatesse a
vraiment quelque chose d'inquiétant :

> J'ai voulu tout aimer et je suis malheureux,
> Car j'ai de mes tourments multiplié les causes ;
> D'innombrables liens frêles et douloureux,
> Dans l'univers entier vont de mon âme aux choses.
>
> . . . .
>
> Ma vie est suspendue à ces fragiles nœuds,
> Et je suis le captif de mille êtres que j'aime ;
> Au moindre ébranlement qu'un souffle cause en eux,
> Je sens un peu de moi s'arracher de moi-même.

Si vous ne l'approuvez pas, n'aimez-vous pas pourtant le mélancolique aveu de cette plainte? et là, en
effet, là, Messieurs, est la véritable originalité de
M. Sully Prudhomme. Grâce à cette sensibilité, personne, je le crois, n'est descendu plus avant que lui,

> . . . . Dans le fond désolé du gouffre intérieur.

Venant après Musset, mais combien plus noble, et de
quelle autre qualité d'âme! plus sincère, et moins
affecté, par conséquent, que Sainte-Beuve, il a donné
à la poésie personnelle et intime je ne sais quel accent
nouveau, plus pénétrant, plus discret, et cependant
plus douloureux. Ni grands mots, ni grands éclats de
voix. Pas de gestes ni d'attitudes. Nul étalage. Mais,
s'il y a sans doute en nous des fibres plus subtiles,
plus délicates que d'autres, et des fibres qu'à peine
peut-on toucher sans les briser ou du-moins les
froisser; s'il y en a comme d'inaperçues qui tressail-
lent douloureusement jusque dans nos joies les plus
pures, — *amari aliquid quod in ipsis floribus angat*;
— s'il y en a de cachées, qui gardent secrètement,
pour nous la rendre un jour, la mémoire de nos
impressions les plus anciennes et les plus affaiblies;
s'il y en a de plus frêles, qui peut-être en chacun de
nous ne sauraient vibrer qu'une fois, toute cette
partie plus secrète et plus obscure de l'âme, le poète
des *Épreuves* et des *Solitudes* y a fait filtrer le rayon
de son vers.

Il a éclairé d'une lumière nouvelle, dont le charme
est fait de ce qu'elle a d'incertain et de rapide,
« notre cœur faible et sombre ». Ses confessions nous
ont révélé des parties de nous-mêmes inconnues à
nous-mêmes. Et, dans des vers un peu abstraits, quelquefois, mais par cela même presque immatériels, —
qui ont naturellement d'autant plus d'âme qu'ils ont
moins de corps, — il a réussi à traduire ce que vous
me permettrez d'appeler l'aurore ou le crépuscule

des sentiments, leurs commencements d'être, et leurs
agonies doucement finissantes.

J'aime à en citer pour preuve une de ces élégies
qui sont peut-être les meilleures parties de son poème
du *Bonheur* :

> Te souvient-il du parc où nous errions si tristes,
>   Dans un sentier tout jonché de lilas :
>   La solitude alanguissait nos pas,
> Le crépuscule aux fleurs mêlait ses améthystes,
>
> Où sombrait le soleil, dans un lointain pays,
>   Nos cœurs rêvaient une patrie absente,
>   Quand une note au ciel retentissante,
> Comme un trait d'or soudain s'éleva du taillis.
>
> . . . .
> La nuit mélancolique achevait de descendre,
> Et semblait sur le parc avec lenteur tomber,
> Comme d'un fin tamis une légère cendre
> En noyant les contours qu'elle allait dérober.
>
> . . . .
> Et le chant déchira, plus large et plus sonore,
> De l'azur assombri les voiles plus épais ;
> De monde en monde allant plus haut, plus haut encore,
> Troubler de l'infini l'inaccessible paix....

Je ne sais, mais quand je compare ces vers à ceux
de Lamartine un peu sur le même thème, en son
Jocelyn :

> Vois dans son nid la muette femelle
> Du rossignol, qui couve ses doux œufs,
> Comme l'amour lui fait enfler son aile,
> Pour que le froid ne tombe pas sur eux.

je suis tenté de préférer ceux de M. Sully Prudhomme.
Ils ont quelque chose de plus intérieur, qui va plus
loin et plus profondément, dont la volupté mélancolique se nuance de teintes plus rares et plus neutres ;
quelque chose de plus tendu ; de plus vibrant ; et
depuis 1837 on sent là que le siècle a marché. C'est
cette évolution de la sensibilité que représente M. Sully
Prudhomme ; c'est ce progrès aussi de l'observation
de soi-même. Si la forme quelquefois n'a pas dans ses
vers toute la netteté que l'on voudrait, ni toute la
pureté, c'est que les mots ou les tours manquent à
la subtilité de ses impressions. Sa langue, très personnelle, l'est pourtant moins que ses sentiments ; et
cela même, si vous le voulez, nous sera un témoignage encore de sa sincérité, qu'ayant quelque chose
de singulier, de rare, et de neuf à dire, il aura mieux
aimé le dire « moins bien », que de ne pas le dire....

Je goûte moins, je l'avoue, sa poésie philosophique,
et même, à cet égard, je crains, Messieurs, que, tout
au rebours de M. Leconte de Lisle, M. Sully Prudhomme n'ait compris à l'ancienne manière, — dans
la Justice et dans *le Bonheur*, — l'alliance de la science
et de la poésie. Il n'a pas la philosophie hautaine,
le détachement supérieur de son maître. C'est d'ailleurs une belle idée que celle du poème de *la Justice* ;
et, dans ce long voyage du poète à la recherche de
la vérité, je ne disconviens pas qu'il y ait quelque
chose de noble, d'émouvant, presque de tragique. Je
n'apprécie pas moins la donnée du *Bonheur* ; et je
n'ai garde de méconnaître ce que le poète a mis là de

son cœur et de son humanité! Vous y trouverez donc,
je vous le disais, quelques-uns de ses plus beaux
vers. Fussent-ils moins nombreux, je lui saurais
encore gré du généreux effort qu'il a deux fois tenté
pour nous donner ce « long poème français » qui nous
manque toujours, — objectif, impersonnel, et philosophique! Mais, après cela, nous l'avons vu l'autre
jour, si l'on peut admettre l'alliance de la science et
de la poésie, c'est à de certaines conditions; et ces
conditions, dans des vers comme ceux-ci, serons-nous
bien pédants de dire que M. Sully Prudhomme les a
certainement méconnues?

> Franklin provoque avec audace
> Et désarme, savant héros,
> De la foudre qui le menace,
> Dans son piège aigu, les carreaux;
> Il lui trace en maître sa voie,
> La force à ramper et la noie.
> Sur l'ambre, le vol d'un duvet
> Trahit qu'en bas elle couvait :
> Un disque de cire ou de verre
> Ose imiter le bras du dieu
> En qui l'humanité révère
> L'auteur du tonnerre et du feu!

M. Sully Prudhomme a été plus heureux quand,
dans le même poème, au lieu d'analyser chimique-
ment les parfums; — comme aussi bien peut-être
a-t-il essayé de le faire, mais nous n'avons pas vu le
succès de la tentative; — il a dû se contenter, non pas
même de les définir ou de les nommer seulement, mais

d'en indiquer le pouvoir d'évocation, qui est en effet
si considérable :

> Quelle nette apparition
> Au fond de mon cœur qu'il visite,
> Chacun de ces parfums suscite,
> Indolent ou vif aiguillon!
>
> Discret comme sous la paupière
> Longue et soyeuse, la pudeur,
> Ou pénétrant, comme l'ardeur
> D'une prunelle meurtrière.
>
> Léger comme l'espoir naissant
> Qu'une amitié de vierge inspire;
> Intense et fort comme l'empire
> D'un amour fatal et puissant;
>
> Chaud comme en ses brûlantes fièvres,
> Une bouche aux soupirs de feu ;
> Ou frais comme en leur simple aveu,
> De pures et timides lèvres....
>
> Piquant comme les gais caprices
> Des moqueuses au jeu cruel ;
> Insinuant comme le miel
> Des câlines adulatrices....

Voilà de jolis vers, avec une pointe légère de sensualité, rare d'ailleurs chez M. Sully Prudhomme, dont le
pessimisme, assez analogue à celui d'Épicure ou de
Lucrèce, a généralement vu dans le plaisir plus de
tristesse que de jouissance, — et ce n'est pas nous
qui le lui reprocherons! — mais voilà des vers aussi
qui nous ramènent à ce que nous disions, et encore
au trait essentiel de sa véritable originalité.

Quelques autres vers de lui, que l'on croirait à peine qui fussent échappés de sa main, nous serviront pour passer de M. Sully Prudhomme à M. François Coppée. Je les emprunte aux *Solitudes* :

> On voit dans les sombres écoles
> Des petits qui pleurent toujours ;
> Les autres font leurs cabrioles,
> Eux, ils restent au fond des cours.
>
> Leurs blouses sont très bien tirées,
> Leurs pantalons en bon état,
> Leurs chaussures toujours cirées,
> Ils ont l'air sage et délicat.
>
> Les forts les appellent des filles,
> Et les malins des innocents.
> Ils sont doux, ils donnent leurs billes :
> Ils ne seront pas commerçants....

C'est, en effet, en ce genre, vous le savez, Messieurs, c'est dans cette poésie intime et populaire, sentimentale et ironique à la fois, qu'il faut voir à son tour l'originalité de M. François Coppée. L'auteur des *Poèmes antiques* et des *Poèmes barbares* avait pris pour lui la grande nature, et ses vers en avaient égalé tour à tour la splendeur éclatante, la majesté hautaine, et la morne tristesse : M. de Heredia paraissait vouloir s'emparer de la légende et de l'histoire ; M. Sully Prudhomme avait fait son domaine de la « vie intérieure » ; M. Coppée se contenta, pour sa part, de la vie quotidienne... et moyenne. Il devait, comme nous l'allons voir, en tirer des chefs-d'œuvre, aux-

quels, si l'on peut faire une critique, je n'en sache
effectivement qu'une seule, et encore à peine en est-ce
une, si c'est celle que l'on dit que Louis XIV adressait
aux toiles de Téniers.

N'eût-il pas pu faire autre chose? Oui, sans doute,
car son habileté de main est extraordinaire, et nous
avons de lui des pièces assez caractéristiques, celle-
ci, par exemple, qu'il est intéressant de comparer au
sonnet des *Montreurs* :

> Jeune homme qui me viens lire tes plaintes vaines,
> Garde-toi bien d'un mal dont je me suis guéri.
> Jadis, j'ai comme toi, du plus pur de mes veines,
> Tiré des pleurs de sang, et le monde en a ri.
>
> . . . .
> . . . .
>
> Quand même dans ton sein les chagrins, noirs reptiles,
> Se tordraient, cache bien au public désœuvré
> Que tu gardes en toi des trésors inutiles,
> Comme des lingots d'or en un vaisseau sombré.
>
> Sois impassible, ainsi qu'un soldat sous les armes,
> Et lorsque la douleur dressera tes cheveux,
> Et qu'aux yeux, malgré toi, te monteront des larmes,
> N'en conviens pas, enfant, et dis que c'est nerveux!

Ce que d'ailleurs il peut y avoir là-dessous, — comme
dans le *Prologue* encore du *Reliquaire*, — toute sorte
de raisons nous empêchent de le rechercher, dont la
plus décisive, à mes yeux, est la mobilité même des
impressions, ou, comme l'on dit aujourd'hui, la *ner-
vosité* de M. François Coppée. Son œuvre poétique,

bien personnelle et lyrique en ceci, n'est vraiment, selon le vers de Du Bellay,

Que le papier journal ou bien le commentaire

de ses émotions, — de celles de ses émotions qu'il a cru pouvoir nous confier, — et comme il en a eu de très diverses, c'est pourquoi l'auteur de *la Nourrice* est aussi celui de *la Tête de la Sultane*, par exemple; du *Fils des armures*; ou du sonnet du *Lys* :

Hors du coffret de laque aux clous d'argent, parmi
Les fleurs du tapis jaune aux nuances calmées,
Le riche et lourd collier, qu'agrafent deux camées,
Ruisselle et se répand sur la table à demi.

Un oblique rayon l'atteint. L'or a frémi,
L'étincelle s'attache aux perles parsemées,
Et midi darde moins de flèches enflammées
Sur le dos somptueux d'un reptile endormi.

Cette splendeur rayonne et fait pâlir des bagues
Éparses, où l'onyx a mis ses reflets vagues,
Et le froid diamant sa claire goutte d'eau.

Et, comme dédaigneux du contraste et du groupe,
Plus loin, et sous la pourpre ombreuse du rideau,
Noble et pur, un grand lys se meurt dans une coupe.

Vous comprenez alors, Messieurs, la dédicace du *Reliquaire* à M. Leconte de Lisle; et vous voyez sous quel maître, à quelle école M. Coppée s'est forgé ce vers dont le prosaïsme voulu de quelques-uns de ses sujets favoris a bien pu modifier quelques caractères

mais n'a pas altéré la pureté, la netteté, la fermeté.
Il convient d'ajouter encore que si quelqu'un, depuis
Musset, a fait des vers d'amour, de jolis vers d'amour,
des vers d'amour exquis, c'est le poète du *Reliquaire*,
des *Intimités*, d'*Olivier*.

Mais quand on a tout dit, ou indiqué, c'est bien
encore, c'est toujours aux *Humbles* qu'il en faut
revenir, c'est aux *Promenades et Intérieurs*, c'est à
des vers comme ceux que nous disions :

> Noces du samedi! Noces où l'on s'amuse!
> Je vous rencontre au bois, où ma flâneuse muse
> Entend venir de loin les cris facétieux
> Des femmes en bonnet, et des gars en messieurs,
> Qui leur donnent le bras en fumant un cigare ;
> Tandis qu'en un bosquet le marié s'égare,
> Souvent imberbe et jeune, ou parfois mûr et veuf,
> Et tout fier de sentir sur sa manche en drap neuf,
> Chef-d'œuvre d'un tailleur concierge de Montrouge,
> Sa femme, en robe blanche, étaler sa main rouge.

Je ne hais pas non plus ceux-ci :

> C'est un boudoir meublé dans le goût de l'Empire,
> Jaune, tout en velours d'Utrecht. On y respire
> Le charme un peu vieillot de l'Abbaye-aux-Bois :
> Croix d'honneur sous un verre et petits meubles droits,
> Deux portraits, — une dame en turban qui regarde
> Un pompeux colonel des lanciers de la garde
> En grand costume, peint par le baron Gérard, —
> Plus, une harpe auprès d'un piano d'Érard,
> Qui dut accompagner bien souvent, j'imagine,
> Ce qu'Alonso disait à la tendre Imogine.

Lisez encore, Messieurs, — puisque nous ne pouvons pas le faire ensemble, — *le Petit épicier* lui-même, *Un fils*, *En province*, *l'Enfant de la balle*, *les Boucles d'oreilles*. Cette poésie bourgeoise et populaire, intime et vécue, que Sainte-Beuve avait rêvée, vous vous le rappelez, dont il n'y avait quelques accents avant lui que dans la chanson de Béranger, peut-être, M. Coppée, lui, l'a réalisée; il y est d'abord passé maître; et c'est le souvenir qu'éveille d'abord aussi son nom. Moins politique que Béranger; moins subtil et moins précieux, moins alambiqué que Sainte-Beuve; plus sincère, comme connaissant mieux les choses dont il parlait, les ayant observées de plus près, plus attentivement, les goûtant, les aimant davantage, il a vraiment, en ce sens, étendu le champ de la poésie contemporaine; il y a comme acclimaté des sujets qu'on en croyait indignes pour leur simplicité; et il a surtout, en les traitant, presque toujours évité l'écueil du prosaïsme ou celui de l'insignifiance.

La sympathie toute seule y aurait-elle suffi? Je le crois, puisqu'elle a suffi, non seulement aux peintres hollandais, mais aux romanciers anglais, à Dickens, par exemple, ou à George Eliot. Mais, sans compter qu'il était né poète, ou « artiste », pour mieux dire, M. Coppée était né Parisien aussi; et de là, dans sa poésie populaire ou bourgeoise, un accent d'ironie qui la raille elle-même, sans cependant en détruire l'illusion. C'est ce qui a manqué le plus à Sainte-Beuve, en ce genre : un peu d'esprit. Cet homme si fin, ou qui devait le devenir, avait pris ses Marèze et ses Doudun

au sérieux, et, — phénomène bizarre! — il n'y croyait
qu'à moitié, mais, je ne sais comment, il en était
devenu la dupe. Il leur prêtait aussi des sentiments
qui n'étaient pas, qui ne pouvaient pas être les leurs,
mais les siens, à lui, Sainte-Beuve. Plus naturaliste
et plus naturel à la fois, M. Coppée a mieux connu
son petit monde :

> La blanchisseuse rousse, agile comme un singe,
> Sur sa hanche enlevant son lourd panier de linge
> Saute dans l'omnibus, s'assied près du compteur,
> Et commence à causer avec le conducteur.
> L'ancien « sous-off », étant galant de sa nature,
> Sait plaire, car longtemps la libre créature
> L'écoute parler bas avec des yeux songeurs,
> Et l'homme, s'adressant aux autres voyageurs,
> Quand elle est descendue au bureau de Montrouge,
> Dit en clignant de l'œil : « Belle fille, la rouge! »

Ce n'est rien que ce clin d'œil; — et M. Coppée ne
méprise pas pour cela, comme on l'a dit à tort, les
« blanchisseuses » ni les « sous-offs »; — mais, dans
ces « scènes de la voie publique », si je puis ainsi parler, comme aussi dans de certaines infortunes vulgaires, la sincérité de sa sympathie ne l'empêche pas
de saisir ce qui s'y mêle de comique. Un détail a
frappé l'artiste : cette rouge fillette qui s'engouffre en
hanchant dans le tramway de Montrouge; et il a
essayé de le fixer. Mais pourquoi ne s'en amuserait-
il pas, en le reproduisant dans son vers? Et, une autre
fois, s'il y a lieu, pourquoi le sourire ne se mouillerait-
il pas « d'un pleur » de pitié? Tout cela, Messieurs, va

très bien ensemble, et tout cela, — dans un genre que
l'on peut d'ailleurs aimer ou n'aimer pas, — fait de
M. Coppée, non seulement le plus « Parisien », mais
aussi l'un de nos poètes contemporains les plus spiri-
tuels, les plus complexes, et les plus « complets ».

III

Comment donc, les uns et les autres, avant même
que d'avoir complètement achevé leur œuvre, ont-ils
vu se lever contre eux toute une jeunesse impatiente
et révolutionnaire? On en peut, je crois, donner quelques raisons, dont vous êtes, Messieurs, du titre et du
droit de votre âge, mieux placés que moi pour apprécier la justesse.

Si je vous entends bien, vous estimez donc, en premier lieu, que cet art, trop technique, et trop « naturaliste » à la fois, n'a jamais rempli qu'une partie de
la définition de la poésie. J'aurais pu choisir d'autres
vers de M. Coppée, mais ceux-ci, qui sont de M. Sully
Prudhomme :

> Anselme, ta foi tremble, et ta raison l'assiste,
> Toute perfection dans ton Dieu se conçoit,
> L'existence en est une, il faut donc qu'il existe;
> Le concevoir parfait, c'est exiger qu'il soit !

oui, ces vers sont-ils du poète des *Solitudes* ou de
celui des *Discours sur l'homme?* sont-ils de M. Sully

Prudhomme, ou sont-ils de Voltaire? et ceux-ci
encore, sont-ils des vers, ou de la prose rimée, et un
quatrain mnémonique?

> Sentant que l'Être échappe aux sciences humaines,
> Qu'à leurs prises toujours l'absolu se soustrait,
> Enfin, François Bacon se fie aux phénomènes,
> Les observe, les classe et suit leur fil secret.

Notez là-dessus, Messieurs, qu'on ne saurait guère
mieux écrire, avec plus de précision ni plus de conci-
sion. Ce qu'il a voulu dire, tout ce qu'il a voulu dire,
et rien que ce qu'il a voulu dire, le poète l'a dit en ces
quatre vers, et d'ailleurs, vous venez de le voir vous-
mêmes, la netteté de l'expression n'a d'égale ici que
la justesse, ou plutôt la vérité de la pensée. C'est
Bacon, c'est parfaitement Bacon! C'est saint Anselme
aussi : celui de Rémusat n'est pas plus ressemblant.
Mais quoi! c'est justement là ce qui est grave; et
puisque ces vers ne sont pas « poétiques », il faut
donc, je le répète, que « l'art » même et la « pensée »,
s'aidant ou se soutenant l'un l'autre, ne suffisent pas
à remplir la notion de la poésie.

C'est bien ce que je crois. Quand les vers de M. Coppée ne tendraient pas à la prose comme à leur limite
prochaine, ou ceux de M. Sully Prudhomme à la miè-
vrerie et la subtilité, et ceux enfin de M. de Heredia,
— dont la « matière » est d'ailleurs plus « rare », — à
des effets trop voisins des effets de la peinture ou de
la sculpture, la question reviendrait toujours de savoir
si l'imitation de la nature, pour être le point de départ

de la poésie, en est aussi le but ? et, plutôt, s'il ne faut
pas craindre qu'en s'efforçant ainsi de faire double
emploi avec l'histoire et avec la vie, la poésie, comme
aussi bien l'art en général, ne finisse quelque jour
par y perdre jusqu'à sa raison d'être? Vous paraissez
croire aujourd'hui, Messieurs, que si la poésie n'est
pas l'expression du mystère et de l'inconnaissable des
choses, elle n'est qu'un vain concours de mots, inutiles à rimer, puisque ce qu'ils traduisent peut aussi
bien se dire en prose. Vous estimez que, là précisément où la réalité expire, là du moins où elle échappe
aux prises de l'observation et du raisonnement, c'est
là que l'empire et le droit de la poésie commencent. Vous diriez volontiers, si je vous entends bien,
que la poésie n'est pas *l'équation* de la vie ou de la
pensée, mais qu'elle en est le prolongement, la continuation, l'évanouissement lent dans le rêve, et au
besoin la contradiction.... Ce sont au moins des questions qui méritent qu'on les discute, et il semble que
les Parnassiens, en général, ne les aient pas étudiées
d'assez près. Reportons-nous plutôt au *Petit Traité* de
Banville, qui n'est, sans doute, qu'un « manuel de versification », mais dont la lecture n'est pas moins ins-
tructive! Pas de poésie sans art, nous l'accordons
aux Parnassiens; vous le leur accordez, je pense; mais
l'art est-il toute la poésie?

N'y a-t-il pas peut-être encore un autre danger, —
je ne veux pas dire une certaine gêne, ce serait
prendre parti trop tôt, — dans la superstition de la
forme? La rime trop riche tend au pur calembour, et

quand on rencontre, au cours d'une lecture, des vers comme ceux-ci :

Ces clochetons à dents, ces larges *escaliers*
Que dans l'ombre une main *gigantesque a liés*!

n'est-on pas tenté de s'écrier alors, avec un autre poète :

O qui dira les torts de la rime?
Quel enfant sourd ou quel nègre fou
Nous a forgé ce bijou d'un sou
Qui sonne creux et faux sous la lime?

Avec cela, si l'effort même que nous faisons pour exprimer nos idées au moyen des mots les altère, et ne bride pas seulement la liberté de l'artiste, mais corrompt sa sincérité, j'ai parfois entendu manifester la crainte qu'à force de modifier, pour l'améliorer, l'expression de ce que l'on pense, on ne courût le risque de perdre, dans ce labeur méticuleux, le sens même de sa pensée.

Il est arrivé quelquefois aussi, dans l'histoire de la littérature et de l'art, qu'en attirant à soi seul toute l'application de l'artiste, le souci de la forme le rendît presque indifférent au contenu de son œuvre. L'artiste, en quelques Parnassiens de notre connaissance, — que je ne vous ai point nommés, — ou plutôt le virtuose, n'a-t-il pas étouffé le poète? On cite aussi, vous le savez, de grands peintres, de très grands peintres, qui, du même pinceau dont

ils peignaient des scènes religieuses, en ont peint
d'autres... qu'il est ici plus séant de ne pas qualifier.
Le technique de leur art, considéré comme but, les
avait rendus indifférents au contenu de leur œuvre.
C'est un autre côté de la même question. Pour ne pas
reconnaître que les poètes, eux aussi, courent le danger de tomber dans cette indifférence, il faudrait
ignorer ce qu'un beau mot, une rime rare, une coupe
nouvelle exercent sur eux de séduction vraiment
physique. Merveilleusement doués pour la plupart, —
comme Hugo seul avant eux, peut-être, — il y a lieu
de demander si nos Parnassiens n'ont pas trop abondé
dans le sens de leurs aptitudes personnelles. On aime
à faire ce que l'on fait bien !

Je ne répondrai pas, Messieurs, à toutes ces questions. Je ne le pourrais pas ; je ne crois pas qu'on le
puisse jamais, si ce sont des questions de mesure,
subordonnées comme telles aux nécessités des temps ;
j'essayerai seulement de poser un ou deux principes.
Mais, en attendant, puisque nous cherchons les raisons
qu'on oppose aux théories qui furent celles du Parnasse, en voilà peut-être quelques-unes. Elles sont
toutes tirées du dedans. Si nous y ajoutons les
influences du dehors, comme nous tâcherons de le
faire une prochaine fois, nous pourrons prendre alors
quelque idée du mouvement que l'on a un instant
appelé *symbolique*. Mais l'obscurité s'épaississant ici,
vous comprendrez qu'après n'avoir parlé que de trois
poètes aujourd'hui, je ne nomme personne, ou
presque personne de vivant, dans cette leçon sur le

symbolisme : je tâcherai seulement de reconnaitre
la direction et la force de quelques courants. Ce sera,
Messieurs, notre avant-dernière leçon, après laquelle
il ne me restera plus qu'à conclure, et pour conclure, à comparer ce que nous aurons fait avec ce
que j'aurais voulu faire.

24 mai 1893.

QUINZIÈME LEÇON

LE SYMBOLISME

I. Les origines du symbolisme contemporain. — Influence de Baudelaire. — Qualités originales de la poésie de Baudelaire. — La théorie de l'art pour l'artificiel et la théorie de la décadence. — Influence du préraphaélitisme anglais et du roman russe. — Influence de Wagner. — *Le Cas Wagner*, de Frédéric Nietzsche. — En quoi l'influence de Wagner a concordé avec les précédentes.

II. Les symbolistes. — La tendance musicale. — *L'Art poétique* de M. Paul Verlaine. — Une page de Carlyle. — Quelques vers de M. Henri de Régnier. — Du symbole en général. — Que le symbolisme peut être défini : la réintégration de l'*idée* dans la poésie contemporaine. — Si nos symbolistes l'ont ainsi compris, et s'ils y ont réussi. — Quelques vers de M. de Régnier. — Les enfants perdus du symbolisme. — De l'utilité de la réaction symboliste.

III. Les dangers du symbolisme. — Encore le principe de l'imitation de la nature. — L'architecture et la musique ne sont-elles pas dans quelque mesure des « arts d'imitation » ? — Observations à ce sujet. — De la théorie de l'art « communiste ». — Ce qu'elle contient de vrai. — Du principe de la distinction des arts, et quels en sont les fondements. — De l'avenir du symbolisme.

QUINZIÈME LEÇON

LE SYMBOLISME

Messieurs,

Qui donc a dit que, si les Polygnote et les Parrhasius ou, — beaucoup plus près de nous, — nos Lulli, nos Campra, nos Rameau pouvaient, les uns visiter nos *Salons* annuels, et les autres s'asseoir à l'orchestre de notre Opéra, pour y entendre, non pas même *la Valkyrie*, mais *les Huguenots* ou *Guillaume Tell*, ils en demeureraient « stupides », puis, fermant les yeux et se bouchant obstinément les oreilles, on suppose qu'ils s'enfuiraient. Je n'en sais rien, mais je le crois volontiers ! Le seul progrès en effet qu'on ne puisse nier qui se soit accompli dans leur art, c'est celui qui s'est opéré lentement dans le sens de la complication ou de la complexité croissante. Combien l'homme connaissait-il ou distinguait-il de couleurs au temps d'Homère ? Mais il s'est fait depuis lors une éducation progressive de notre œil, — comme de notre oreille, ou en général de nos sens, — et, aujourd'hui, des combinaisons de sons ou de couleurs qui eussent

offensé le goût, je ne veux pas dire plus aristocratique
ni plus délicat, mais moins exigeant et moins exercé
de nos pères, nous les... « avalons comme de l'eau ».
C'est ce que l'on peut avancer de plus général pour
expliquer, sinon pour justifier la fortune du *symbolisme*; et c'est de ce point de vue, qu'enveloppant
ensemble sous ce nom tout ce que nos poètes ont
tenté depuis une quinzaine d'années, je voudrais
essayer de reconnaître quelles influences les ont
dirigés dans leurs tentatives; — examiner si peut-
être l'obscurité de leur phraséologie ne recouvrirait
pas quelques idées fécondes; — et vous montrer enfin
que, pour avoir d'abord quelque chose de « paradoxal », cependant leurs idées, quand on les examine,
n'ont rien qui soit incompatible avec les principes
essentiels de l'art [1].

Ai-je besoin là-dessus de vous faire observer qu'en
fait d'influences, toutes celles que nous avons étudiées jusqu'à présent ont continué, depuis quinze ans,
continuent même d'agir toujours sur ceux de nos
jeunes gens qui s'en disent ou qui s'en croient le
plus émancipés? C'est un principe, je vous le rap-

1. J'ai déjà touché plusieurs fois, — voir *Nouvelles questions
de critique*, et *Essais sur la Littérature contemporaine*, 1890 et
1892, — cette question du *symbolisme*; et plusieurs fois aussi
j'ai eu l'occasion de parler de Baudelaire, — voir *Histoire et
Littérature*, et *Revue des Deux Mondes*, 1er septembre 1892. On
ne s'étonnera donc pas de retrouver ici quelques idées que
peut-être se rappellera-t-on avoir vues ailleurs; et on m'excu-
sera si, depuis un ou deux ans, rien de nouveau ni de très
important ne s'étant produit qui fût de nature à les modifier,
l'expression aussi en est demeurée la même.

pelle, dont nous sommes convenus dès le début de
ces leçons. Je ne vous aurais point parlé de Gautier,
par exemple, si je ne croyais surprendre encore et
relever sa trace, ici et là, dans les vers que je lis tous
les jours ; et, vous le savez d'autre part, pour quelques-uns de nos plus intransigeants novateurs, Lamartine lui-même est redevenu le « maître » qu'il n'était
plus pour l'auteur d'*Émaux et Camées*. Mais d'autres
influences, moins lointaines, se sont ajoutées à la
leur, — comme à celle d'Hugo, de Vigny, de Musset,
— et ce sont ces influences plus récentes, contemporaines, vraiment actuelles, qu'il est aujourd'hui
question de démêler.

I

La première en date, et la plus facile à définir, est
celle de Charles Baudelaire. A la vérité, *les Fleurs du
mal* avaient paru dès 1857, et l'effet ou le scandale,
dans sa nouveauté même, en avait été grand. Toutefois, Messieurs, ni sur ses contemporains d'âge ou de
réputation, ni sur la génération qui l'avait immédiatement suivi, les exemples du poète ou les théories
du mystificateur n'avaient exercé d'action bien profonde, et M. Sully Prudhomme, M. Francois Coppée,
M. de Heredia l'ont admiré, sans doute ! ils ne l'ont
guère imité. Mais au contraire, depuis eux, c'est-à-dire
depuis une quinzaine d'années, son influence n'a fait
que croître ; presque tous nos jeunes gens l'ont plus

ou moins subie; et peu s'en est fallu que les suites n'en fussent désastreuses.

Sur ce mot, vous ne pensez pas que je méconnaisse le talent et l'originalité de Baudelaire. C'était un poète, auquel d'ailleurs il a manqué plus d'une partie de son art, et notamment, à ce que l'on raconte, le don de penser directement en vers. Baudelaire pensait d'abord, il imaginait, il écrivait en prose, et ensuite il mettait des rimes à sa prose. Mais c'était un poète; et je conviens que, pour traduire, pour transcrire certains états de l'âme contemporaine, il a trouvé des vers inimitables, d'une intensité de vibration, d'une volupté d'insinuation, d'une puissance de séduction également singulières et perverses. Je conviens encore que ces « affinités », dont nous avons eu plus d'une fois l'occasion de parler, ces « correspondances », — dont la révélation nous fait obscurément entrevoir l'identité foncière de la Nature ou du grand Un, si je puis ainsi dire, sous la diversité de ses formes changeantes, — nul peut-être ne les a mieux senties, ni pour les exprimer n'a trouvé de mots plus heureux :

> La nature est un temple où de vivants piliers
> Laissent parfois sortir de confuses paroles ;
> L'homme y passe à travers des forêts de symboles
> Qui l'observent avec des regards familiers.
>
> Comme de longs échos qui de loin se confondent,
> Dans une ténébreuse et profonde unité,
> Vaste comme la nuit et comme la clarté,
> Les parfums, les couleurs, et les sons se répondent.

Vous connaissez ces vers.... Mais il nous faut bien les relire, s'ils donnent, comme je crois, l'une des notes les plus originales du talent de Baudelaire; et puis, si nous y voyons apparaître quelque chose déjà de ce *symbolisme* dont nous essayons de préciser les origines. Et enfin, Messieurs, préoccupé qu'il était du mystère de ces « correspondances », je conviens qu'en essayant de les rendre, Baudelaire a fait entrer dans les *possibilités* du style des séries de choses, de sensations, et d'effets innomés, qui n'avaient pas été jusqu'à lui, — dit Gautier, — « réduits par le Verbe ». Vous savez, je pense, de combien de poètes on n'en pourrait pas dire autant, quoique plus grands que lui, d'ailleurs, et quoique leur œuvre soit assurément plus saine, et moins malfaisante, en tout cas, que la sienne.

Car, — sans parler ici de tant d'autres choses qu'on pourrait lui reprocher et sur lesquelles je me suis ailleurs librement expliqué, — ce qu'il faut regretter, c'est qu'il ait employé son talent à préparer le triomphe de deux théories dont on ne saurait décider laquelle est la plus fausse ou la plus dangereuse : la théorie, je ne dis même plus de l'art pour l'art, mais de l'art pour l'artificiel; et la théorie de la décadence.

Gautier, dans la *Notice*, très étudiée, très intéressante, — et, je vous l'ai dit, toute pleine d'idées, — qu'il a mise en tête de l'édition « définitive » des *Fleurs du mal*, a sommairement et clairement résumé le premier de ces paradoxes :

Baudelaire était, — nous dit-il, — pour l'autonomie absolue de l'art; et il n'admettait pas que la poésie eût d'autre but qu'elle-même, et d'autre mission à remplir que d'exciter dans l'âme du lecteur la sensation du beau, dans le sens absolu du terme. *A cette sensation, il jugeait nécessaire, à nos époques peu naïves, d'ajouter un certain effet de surprise, d'étonnement et de rareté.* Autant que possible il bannissait de la poésie l'éloquence, la passion, et la vérité calquée trop exactement....

Il ne cachait pas sa prédilection pour l'*artificiel.* Il se plaisait dans cette espèce de beau composite et parfois un peu factice qu'élaborent les civilisations très avancées ou très corrompues. Disons, pour nous faire comprendre par une image sensible, qu'il eût préféré à une simple jeune fille n'ayant d'autre cosmétique que l'eau de sa cuvette, une femme plus mûre employant toutes les ressources d'une coquetterie savante, une toilette couverte de flacons d'essences, de lait virginal, de brosses d'ivoire et de pinces d'acier....

Tout ce qui éloignait l'homme, et surtout la femme, de l'état de nature, lui paraissait une invention heureuse....

Le goût de l'excessif, du baroque, de l'antinaturel, presque toujours contraire au beau classique, était pour lui un signe de la volonté humaine corrigeant à son gré les formes et les couleurs fournies par la matière. Là où le philosophe ne trouve qu'un texte à déclamation, il voyait une preuve de grandeur. *La dépravation,* — c'est Gautier qui souligne, — c'est-à-dire l'écart du type normal, est impossible à la bête, fatalement conduite par l'instinct immuable.

On peut aller loin, quand on commence par poser de semblables principes! et, Messieurs, entendez-moi bien, je ne parle pas ici de morale, encore une fois; je ne parle que d'art! Mais, de toutes les manières qu'il y ait d'entendre la doctrine de l'art pour l'art, —

et il y en a plusieurs, — je dis que certainement il n'y
en a pas de plus funeste, n'y en ayant pas, si je ne
me trompe, qui sépare plus profondément l'art d'avec
la nature et d'avec la vie, ou plutôt d'avec la vérité.
Sainte-Beuve lui-même, vous le savez, en fut effrayé!

La théorie de la décadence n'était pas moins dangereuse. M. Paul Bourget, dans le premier volume de
ses *Essais de psychologie contemporaine*, l'a jadis
habilement exposée.... J'ai soin, vous le voyez, de ne
demander le secret de l'esthétique de Baudelaire qu'à
ceux qui l'ont le mieux comprise.

Baudelaire, — dit donc M. Bourget, — s'est rendu compte
qu'il arrivait tard dans une civilisation vieillissante, et, au
lieu de déplorer cette arrivée tardive, il s'en est réjoui,
j'allais dire honoré. Il était un homme de décadence, et il
s'est fait un théoricien de décadence. C'est peut-être là le
trait le plus inquiétant de cette inquiétante figure. *C'est là
peut-être celui qui exerce la plus troublante séduction sur une
âme contemporaine.*

Et, quelques pages plus loin, après avoir montré
le danger de la théorie, s'opposant à lui-même les
raisons que Baudelaire eût pu faire valoir, M. Bourget
s'exprime, ou le fait parler ainsi :

Nous nous délectons dans ce que vous appelez nos cor-
ruptions de style, et nous délectons avec nous les raffinés
de notre race et de notre heure.... Il reste à savoir si notre
exception n'est pas une aristocratie.... Complaisons-nous
donc dans nos singularités d'idéal et de forme, quitte à
nous y emprisonner dans une solitude sans visiteurs. Ceux

qui viendront à nous seront vraiment nos frères; et à quoi
bon sacrifier aux autres ce qu'il y a de plus intime, de plus
spécial, de plus personnel en nous?

A quoi bon? Messieurs, nous avons déjà répondu.
Mais, puisqu'il faut le redire encore, redisons-le donc
sans plus d'hésitation : « La verdeur marbrée des
décompositions » ou la « phosphorescence de la pourriture » ne peuvent intéresser, n'ont jamais attiré,
comme telles, que des imaginations corrompues elles-
mêmes, ou malades. Si l'on a des goûts honteux, on
les cache ou l'on se fait soigner. On ne les étale point
aux vitrines des libraires, mais encore moins dans
les places publiques. Et c'est peut-être une duperie
que de « ne pas avoir le courage de son plaisir
intellectuel » : mais, intellectuels ou autres, si nos
plaisirs sont malpropres, le courage qu'il faut plutôt
avoir, ce n'est pas d'en faire parade, c'est de nous
les retrancher.

Fort heureusement, Messieurs, qu'au moment
même où Baudelaire, — quinze ans après sa mort,
entre 1875 et 1880, — devenait ainsi l'un des « éduca-
teurs féconds » de la jeunesse, deux autres influences,
qui semblaient d'abord s'ajouter à la sienne, la contra-
riaient, et l'empêchaient de produire tout ce qu'elle
eût pu de désastreux : je veux parler de l'influence
des préraphaélites anglais et de celle des romanciers
russes [1].

1. Citons ici pour mémoire le petit livre de M. Milsand :
l'Esthétique anglaise, Étude sur M. John Ruskin. Paris, 1864,

Quelque différence, en effet, qu'il y ait du naturalisme russe au préraphaélitisme anglais, de Dostoïevsky, par exemple, à sir John Ruskin, et de Tolstoï à Dante Gabriel Rossetti, — la première des deux écoles étant, comme vous le savez, aussi peu curieuse d'histoire et d'art que la seconde, au contraire, celle des préraphaélites, s'en est toujours montrée passionnée, — Anglais et Russes, presque en même temps, n'en ont pas moins eu ceci de commun, que, d'une extrémité de l'Europe à l'autre, et tandis que nous nous enfoncions, nous, dans les fondrières du réalisme, ils travaillaient à faire, eux, rentrer dans la notion de l'art quelque idée de haute moralité.

Prenez un peu la peine d'y regarder. Qu'est-ce donc que l'auteur d'*Anna Karénine* ou celui de *Crime et Châtiment* ont si éloquemment reproché, dans des peintures si parlantes — avec tant de sincérité, mais avec aussi tant d'exagération — à la société de leur temps? Messieurs, je ne vous l'apprendrai pas : c'est surtout d'être *artificielle*, et dépravée du fait de sa civilisation même; c'est précisément « la phosphorescence de sa pourriture »; c'est son organisation contre nature, c'est sa splendeur mensongère, et déjà « mar-

Germer Baillière. On y joindra les *Essais de psychologie contemporaine* et les *Sensations d'Italie*, de M. Paul Bourget, qui a fait autant ou plus que personne depuis une vingtaine d'années pour répandre en France le goût des « primitifs ». Voir aussi l'ouvrage de Rio : *l'Art chrétien*, Paris, 1861, Hachette.

Sur le roman russe, en général, voir le bel ouvrage de M. E.-M. de Vogüé : *le Roman russe*, Paris, 1886, Plon; et sur Tolstoï philosophe, le livre récent de M. G. Dumas : *Tolstoï et la Philosophie de l'amour* Paris, 1893, Hachette.

brée des verdeurs de la décomposition ». Mais, de leur
côté, que voulaient dire les préraphaélites, quand, à
ceux que l'on avait si longtemps appelés les « classiques » de la peinture, Raphaël même ou Giorgione,
ils reprochaient d'avoir été les corrupteurs de l'art?
Ils entendaient, Messieurs, qu'indifférents au contenu
de leur œuvre, et uniquement préoccupés de la beauté
de la forme, ces purs païens, ces artistes, ces virtuoses
de la Renaissance, avaient dégénéré de la candeur, de
la sincérité, du naturel un peu gauche peut-être, mais
si touchant des « primitifs », d'un Fra Angelico, par
exemple, ou d'un Benozzo Gozzoli. Les uns et les
autres, par des chemins tout différents, ils aboutis-
saient donc manifestement aux mêmes conclusions;
et ce n'est pas le lieu d'en dire aujourd'hui davantage;
mais, de leurs exemples et de leurs doctrines, comment ne vous rappellerais-je pas les leçons qui se
dégageaient?

« Soyez sincères, disaient-ils aux artistes, et pour
être sincères, étudiez la nature; mais, pour l'étudier,
tâchez d'aller au delà des apparences et de la pénétrer en son fond. L'enveloppe n'est rien, c'est le cœur
qui est tout, et c'est le cœur qu'il faut donc atteindre.
Trop belles en chair, c'est la beauté même des madones
de votre Raphaël, c'est l'éclat de leur carnation, c'est
l'épanouissement physique de leur maternité qui les
rend indignes du mystère que leur divin Fils est venu
opérer en elles; et plus frêles, plus grêles, plus pâles,
plus chlorotiques, presque « intangibles », les vierges
des primitifs sont encore et surtout plus « vraies ».

Mais, cette vérité plus intérieure, que la forme n'exprime pas toujours, qu'elle masque souvent, qu'elle trahit quelquefois, si vous voulez vous en rendre maîtres, sachez qu'il n'y en a qu'un moyen : c'est l'amour. Soyez donc hommes avant d'être vous-mêmes. Dépouillez l'égoïsme et vivez de la vie des autres. Apprenez la religion de la souffrance humaine, ou, si vous ne le pouvez pas, si cet effort d'abnégation vous passe, apprenez du moins à sentir la solidarité qui lie tous les hommes ensemble. Car une seule chose est nécessaire, — *porro unum est necessarium*, — qui est de vivre dans un esprit de concorde et de paix. Et c'est pourquoi, quand au lieu de s'attacher à l'expression de ce qui nous unit, l'art se plaît à représenter ce qui nous distingue ou ce qui nous divise, on peut dire qu'il n'est plus lui-même dans la société des hommes qu'un ferment de corruption. »

Se pouvait-il rien, Messieurs, de plus contraire aux paradoxes de Baudelaire? Et si nous ne connaissions l'étrange complexité de l'âme contemporaine, — où les pires contradictoires finissent par se concilier, — on ne s'expliquerait évidemment pas que des influences d'ailleurs si diverses eussent pu concourir ensemble aux mêmes fins. C'est qu'aussi bien, elles se sont, comme vous l'allez voir, unies, combinées, fondues ensemble sous l'action, et pour ainsi dire au feu d'une troisième, la plus puissante, et actuellement la plus générale de toutes, qui est celle de la musique, — ou plutôt de l'art de Richard Wagner.

Je ne me connais guère en musique; et quand je dis

« guère », je veux dire, en réalité, pas du tout. Mon intention n'est donc pas de vous parler de *l'Or du Rhin* ou de *la Valkyrie*; j'en serais incapable; et depuis quelque temps on. en a d'ailleurs beaucoup parlé. Mais, en dehors de toute préoccupation d'ordre proprement musical, quand j'interroge, quand je consulte, quand je cherche autour de moi les raisons de la popularité de Wagner, je ne puis pas ne pas être frappé de ce que j'entends dire ou de ce que je lis [1] :

Je mets en avant ce point de vue, — me dit donc l'un, — l'art de Wagner est malade. Les problèmes qu'il porte à la scène, — purs problèmes d'hystérie, — la convulsivité de son tempérament, sa sensibilité irritée, son goût qui réclamait toujours les saveurs les plus pimentées, son instabilité, qu'il travestissait en principes, et par-dessus tout le choix de son héros et de ses héroïnes, tout cela réuni forme une image de maladie qui ne laisse aucun doute. *Wagner est une névrose.* Rien n'est peut-être aujourd'hui mieux connu, rien n'est mieux étudié dans tous les cas que le caractère protéiforme de la dégénérescence qui se cristallise ici en un art et en un artiste.... Mais justement parce que rien n'est plus moderne, que ces maladies de tout l'organisme, cette décrépitude et cette irritation du système nerveux, Wagner est *l'artiste moderne par excellence,* le Cagliostro de la modernité. En son art se trouve

1. Après cette déclaration d'incompétence, je ne me donnerai pas le ridicule de faire ici la bibliographie des ouvrages relatifs à Wagner, et je me contenterai de dire qu'en plus des écrits théoriques de Wagner et des deux brochures de Nietzsche, je m'autorise principalement du livre de M. Freson : *l'Esthétique de Richard Wagner,* 2 vol., Paris, 1893, Fischbacher; et de celui de M. Noufflard : *Richard Wagner d'après lui-même,* 2 vol., Paris, 1891 et 1893, Fischbacher.

mélangé de la manière la plus séductrice, ce qui est aujourd'hui nécessaire au monde entier, — les trois stimulants des épuisés, la *Brutalité*, l'*Artifice* et la *Candeur* (l'idiotie).

C'est le philosophe à la mode, c'est Frédéric Nietzsche, — névropathe lui-même, Wagnérien forcené jadis, — qui s'exprime ainsi dans sa curieuse brochure : *le Cas Wagner*, et n'admirez-vous pas comme ce qu'il nous dit là de la musique de Wagner se rapporte trait pour trait à ce que nous disions de la poésie de Baudelaire? *Artifice* et *brutalité*, ne sont-ce pas aussi *les Fleurs du mal*, avec une affectation de *candeur* qui n'est elle-même, vous le savez, qu'un raffinement de perversité?... Et au fait, vous le savez encore, n'est-ce pas pour cela que Wagner et Baudelaire se sont d'abord reconnus? Mais la page est d'un ancien admirateur, — ou, si j'ose ainsi dire, d'un renégat du wagnérisme, — et vous voulez entendre maintenant le langage d'un fidèle disciple.

Wagner posséda, — nous dit-on, — à un haut degré « le don de correspondance » et le don de « spiritualité », suivant l'expression mystique empruntée à Swedenborg. Il était doué de cette intuition divinatoire nécessaire pour découvrir des rapports invisibles à d'autres et rapprocher par des analogies secrètes des objets très éloignés en apparence....

Et plus loin :

Wagner est foncièrement spiritualiste, et sa spiritualité confine à la mysticité. Sa manière plus intime de sentir et

de concevoir le christianisme, et certaine disposition à faire
de la religion un *amour* répandu dans toutes les pensées et
dans tous les actes de la vie se manifestent pleinement
dans le *Parsifal*. Élargissant ainsi le champ de l'art, il y
donne la première place à l'art spirituel. Pour lui, l'art
doit exprimer avant tout l'invincible, le monde immatériel
et supérieur : l'idée, l'âme, l'infini ! il doit montrer dans le
sentiment la réalité de l'au-delà.

Je vous le répète, Messieurs, je ne me fais pas juge
de ces jugements. J'ignore ce qu'ils valent, et je vous
le laisse à décider. Mais, dans celui de Nietzsche, si
vous avez saisi la parenté de Wagner et de Baudelaire, n'entrevoyons-nous pas ici quelque « correspondance » entre les intentions de l'auteur de *Parsifal*
et le rêve des naturalistes russes ou des préraphaélites anglais? « On songe à Botticelli, nous disent
encore les Wagnériens, on songe à Ghirlandajo, aux
attitudes extatiques des vieux maîtres de Cologne » ;
et un peu plus loin c'est le même biographe, ou
le même exégète, qui reconnaît dans ce drame de la
« rédemption par la pitié », du rachat par l'amour,
et de l'épuration par la souffrance, « la nouvelle
école littéraire des Tolstoï et des Dostoïevsky ».
Ce n'est pas moi, vous le voyez, qui fais le rapprochement. Mais n'ai-je pas le droit de le retenir? ou
plutôt, si je le retrouve partout, n'est-ce pas qu'il
s'impose? La musique, avec ce mystérieux pouvoir
de fusion qui est en elle, a identifié les contradictoires.... On peut d'ailleurs se demander s'il y a vraiment contradiction : je veux dire, Messieurs, si la

« religion de la souffrance humaine », entendue de certaine manière, n'aurait pas quelque chose de « morbide » ? et comment pourrais-je oublier d'autre part que l'aboutissement du mysticisme a été trop souvent dans l'histoire le triomphe de la « sensualité » ?

II

Du concours de toutes ces influences, et, si je puis ainsi dire, de leur compensation mutuelle, s'est formé parmi nos poètes, depuis quinze ans, un nouvel état d'esprit, qu'on ne saurait définir encore ni caractériser avec exactitude, mais dont quelques traits pourtant commencent à se dessiner :

> De la musique avant toute chose,
> Et pour cela préfère l'Impair
> Plus vague et plus soluble dans l'air,
> Sans rien en lui qui pèse ou qui pose.
>
> Il faut aussi que tu n'ailles point
> Choisir tes mots sans quelque méprise,
> Rien de plus cher que la chanson grise
> Où l'Indécis au Précis se joint [1]....

1. Ces vers, souvent cités, sont de M. Paul Verlaine, à qui je n'ai pas cru devoir, dans cette leçon sur le *Symbolisme*, faire une plus large place ni surtout une place plus éminente. Nos symbolistes, je le sais bien, se réclament volontiers de lui. Mais c'est lui qui n'a rien d'eux, ou presque rien, si jamais poète ne fut plus « personnel », — à la façon de Baudelaire, dans quelques-unes de ses pièces, de Musset, de Sainte-Beuve, de Mme Desbordes-Valmore, — et qu'ainsi, pour nous, dans

Se méprendre, — affecter de se méprendre au sens des mots dont on use, — et ainsi tendre à la poésie non seulement par le vague, mais par l'impropriété de l'expression, le conseil en paraît étrange et aussi trop facile à suivre! Est-on d'ailleurs bien assuré que « l'impair » soit plus vague que le pair, « plus soluble dans l'air », et qu'il n'ait rien en lui « qui pèse » ni qui « pose »? Et puis, qu'est-ce qu'un vers de treize ou de quinze syllabes a de plus léger, de moins con-sistant, de plus aérien qu'un vers de douze pieds? Mais le fait est qu'il a quelque chose qui semble comme inachevé; et, par là, ces leçons d'un nouvel *Art poétique* sont très claires.

> De la musique encore et toujours,
> Que ton vers soit la chose envolée
> Qu'on sent qui fuit d'une âme en allée
> Vers d'autres cieux à d'autres amours.

C'est-à-dire : puisque les mots ne « peignent » ou ne « dessinent » que par métaphore, tandis qu'ils « sonnent », en quelque sorte, par nature et par définition; mais, d'un autre côté, puisque, comme vous le savez, ils n'expriment de nos idées ou de nos

l'évolution de la poésie contemporaine, il doive plutôt repré-senter l'exaspération de la poésie intime qu'une certaine sérénité qui nous semble inséparable de la définition même du symbolisme.

D'autres raisons nous ont empêché de parler de M. Stéphane Mallarmé, dont la première est celle-ci, qu'en dépit de ses exégètes, nous n'avons pas pu réussir encore à le comprendre. Mais cela viendra, peut-être!

sentiments que la partie la plus grossière, et qu'ainsi leur pouvoir d'évocation ou de suggestion est toujours très supérieur à leur pouvoir expressif; essayons donc, au moyen d'eux, par la nouveauté des combinaisons que nous en ferons, de susciter des émotions analogues à celles que procure la musique, et dont le charme soit fait, non plus du tout, comme au Parnasse, de leur précision, mais au contraire de leur indécision ou du vague de leur indétermination. *Omnis determinatio negatio est* : et, justement, nous le disions l'autre jour, c'est ce qui nous déplaît de tant de beaux « sonnets », qu'au surplus nous savons admirer. L'imagination s'y sent comme emprisonnée; le rêve y a les ailes comme liées. Les contours en sont trop nets, les couleurs trop éclatantes, l'impression trop « définitive ». La poésie n'est pas de la peinture, mais une communication d'états d'âme, et l'illimité de son domaine s'ouvre précisément au point où cesse l'imitation de la réalité. Que le roman donc ou le théâtre copient la nature et la vie : c'est leur destination, puisque c'est leur raison d'être. Mais, nous, poètes, affranchissons-nous des contraintes qu'il faut bien qu'ils subissent puisqu'elles les définissent!

> Que le vers soit la chose envolée
> Qu'on sent qui fuit d'une âme en allée
> Vers d'autres cieux à d'autres amours:...

Indiquons, suggérons, ou, pour mieux dire, libérons! Rendons l'âme à elle-même, ses puissances cachées à leur indétermination primitive. Et, à force de magie, dissolvons enfin l'égoïste personnalité du lecteur dans l'océan infini du songe [1] !

Si maintenant, Messieurs, pour atteindre le but qu'ils se proposaient, je voulais vous citer quelques vers de nos symbolistes, il y aurait conscience à les choisir parmi ceux qu'ils ont *polymorphes* appelés, mais en voici de moins irréguliers, ou de moins capricieux, dont vous ne méconnaîtrez, je crois, ni la conformité d'intention avec ce que je vous disais, ni le charme inquiétant et subtil. Le poète veut exprimer cette idée que les mains, — la seule partie du corps de la femme qui ne soit pas couverte ou fardée, — protestent en quelque manière, par leur seule nudité, contre les artifices d'une civilisation trop raffinée, — « soies » et « brocarts », « ors » et « diamants », « bistres et carmins », — et il intitule sa pièce : *Les mains justes*

---

1. Tout se touche, et tout se tient : « Toutes les plus intimes choses, disait Carlyle en 1840, sont mélodieuses, s'expriment en chant. La signification de chant va profond.... Oui, toute parole, même la plus commune des paroles a quelque chose du chant en elle.... Toutes les choses profondes sont chant. D'une façon ou d'une autre, le chant semble être notre essence centrale, tout le reste n'étant qu'enveloppe ou cosse, l'élément premier en nous, et en toutes choses. Les Grecs imaginèrent la fable de l'harmonie des sphères : c'était le sentiment qu'ils avaient de la structure intérieure de la nature.... La poésie donc, nous l'appellerons *pensée musicale*. Le poète est celui qui *pense* de cette manière.... Voyez assez profondément, et vous verrez musicalement, le cœur de la nature étant partout musique, et vous pourrez l'atteindre. »

On remarquera qu'alors, en 1840, il n'était pas question de Wagner; et d'autre part, on rapprochera ces paroles de Carlyle de l'esthétique du préraphaélitisme.

et belles. Il les voit, ces mains, dans les attitudes, faisant les gestes qui conviennent à leur « beauté », et il chante :

> Attestant la blancheur native des chairs mates,
> Les mains, les douces mains qui n'ont jamais filé,
> Hors des manches sortaient le blanc charme annelé
> [nattes.
> De bagues, de leurs doigts, tresseurs des longues
>
> O Mains, vous cueillerez au bord des fleuves calmes
> Les grands lis de la rive et les roseaux du bord,
> Et sur lé mont voisin vous choisirez encor
> La paix des oliviers et la gloire des palmes ;
>
> O Mains, vous puiserez à la berge des fleuves,
> Pour laver sur les fronts l'originel méfait,
> Le trésor baptismal de l'eau sainte, qui fait
> S'agenouiller le lin pieux des robes neuves ;
>
> O Mains de chair suave, où la lenteur des gestes
> Fait descendre le sang au bout des doigts rosés,
> Vous ferez, sur les fronts las où vous vous posez,
> Neiger le bon repos de vos fraîcheurs célestes !
>
> Et les Poètes, ceints de pourpres écarlates,
> Qui chantent le regret de leur rêve exilé.
> Vous baiseront, ô Mains, pour n'avoir pas filé
> Le lin des vils labeurs et des tâches ingrates [1].

Mais n'y a-t-il pas là quelque autre chose que de la musique? et déjà, dans ces vers, si nous les comprenons, ne voyons-nous pas poindre la signification

1. Henri de Régnier : *Épisodes*, Vanier, éditeur.

de ce mot de « symbole » dont on se moquait si
fort, avec moins d'esprit que d'envie d'en avoir, il
y a huit ou dix ans, dans un certain monde et de
certains journaux? Les journaux et le monde, je ne
vous l'apprends point, sont admirables pour parler
de ce qu'ils ignorent; et l'ironie n'est trop souvent
qu'une forme de l'inintelligence. Puis, quand il a fallu
se rendre, et bon gré et mal gré reconnaître que
ceux qui parlaient de symbole ne laissaient pas de
s'entendre entre eux, on s'est avisé que le symbole
étant l'âme de toute poésie, les symbolistes n'avaient
pas eu grand mérite à essayer de le remettre en
honneur, et on en a profité pour se dispenser de le
définir. Vingt ans auparavant c'était ainsi qu'on en
avait usé à l'égard du naturalisme. L'imitation de la
nature! En vérité, s'était-on récrié dans les mêmes
journaux et dans le même monde, mais quel peintre
ou quel poète ne se l'était proposée comme l'objet de
son art, quel auteur dramatique ou quel romancier?
Je crois, Messieurs, vous avoir montré qu'on en
connaissait plus d'un dans l'histoire, et non des
moindres, à commencer par Lamartine et par Victor
Hugo. Pareillement, il n'est pas vrai que le symbolisme soit l'âme de toute poésie, et je vous défie bien
d'en trouver trace dans l'œuvre en vers de Musset;
et quand il la serait, je dis qu'il n'en resterait pas
moins quelque chose d'assez utile à définir peut-être
dans sa nature comme dans ses moyens, d'assez difficile à caractériser, et quelque chose enfin d'assez
neuf ou de renouvelé d'assez loin. Rappelez-vous là-

dessus quelques poëmes de Vigny : *la Maison du berger*, *la Bouteille à la mer*, ou de Baudelaire, comme *les Phares* :

> Rubens, fleuve d'oubli, jardin de la paresse,
> Oreiller de chair fraîche où l'on ne peut aimer,
> Mais où la vie afflue et s'agite sans cesse
> Comme l'air dans le ciel et la mer dans la mer [1].

Le symbole poétique, Messieurs, est une fiction concrète, figurée, plastique, mouvante et colorée, si je puis ainsi dire, animée de sa vie propre, personnelle, indépendante, capable au besoin de se suffire à elle-même, de s'organiser et de se développer, mais une fiction dont la « correspondance » est entière, avec un sentiment ou une idée qu'elle enveloppe. C'est encore une comparaison à deux, trois, quatre ou cinq

---

1. J'ai déjà fait observer que, si l'on supprimait dans cette pièce de Baudelaire les noms propres qui donnent tout son sens à chacune de ces strophes, on obtiendrait une pièce d'abord aussi incohérente, et finalement aussi incompréhensible que celles dont s'amusent les petits journaux :

> ... Fleuve d'oubli, jardin de la paresse,
> Oreiller de chair fraîche où l'on ne peut aimer,
> Mais où la vie afflue et s'agite sans cesse,
> Comme l'air dans le ciel et la mer dans la mer;
> ... Miroir profond et sombre,
> Où des anges charmants, avec un doux souris,
> Tout chargé de mystère, apparaissent à l'ombre
> Des glaciers et des pins qui forment leur pays;
> ... Triste hôpital tout rempli de murmures,
> Et d'un grand crucifix décoré seulement,
> Où la prière en pleurs s'exhale des ordures,
> Et d'un rayon d'hiver traversé brusquement;
> ... Lieu vague où l'on voit des hercules
> Se mêler à des christs, et se lever tout droits
> Des fantômes puissants.....

termes, dont le poète a l'air de ne suivre et de développer habituellement qu'un seul, mais de manière
à maintenir constamment tous les autres sous la vue
du lecteur. C'est une allégorie, si vous le voulez
enfin, mais une allégorie dont l'intention n'a rien de
didactique, ni surtout de logique, dont les différents
sens, unis ou mêlés ensemble par une sorte de nécessité interne, se soutiennent, s'entr'aident, s'éclairent,
se compliquent aussi, semblent même parfois se contrarier les uns les autres, finissent toujours par s'ac-
corder ou plutôt par se confondre.... Vous en trouverez les plus remarquables exemples dans *la Divine
Comédie* de Dante, ou dans les légendes encore des
antiques mythologies [1].

Donnez-vous alors la peine d'y songer, et vous le
verrez, je pense, aussi clairement que moi, le symbo-

1. Rappelons à ce propos la lettre de Dante à Can Grande
sur le sens de sa *Divine Comédie*, qui n'est pas simple, y dit-il,
mais multiple : *polysemus*; et dont l'intention ne peut être
saisie qu'au moyen d'une quadruple interprétation : *littérale,
allégorique, anagogique* et *morale*. « Le sujet de tout l'ouvrage,
dit-il encore lui-même, *pris littéralement*, c'est l'état des âmes
après la mort, considéré en soi, car c'est sur ce point et
autour de ce point que roule le poème, mais si vous l'entendez
allégoriquement, le sujet est l'homme, en tant que, par le
mérite et le démérite dans l'exercice de son libre arbitre, il
devient l'objet de la justice rétributive ou vengeresse. »
Sur le symbolisme en général, si les Grecs demeurent
encore et toujours nos maîtres, voyez le grand ouvrage de
Creuzer : *les Religions de l'antiquité*. Pour le moyen âge et
pour Dante, on trouvera d'utiles indications dans Langlois :
les Origines du roman de la Rose, Paris, 1891, Thorin; et dans
Symonds : *Dante, son temps, son œuvre et son génie*, traduction de Mlle Augis. Paris, 1891. Lecène et Oudin.

lisme ainsi conçu, Messieurs, c'est tout simplement
la réintégration de l'*idée* dans la poésie. Un symboliste est tenu de penser, s'il veut mériter le nom de
symboliste, ou celui de poète même. Considérez qu'au
contraire les romantiques ou les parnassiens pouvaient bien, eux aussi, comme l'on dit, « s'en donner
le luxe »; mais c'était du luxe, et ils n'y étaient point
tenus! Les peintres ne sont point tenus d'être des
« penseurs » non plus que ceux qui se « confessent »;
et leurs émotions ou leurs sensations nous suffisent.
Dans l'école romantique, nous l'avons assez dit, il
suffisait d'une expérience personnelle, d'une sensation ou d'une émotion réellement éprouvées, pour
donner lieu à une pièce de vers. On désirait et on le
disait : c'était un madrigal :

> Si je vous le disais pourtant, que je vous aime;...

On regrettait, et on le disait : c'était une élégie :

> Quoi donc! c'est vainement qu'ici nous nous aimâmes;...

On se fâchait, et on le disait : c'était une satire :

> Honte à toi qui la première....

Nul besoin, vous le voyez, d'avoir des idées; et qui
sait si la prétention d'en avoir n'eût pas tari chez le
poète le meilleur de son inspiration? Lisez ou relisez
plutôt, à ce propos, l'*Espoir en Dieu*.

Mais, selon l'esthétique parnassienne, il n'en fallait
pas beaucoup davantage, puisqu'il suffisait d'une

simple rencontre ou d'un simple tableau. Celui-ci venait d'admirer une belle médaille de la Renaissance, et il écrivait :

Seigneur de Rimini, Vicaire et Podesta....

L'autre, un jour, traversait les Tuileries, il y voyait jouer les petites filles, et il songeait :

Tu les feras pleurer, enfant belle et chérie,
    Tous ces enfants, hommes futurs....

Et un autre encore, traversant par hasard le champ de foire, il le décrivait :

Comme le champ de foire est désert, la baraque
N'est pas encore ouverte....

Ici, à force d'impersonnalité, le poète était devenu presque « passif ». Il se laissait faire. La « soumission à l'objet » s'était changée comme en un esclavage. Autre rapport, Messieurs, de la poésie parnassienne avec la peinture ! Mais pas de pensée, pas de symbolisme ; et il se peut, je l'avoue, que beaucoup de nos symbolistes n'aient pas aperçu cette nécessité de leur esthétique, mais elle n'en est pas moins réelle, comme résultant de la définition même du symbole ; — et s'ils s'en aperçoivent un jour, c'est ce qui les préservera de l'invasion de la « musique » !

Insistons sur ce point, et pour nous en rendre compte, songeons encore aux drames de Wagner. Le symbole n'est rien, s'il n'a pas un sens caché ;

c'est-à-dire s'il n'exprime pas quelque chose d'ulté-
rieur aux moyens qu'il emploie; s'il n'est pas la traduction pittoresque ou plastique de quelque chose en
soi d'inaccessible et de reculé par nature dans les
profondeurs de la pensée. Le *Parsifal* de Wagner
serait-il ce qu'il est, sans la signification dont le progrès des idées a comme enrichi sa légende? Non, sans
doute, mais uniquement ce qu'il pouvait être, voilà
cinq ou six cents ans, pour les lecteurs des romans
de la Table Ronde, et rien de plus, de plus profond
ou de plus mystique. En d'autres termes, Messieurs,
tout symbole suppose une idée sans le support de
laquelle il n'est qu'un conte de nourrice; et toute
symbolique implique ou exige, à vrai dire, une métaphysique, j'entends une certaine conception des rapports de l'homme avec la nature ambiante ou, si vous
l'aimez mieux, avec l'inconnaissable [1].

Le symbolisme contemporain n'en est pas encore
là. Voici de jolis vers :

> Je vis de ma fenêtre ouverte sur le Rêve,
> Au cadre fabuleux d'un vieux site écarté
> Un verger merveilleux de rosée et de sève
> Surgir en l'aurorale et candide clarté
> De l'heure où l'aube naît dans la nuit qui s'achève.

1. Voyez à cet égard Wagner lui-même, et sa théorie, qu'on
pourrait développer, de la supériorité de la légende sur l'histoire comme matière d'inspiration pour le poète. N'était-ce
pas celle aussi d'Aristote dans sa *Rhétorique*? et quand on
invite nos futurs bacheliers à disserter sur cette parole « que
la poésie est plus vraie que l'histoire » ne les invite-t-on pas
à wagnériser?

Le doux vent bruissait dans l'entrelacs des branches,
Et courbait l'herbe folle et glauque des gazons,
Et, des arbres, se détachait en avalanches
Le trésor libéral des neuves floraisons
Rouges, ou pâlement roses, ou toutes blanches.

Dans le charme de l'heure, au centre du verger,
Frissonnant d'un émoi de plumes et de brises,
Éparses en les fleurs dociles à neiger,
Près d'une source trois femmes étaient assises
Oyant le flot parler d'un gai rire léger.

Et la Première était gracile et toute ceinte
D'une robe pudique à plis multipliés,
L'Autre en sa nudité conviait à l'étreinte,
Sans défense des bras sous son col repliés,
Et la Troisième avait la robe d'hyacinthe [1]....

Mais, s'ils réveillent je ne sais quel ressouvenir du *Roman de la Rose* en même temps que de quelque toile allégorique de Botticélli, ou de Mantegna, peut-être n'expriment-ils rien de très neuf ni de très profond, et on les voudrait, comme l'on dit, « plus forts de choses ». Nous connaissons assez ce *Verger*; nous connaissons aussi cette allégorie des trois âges de la femme que le poète y développe en vers harmonieux. Mais nous voudrions, je le répète, quelque chose de plus et de plus de portée.

Ce quelque chose, nos symbolistes nous le donneront-ils un jour? On peut dire en tout cas qu'ils nous l'auront fait attendre, et c'est le principal reproche

1. Henri de Régnier, *Épisodes.*

qu'on leur doive adresser. Car, pour quelques plaisanteries dans le goût du sonnet des voyelles :

— A noir, E blanc, I rouge, U vert, O bleu, voyelles,
Je dirai quelque jour vos naissances latentes.
A, noir corset velu des manches éclatantes
Qui bombillent autour des puanteurs cruelles,

Golfe d'ombre; E, candeur des vapeurs et des tentes,
Lance des glaciers fiers, rois blancs, frissons d'ombelles.
I, Pourpre, sang craché, rire des lèvres belles.
Dans la colère ou les ivresses pénitentes [1],

ce ne sont que de ces paradoxes qu'on élabore dans
les cénacles pour attirer l'attention en la scandalisant;
et les symbolistes ne me pardonneraient pas, et ils
auraient raison, si j'avais seulement l'air de vous
inviter à les juger sur de pareilles « preuves ».

Discuterai-je encore les théories de l'école qui s'appelle romane? On ne remonte pas le cours des âges;
et ni de Ronsard ni du

Docte, doctieur et doctime Baïf,

mais encore bien moins de Scève, d'Heroet ou de
Marot, nous n'avons rien à tirer aujourd'hui. Mais ce
qui me paraît bien certain, c'est que, depuis une
quinzaine d'années, si l'idée même ou la notion de
la poésie s'est modifiée sensiblement, ce n'est pas
dans une direction, ni d'une manière, ni pour des
raisons qu'il y ait lieu de regretter. L'effort du *natu-*

1. Arthur Rimbaud, *Reliquaire.* Paris, 1892, Genonceaux.

ralisme ne sera pas assurément perdu; mais, puisqu'il avait donné tout ce que l'on en pouvait attendre, il était bon que l'on dénonçât ce que la doctrine avait de tyrannique et d'étroit. Les symbolistes ne l'ont pas fait sans succès, s'ils l'ont fait sans assez de ménagements; et, tout considéré, je crois, Messieurs, qu'il convient de leur en savoir gré. C'est aussi pourquoi, n'ayant pas trouvé de contradiction irréductible entre leurs idées et les principes essentiels de l'art, — mais plutôt, en dégageant la poésie, en la libérant des exigences d'une technique trop sévère peut-être, et en lui donnant pour objet, selon la belle expression de Shelley, « de créer à nouveau l'univers, anéanti dans nos esprits par le retour des impressions qu'émousse l'habitude [1] », s'ils l'ont comme rendue à sa destination la plus haute, —j'espère qu'ils réaliseront ce que l'on attend d'eux, et qu'ils ne feront pas banqueroute à leurs promesses.

1. Voir Shelley, *Défense de la poesie*. Il dit encore : « Tous ceux qui ont opéré une révolution dans l'opinion sont nécessairement poètes, non seulement parce qu'ils sont inventeurs et *que leur langage dévoile l'éternelle analogie des choses au moyen d'images qui participent de la vie de la vérité*, mais aussi parce que leurs périodes étant harmonieuses et sympathiques, elles contiennent en elles-mêmes les éléments du vers et l'écho de l'éternelle musique. Parcillement, les poètes suprêmes, qui ont employé lés formes traditionnelles du rythme en raison de la forme et de la nature de leurs sujets, *ne sont pas moins capables de percevoir et d'enseigner la vérité des choses que ceux qui se sont passés de cette forme*. Shakespeare, Dante et Milton sont des philosophes d'une rare puissance. »

III

Seulement, à cette occasion, quelques observations me paraissent nécessaires, avant que de conclure, et je les indique rapidement. La première est relative au principe de l'imitation de la nature, dont on aura beau faire, on ne s'en écartera jamais impunément. Je vous en ai dit la raison profonde, quand je vous ai parlé de M. Leconte de Lisle : c'est qu'en admettant qu'il y ait en nous quelque chose d'autre et de plus que dans la nature, cependant nous ne saurions le traduire qu'avec des moyens qui soient eux-mêmes de la nature. Remarquez même, à cet égard, que si nous voulons aujourd'hui de « l'ombre » et du « mystère » dans la poésie, c'est parce qu'il y en a, Messieurs, dans la nature ; il y a de l' « inconnaissable » ; et d'écrire ou de chanter comme s'il n'y en avait pas, on pourrait donc dire, et je dis que ce serait manquer au principe même de l'imitation de la nature. Il n'importe pas à ce propos que quelques-uns de nos naturalistes ne s'en soient pas doutés : c'est en cela qu'ils ont failli à la définition même du naturalisme, et nous avons le droit de nous en plaindre. Mais le principe n'en demeure pas moins, et c'est précisément pour la mieux imiter que nous essayerons de soulever ou de déchirer, s'il le faut, le voile dont s'enveloppe la nature [1].

1. Ruskin écrit sur ce sujet : « Avoir de la main et peindre de l'herbe et des ronces avec assez de vraisemblance pour

Je vais plus loin; et, Messieurs, si nous avons admis jusqu'ici, pour la commodité du raisonnement, que l'architecture, par exemple, et la musique ne sont pas des « arts d'imitation », en sommes-nous bien sûrs? Pourrions-nous, oserions-nous en répondre? Songeons au temple grec ou à la cathédrale gothique! Est-ce que, — sans rien dire des matériaux qu'on y voit concourir et s'y ordonner sous les lois d'une géométrie qui leur est imposée par la nature même, ou sans parler encore de l'origine des styles, — est-ce qu'une architecture n'est pas «·quelque imitation » des lignes du paysage qu'elle couronne ou dans les plans duquel elle s'encadre? Voyez-vous le Parthénon dans les plaines de la Beauce? ou les Pyramides sur le Mont Blanc? Mais, pareillement, est-ce que la musique n'est pas « quelque imitation », elle aussi, de la voix humaine? « Tout langage passionné devient musical », a-t-on dit, et bien dit. Réciproquement, ne peut-on pas dire que « toute musique est l'imitation

---

satisfaire l'œil, c'est un talent que deux ou trois années d'apprentissage donneraient au premier venu. *Mais, dans les ronces ou dans l'herbe, surprendre ces mystères d'invention ou de combinaison par lesquels la nature parle à l'esprit*, retracer la fine cassure et l'ombre du sol,... découvrir jusque dans les minuties en apparence les plus insignifiantes l'opération incessante de la puissance divine;... proclamer enfin toutes ces choses pour les enseigner à ceux qui ne regardent ni ne pensent, voilà ce qui est vraiment le privilège et la vocation spéciale de l'esprit supérieur. »

On remarquera, d'ailleurs, que les préraphaélites, en général, ont fait preuve d'autant de mépris ou de dédain des Hollandais que des Italiens de la décadence; — et j'ai dit que la décadence commençait pour eux avec Raphaël.

d'un rythme passionnel »? L'accent de la colère n'est
pas celui du désir, et les sanglots que la volupté nous
arrache ne sont pas ceux de la souffrance : ils ne ren-
dent pas le même son.... J'hésite à continuer, et ce
sont là, je le sens, des considérations un peu métaphysiques. Nous risquerions de nous y perdre.... Aussi
bien, Messieurs, sans décider la question, me suffit-il
de vous en avoir signalé l'existence. Il n'est pas absolument prouvé que la musique ou l'architecture ne
soient pas des « arts d'imitation » ; et, si j'ose ainsi jouer
sur les mots, on ne peut rien conclure de la nature
particulière de leur imitation contre le principe général
de l'imitation de la nature.

Une autre question n'est pas moins intéressante :
c'est celle du mélange ou de la fusion des arts, et de
l'échange de leurs moyens entre eux. La peinture
peut-elle se proposer sans danger de rivaliser avec la
poésie, ou la poésie avec la musique? Peuvent-elles
surtout se proposer de joindre leurs moyens ensemble?'
Le symbolisme a paru le croire, et il semble que
Wagner l'y ait particulièrement encouragé :

Il n'existe en somme qu'un *art*, a-t-il dit quelque part;
les manifestations en sont différentes, mais une seule peut
être complète. Celui-là créerait donc *l'œuvre d'art* par
excellence qui trouverait les moyens nécessaires à la réalisation de cette expression complète.

*Le résultat le plus parfait sera donc atteint par l'action
commune de tous les arts s'efforçant vers le même but* [1].

_____

[1]. C'est dans l'opuscule intitulé : *l'Œuvre d'art de l'avenir*
que Wagner a développé ses idées sur cet « art communiste ».

Mais Wagner en parlait, comme on dit, à son aise. Il prêchait pour lui, pour son « drame lyrique » futur, où en effet la musique, la poésie, la peinture même, ajoutez-y la danse, peuvent concourir ensemble ; — et c'est de quoi nos symbolistes eussent dû peut-être s'apercevoir. Défions-nous des métaphores, puisqu'il se trouve, hélas! toujours quelqu'un pour les prendre à la lettre. Oui, sans doute, nous nous entendons quand nous parlons de la « musique » des mots, et nous nous entendons aussi quand nous parlons de leur « couleur » ; nous savons ce que nous voulons dire, mais nous savons bien que, s'ils ont un timbre, les mots ne sont cependant ni jaunes, ni bleus, ni rouges, ni verts. On ne peint pas non plus de « paysages » en musique ; on en « évoque » seulement, ou on en « suscite » la vision dans l'esprit. Ce n'est pas là même chose. On pourrait prouver que c'est même le contraire! Une hallucination « vraie » n'est pas une hallucination.

Que maintenant, Messieurs, entre deux arts voisins, il y ait comme qui dirait un domaine intermédiaire, ce qu'on appelle, en termes de science, une « zone maniable », nous le voulons et nous en convenons. La sculpture polychrome formera donc un passage ou une transition de la sculpture à la peinture ; et la peinture « littéraire », la peinture « à sujet » en pourra former une autre de la peinture à la poésie. C'est ainsi que, dans la nature, d'une espèce à une autre, l'évolution s'opère par l'intermédiaire d'une troisième, qui n'est plus déjà tout à fait la première, qui n'est pas encore tout à fait la seconde, mais que précisément,

pour cette raison même, on appelle douteuse, équivoque, ou hybride. Il y a pareillement quelque chose
d'illégitime dans le mélange des arts entre eux, et la
« zone maniable » est moins étendue qu'on ne pense.
Il faudra donc prendre garde, en mêlant les moyens
des arts, à ne pas dénaturer l'art même. Vous vous
souviendrez pour cela que la diversité des « manifestations » ou des formes de l'art est fondée, en premier
lieu, sur la diversité de leurs moyens d'exécution,
et que, du moment qu'on ne saurait ni « peindre »
avec des bruits, ni chanter « en couleurs », la peinture n'est pas la musique et la musique n'est pas la
peinture. Vous ferez ensuite attention que la diversité
des objets n'est pas moindre ni moins radicale ; et que
si l'on ne saurait ni enfermer un « tabernacle » dans
une « partition », ni faire servir aucun des « trois
ordres » à charmer nos oreilles, la musique étant une
chose, l'architecture en est donc une autre. Enfin, vous
remarquerez que la diversité des formes de l'art se
fonde encore au besoin sur la diversité des aptitudes
originelles, ou, pour mieux dire, sur la diversité des
familles d'esprit. Et de toutes ces observations, vous
conclurez, Messieurs, que si les mots expriment des
idées, on donnera d'ailleurs de la poésie la définition
que l'on voudra, mais cette définition devra toujours
être et d'abord « en fonction de la pensée ».

J'aurais, Messieurs, bien des choses encore à dire,
mais il faut se borner. Si d'ailleurs je me suis bien
expliqué, vous avez vu, je pense, quelle était dès à
présent la place du *symbolisme* dans l'évolution de la

poésie contemporaine [1]. A la vérité, c'est dommage
qu'il n'ait rien encore produit dont la valeur d'art soit
comparable à celle des *Méditations* ou des *Nuits*, des
Contemplations ou des *Poèmes barbares*. Rien que
d'épars encore, d'un peu mêlé surtout, rien de parfaitement pur ni de vraiment complet ; beaucoup plus
que des promesses, — vous en avez pu voir quelque
chose, — et cependant pas encore d'œuvre. Un pas
considérable n'en a pas moins été fait. Si le *naturalisme* avait rétabli, comme j'ai tâché de vous le montrer, la doctrine de l'impersonnalité dans l'art et de
l'imitation de la nature contre les lamentables exagérations du *romantisme* expirant, c'est au *naturalisme*
dans sa gloire que s'est attaqué le *symbolisme*, et, dès
à présent, l'honneur lui est acquis d'en avoir rabattu
le dangereux excès. On voudrait maintenant qu'après
avoir, comme je disais, réintégré *l'idée* dans ses droits,
il n'allât pas à son tour trop loin dans sa réaction contre
le *naturalisme* lui-même. On voudrait, si peut-être il
a eu besoin un moment du secours de Baudelaire,
qu'il s'en débarrassât discrètement, comme on fait
d'un allié devenu dangereux, à petit bruit, tout doucement, sans tambour ni trompette [2]. Et on voudrait
enfin qu'au lieu de heurter inutilement l'opinion, il

1. Voir sur les symbolistes actuels, — et indépendamment
de leurs *Revues*, — le volume de Jules Tellier, *Nos Poètes*,
Paris, 1888, Dupret; et celui de M. Charles Morice, *la Littérature de tout à l'heure*, Paris, 1889, Perrin.

2. J'ai indiqué, dans les articles auxquels je renvoie plus
haut, où je croyais voir la contradiction du *Baudelairisme* et
du *Symbolisme*. Voir *Essais sur la littérature contemporaine*.

s'en emparât.... Je n'ai pas, comme vous le pensez bien, la prétention de lui en indiquer les moyens ; nous ne faisons ici que de l'histoire ; et puis, et après tout, mon affaire n'est pas de prophétiser. Si cependant il faut bien conclure, je vous dirai la prochaine fois, en achevant ce cours, ce que je pense de l'avenir de notre poésie.... Vous ne vous étonnerez pas, Messieurs, que je ne vous en dise rien que de conditionnel, d'assez vague, et de très incertain.

31 mai 1893.

SEIZIÈME LEÇON

CONCLUSIONS

I. Conclusions particulières. — De l'avenir de la poésie. —
1° La question de forme. — Pourquoi l'alexandrin demeurera le type du vers français. — Raisons historiques et
raisons techniqnes. — De l'avenir de la rime. — Des modi-
fications possibles de l'alexandrin, et dans quel sens elles
s'accompliront. — 2° La question de fond. — Tendances
objectives de la poésie contemporaine. — Tendances sociales.
Tendances philosophiques. — Un dernier mot sur la doctrine de l'art pour l'art.

II. Conclusions plus générales. — Comment l'histoire de la littérature et des idées au XIXe siècle se lie à l'évolution du
lyrisme plus étroitement qu'à aucun autre genre, et pourquoi.

III. Conclusions relatives à la méthode. — Pour quels motifs
il convient en critique de préférer le terme d'*Évolution* à
celui de *Progrès*. — De la triple utilité des systèmes. —
1° Ils sont comme des instruments d'investigation plus
délicats. — 2° Ils aident à découvrir des vérités auxquelles
on ne songeait pas. — 3° Ils nous servent enfin à *situer* nos
connaissances actuelles dans l'ensemble des choses.

SEIZIÈME LEÇON

CONCLUSIONS

Messieurs,

Si nous avons conduit, ou suivi, — dans cette série
de conférences, — l'évolution de la poésie lyrique en
France depuis les origines du romantisme jusqu'à
la formation du symbolisme contemporain, j'ai tenu
ma promesse, et je pourrais me dispenser de « conclure ». Je n'aime point à prophétiser, vous disais-je
encore l'autre jour; et, n'ayant voulu faire avec vous
que de l'histoire, je pourrais donc laisser à de plus
hardis ou de plus habiles que moi le soin de vous
dire ce qu'ils pensent ou ce qu'ils espèrent des destinées de notre poésie. Mais le moyen, cependant, de
résister à la tentation? de ne pas demander à l'histoire quelques leçons, quelques indications? et, si je
m'en abstenais, ne m'accuseriez-vous pas, avec raison,
d'un excès de prudence? Il faut quelquefois oser se
compromettre; et, en vérité, ce cours me paraîtrait
trop incomplet à moi-même, si je n'essayais aujour-

d'hui d'entrevoir ce que sera dans sa forme, dans son inspiration, et dans son rôle la poésie d'après-demain.

I

Pour ce qui est d'abord de la question de forme, l'effort des Parnassiens ne sera certainement pas perdu, ni même leur exemple, nous pouvons en répondre; et, en dépit de quelques novateurs, je ne pense pas que l'on réussisse à substituer jamais dans notre langue ni le vers blanc au vers rimé ni, comme type du vers français, le décasyllabe ou quelque vers « impair » que ce soit, — de onze, de treize, ou de quinze syllabes, — à notre alexandrin classique.

Il y en a une première et très forte raison, sentimentale, si vous le voulez, mais historique aussi. C'est, Messieurs, que, si jamais nous renoncions au vers de Corneille et de Racine, de Lamartine et d'Hugo, — le vers de *Polyeucte* et de *Phèdre*, de *Jocelyn* et de *la Légende des siècles*, — nous ferions tout simplement passer trois siècles d'une histoire encore et toujours vivante à l'état de curiosité pour ainsi dire archéologique. Classique ou romantique, notre poésie nationale deviendrait pour nous quelque chose d'analogue à celle de Virgile ou d'Homère, et sinon d'exotique, au moins d'étranger, que nous ne sentirions pas d'abord, qu'il nous faudrait étudier pour comprendre; et de nos propres mains, on ne sait pourquoi ni dans quel intérêt, nous aurions ainsi rompu la continuité de notre tradition. Car, en voyez-vous, Messieurs, je ne dis pas la nécessité, mais seulement l'avantage? Et ne faudrait-il pas cependant qu'il fût bien évident, pour justifier, ou pour excuser ce que l'abandon de la tradition littéraire a toujours de presque criminel?... Mais d'autres raisons, plus particulières, ou plus techniques, ne paraissent pas moins bonnes.

Classique ou romantique, si, par exemple, depuis trois cent cinquante ans maintenant, l'alexandrin a triomphé, comme type, de tous les rivaux qu'on lui a tour à tour opposés, ne faut-il pas qu'il y en ait quelque valable et puissant motif? Pour faire la fortune qu'il a faite, il a suffi qu'il parût; et la Pléiade ne l'a pas eu plus tôt acclimaté dans notre langue, vers le milieu du XVIᵉ siècle, que le décasyllabe du moyen âge, le vers de nos *Chansons de Geste*, lui a cédé la place, toute la place, s'est confondu avec la prose, dont on peut dire qu'il ne s'était d'ailleurs qu'imparfaitement distingué. D'un autre côté Baïf, Jean-Antoine de Baïf, l'ennuyeux Baïf, le métricien de la Pléiade, — je dirais son Banville, s'il avait eu plus d'esprit, — a fait des vers mesurés, à la grecque ou à la romaine. Malherbe a fait des vers impairs, et ce ne sont pas les moins gracieux que nous ayons de lui :

> L'air est plein d'une haleine de roses,
> Tous les vents tiennent leurs bouches closes;
> Et le soleil semble sortir de l'onde,
> Pour quelque amour plus que pour luire au monde....

Voltaire, Marmontel, vingt autres encore, ont fait enfin des vers blancs. Et cependant l'alexandrin a continué de vivre.

A quoi d'ailleurs, à laquelle de ses qualités ou de ses vertus plus cachées le doit-il? Est-ce peut-être à sa divisibilité, — par deux, par trois, par quatre, par six, — d'où résulterait une souplesse unique, une facilité singulière de diversifier ses effets, de les associer à ceux de tous les autres rythmes, d'employer tantôt tous ses pieds à courir plus vite, et tantôt, au contraire, de leur faire porter autant ou plus de poids que le vers de quatorze syllabes? Cette explication est bien mathématique! On a dit d'autre part, — c'est Becq de Fouquières, dans son curieux *Traité de versification française,* — que, l'alexandrin représentant la durée normale d'expiration de la voix humaine, sa fortune aurait ainsi sa raison d'être physiologique dans la loi du moindre effort, à moins encore que ce ne fût dans la conformation de nos organes vocaux. Nos organes seraient donc en ce cas bien différents de ceux des Grecs, ou des Anglais, dont les vers peuvent avoir jusqu'à seize ou dix-sept syllabes? Mais toutes ces questions sont obscures; et, quoi qu'il en soit de la cause, ayant depuis le temps de la Renaissance préféré l'alexandrin, notre oreille y est aujourd'hui comme héréditairement faite. On pourra donc bien s'efforcer, après les romantiques, de « disloquer » encore l'alexandrin, et de lui donner plus de variété, plus de souplesse, plus de ductilité surtout ou de fluidité; on en pourra poser autrement les accents; on y pourra même et avantageusement réintroduire l'hiatus; il n'est pas probable qu'on y renonce; et pourquoi d'ailleurs y renoncerait-on, si nous ne voyons pas qu'aucun vrai poète s'y soit jamais senti gêné [1]?

Nous ne voyons pas non plus qu'aucun vrai poète ait jamais souffert de la contrainte de la rime; et, pour quelques sacrifices qu'il a dû parfois lui faire, — comme aussi bien les Grecs ou les Anglais n'ont pas laissé d'en faire à la mesure, — que de services en revanche la rime ne lui a-t-elle pas rendus? Tel est, du moins, l'avis de tous les maîtres, et Ronsard, sur ce point, s'accorde avec Malherbe, lequel ne pense pas autrement que Sainte-Beuve, dans la pièce que je vous ai citée,

> Rime, l'unique harmonie
> Du vers;...

ou que Banville dans son *Petit traité de poésie.* Qu'importe après cela l'opinion de quelques prosa-

---

1. Nous avons déjà renvoyé pour toutes ces questions, — qui n'ont jamais été, sans doute, étudiées de plus près que depuis quelques années, — aux *Traités* de Banville, Becq de Fouquières et Tobler. On y joindra les *Modestes observations* de M. Clair Tisseur, que nous avons aussi déjà signalées; — l'intéressante brochure de M. Sully Prudhomme, *Réflexions sur l'art de faire des vers,* Paris, 1892, Lemerre; — le petit volume de M. Eugène d'Eichtal, *Du Rythme dans la versification française,* Paris, 1892, Lemerre; — et le livre de M. Robert de Souza, *le Rythme poétique,* Paris, 1892, Perrin. Voir aussi, de-ci, de-là : *le Mercure de France, l'Ermitage* et les *Entretiens politiques et littéraires.*

teurs? En français, nous l'avons déjà dit et on ne
saurait trop le répéter, — dans une langue où le
vocabulaire de la poésie ne diffère pas substantiel-
lement de celui de la prose, — si la rime n'est pas
l'unique génératrice du vers, il semble bien que l'imagination de la rime soit le premier don du poète, son
aptitude originelle, la faculté qu'il apporte en naissant. Et je veux bien, d'ailleurs, que Banville, comme
à son ordinaire, ait exagéré! Je ne crois pas, comme
il l'a prétendu en riant, que l'on « n'entende dans
un vers que le mot qui est à la rime ». J'accorde
même qu'il y a positivement, dans la richesse exces-
sive de la rime, quelque chose de barbare, et comme
un luxe de mauvais goût, quand encore cette richesse,
vous l'avez vu, ne va pas, de calembour en calembour jusqu'à la caricature ou à la dérision de l'art.
Ni de belles rimes ne suffisent à faire de beaux
vers, ni, inversement, de beaux vers ne sont moins
beaux pour être un peu « faiblement » rimés. C'est
même assez qu'on rime pour l'oreille, et j'admets
que les poètes se passent de la « consonne d'appui ».
Mais ils ne se passeront pas de la rime, si, la fonction propre de la rime étant de différencier le contour du vers de celui de la prose, c'est donc la rime
qui seule donne sa forme au vers. Or, nous ne saurions oublier, Messieurs, qu'en poésie, comme en
tout art, la forme n'existe qu'à la condition d'être
perçue comme telle; indépendamment de ce qu'elle
enveloppe; dans son arabesque, si je puis ainsi dire;
par les sens, en un mot, par l'œil ou par l'oreille.

Puisque la poésie est un langage « mesuré », la
sensation de la mesure est indispensable, non pas
même à son effet, mais à sa définition; et puisqu'en
français la « quantité » ne saurait nous donner cette
sensation nécessaire, il faut donc que ce soit la rime
qui nous la procure[1]. Je ne dis rien de l'assonance ou
de l'allitération, si la rime, comme on pourrait au
besoin l'établir, est née de leur insuffisance.

Mais ce que je crois, d'autre part, c'est qu'en con-
servant la rime et l'alexandrin, — j'entends comme
type du vers français, — on s'efforcera, Messieurs,
comme le demandent les symbolistes, de donner à
la poésie une valeur de plus en plus musicale, et,
conséquemment, une signification de plus en plus
subjective. Le poète « s'exprimera » lui-même dans
le choix de son rythme; il y fera sentir la pulsation
de ce qu'il y a de plus individuel en lui. Ses « états
d'âme » se trahiront, ou plutôt ils se traduiront dans
.e choix de ses coupes; et ses enjambements ou ses
inversions ne seront plus dans ses vers des « effets
de l'art », mais plutôt des aveux, et l'imitation comme
involontaire de son involontaire émoi. En d'autres
termes encore, le « mouvement », qui est l'élément
propre et premier, l'élément « spécifique » du beau
musical, — comme la couleur est sans doute celui du

1. Cette opinion est conforme à celle que Renan exprimait
volontiers dans ses dernières années, quand il craignait qu'à
force de prétendre imiter l'incohérence même de la vie, —
qui n'est que trop réelle, — l'art ne finît quelque jour par y
perdre le sens de la forme; et avec le sens de la forme, l'une
au moins de ses raisons d'être; et peut-être la principale.

beau pittoresque, — deviendra, non pas certes le seul, mais un élément de plus en plus important du beau poétique. A cet égard, et longtemps encore, selon toute apparence, notre poésie demeurera « lyrique », — je ne dis plus, je ne puis plus dire, Messieurs, individuelle, — et ici, de la considération de la forme nous passons à celle de la matière de l'inspiration poétique.

On ne fera plus, tout porte à croire que l'on ne fera plus de *Nuits*, par exemple, ni de *Consolations*. Car le pessimisme, — quoi qu'on en puisse penser au point de vue philosophique, — aura du moins eu, littérairement, ceci de bon, que le poète aujourd'hui ne saurait plus mettre sa vanité trompée, ou ses amours déçues, en comparaison avec tant de misères qui désolent la vie, et bien moins encore avec l'espèce de malédiction qui pèse d'en haut sur elle. On souffrira tout autant, ou même davantage, mais on osera moins le dire, et pour cette raison, je crois que nous pouvons voir dans le « baudelairisme » la dernière convulsion de l'individualisme expirant. Lyrique uniquement dans sa forme, la poésie redeviendra donc impersonnelle dans son fond. Le poète ne sera plus lui-même la matière unique de ses chants; il ne nous fatiguera plus du récit de ses bonnes fortunes ou du souvenir de ses débauches; il ne sera plus Byron, ni Musset, ni don Juan. C'est aux sources inépuisables de la Nature, de l'Histoire, de la Science, qu'il rajeunira son inspiration. Et surtout, vivant de la vie de ses semblables, mêlé de sa personne à la réalité, ce

qu'il corrigera, ce qu'il modifiera, c'est sa vision personnelle des choses. On n'écrirait plus. aujourd'hui,
vous disais-je, ni *les Consolations*, ni *les Nuits*! Mais on
n'écrirait pas non plus *les Orientales*; et, dans la peinture de la Grèce ou de Constantinople, on ne substi-
tuerait plus, on n'oserait plus substituer le caprice .
ou la fantaisie de son imagination aux traits de la
réalité. Quelque diversité de tempérament et d'impressions qu'il y ait, vous savez, Messieurs, nous
savons aujourd'hui qu'il y a des traits caractéristiques
et essentiels de l'Orient. On voit peu de bouleaux aux
environs de Jérusalem, et le ciel est habituellement
moins pur, il est moins profond, il est moins bleu, je
pense, à Brest qu'à Biskra. Cette physionomie vraie
des choses et des hommes, le poète sera désormais
tenu de nous la rendre; et comme il n'y parviendra
qu'à force d'observation ou d' « informations », c'est
un point que le *naturalisme* aura gagné sur le *romantisme*. Les raisons de décrire ou de peindre ne sont
pas dans les yeux du peintre ou du poète, ni dans la
qualité de ses impressions. Elles sont dans la nature
des choses, ou, si vous l'aimez mieux, et plus exactement, elles sont, Messieurs, dans la « correspondance » que l'expérience nous révèle entre les choses
et nous.

A son tour, le *symbolisme* a gagné quelque chose
sur le *naturalisme*, si, en réintégrant dans la notion
de la poésie la nécessité de l'idée, il n'a pas encore
tout à fait rétabli, mais il a préparé le rétablisse-
ment des communications entre la foule ou le grand

public, et le poète. On ne le croirait pas, d'abord, et, même, on croirait le contraire! Si nos Parnassiens, comme autrefois leurs maîtres, ou leurs ancêtres de la Pléiade, ont affecté de mettre leur point d'honneur à se distinguer du « rude populaire », et à s'isoler de la foule ignorante, il ne semble pas que, du haut de leur art, les symbolistes aient eu pour notre faiblesse plus de condescendance; et leur moindre souci, jusqu'à présent, a sans doute été de se faire comprendre. Mais il ne faut pas nous arrêter aux apparences. En fait, le symbole, n'ayant d'autre origine que le besoin profondément humain de rendre l'abstraction sensible en la matérialisant, n'a pas aussi d'autre raison d'être que de manifester physiquement à tout le monde ce qui n'est spirituellement accessible qu'à quelques-uns. Son objet est d'incarner l'idée.

> O voi, ch' avete gl' intelletti sani,
> Mirate la dottrina, che s' asconde
> Sotto' l velame degli versi strani....

Vous connaissez peut-être ces vers de Dante; et Bossuet n'a pas moins bien dit : « Toutes les comparaisons tirées des choses humaines sont les effets comme nécessaires de l'effort que fait notre esprit, lorsque prenant son vol vers le ciel, et retombant par son propre poids dans la matière d'où il va sortir, il se prend, comme à des branches, à ce qu'elle a de plus élevé et de moins impur, pour s'empêcher d'y être tout à fait replongé. »

Voilà l'origine du symbole. Mais voyez-vous la conséquence? Un symbole n'existe comme tel, il n'en mérite le nom qu'autant qu'il est compris; et sa beauté même se mesure à deux choses qui sont : la profondeur ou la grandeur de l'idée qu'il exprime; et la clarté ou, si je puis ainsi dire, l'évidence des moyens qui lui servent pour l'exprimer. Si nos symbolistes l'ignorent, il faudra bien qu'ils l'apprennent, et vous verrez qu'ils l'apprendront, à leurs dépens encore plus qu'aux nôtres. Pas de symbole, pas de profondeur, on le leur accorde, je le leur accorde, j'ai même tâché de vous le prouver; mais pas de clarté, pas de symbole; et en poésie comme en tout, ce qui est clair c'est ce qui est universel. Et c'est pourquoi je dis que la renaissance du *symbolisme* en poésie ne saurait manquer tôt ou tard de rétablir entre le poète et la foule cette communication que le *romantisme* est déjà puni de n'avoir pas entretenue!

J'espère enfin, pour les mêmes raisons, que le *symbolisme* acheminera la poésie vers la vérité de sa définition la plus haute, qui est d'être *une métaphysique manifestée par des images et rendue sensible au cœur* : une métaphysique, je veux dire une conception du monde, ou une théorie des rapports de l'homme avec la nature, et une conception de la vie, ou une théorie des rapports de l'homme avec l'homme. Et comme ces rapports varient d'âge en âge, ou de génération en génération, — puisque l'un des termes au moins, qui est l'homme, change lui-même ou varie tous les jours, — c'est pour cela, Messieurs, qu'aucun progrès de la science, ou de l'industrie, ou de la démocratie, ne réduira jamais à rien l'éternel aliment de la poésie [1].

Par là, Messieurs, — vous le remarquerez en passant, — se trouve écartée la doctrine de l'art pour l'art, comme aussi toutes les fausses interprétations que l'on s'est plu trop souvent à donner de la doctrine adverse. Si l'on peut enseigner la morale en beaux vers, et que cela se soit vu dans l'histoire de la poésie, personne aujourd'hui ne demande au poète ni de prêcher la vertu, ni seulement de célébrer les joies de l'amour conjugal ou celles de la paternité. Lui demandons-nous même de chanter les louanges de la science ou les merveilles de l'industrie?

> Écoutez, c'est le gaz agile
> Qui dit sur sa tige de fer :
> « Gardez vos mèches et votre huile.
> Je sais tout seul brûler dans l'air? »

Non, pas davantage! Nous ne le limitons pas non plus à la représentation ou à la réalisation du beau,

---

1. Cette définition n'a certainement rien de nouveau, et j'en suis bien aise, parce qu'on en peut vérifier la justesse dans l'histoire de toutes les grandes littératures. Voir plutôt les *Pouranas* indous et les *Psaumes* hébraïques; le *Prométhée* d'Eschyle et le *De natura* de Lucrèce; *la Divine Comédie* de Dante et *le Paradis perdu* de Milton; quoi encore? *les Méditations* de Lamartine et *les Contemplations* d'Hugo. Mais, réciproquement, on n'a guère connu de grand métaphysicien qui ne fût poète en quelque manière, depuis Platon jusqu'à Hegel, en passant par Malebranche et par Spinoza.

car le beau, pour la plupart des hommes, c'est
« l'agréable »; et nous ne saurions nier que le
« désagréable », le laid, ou l'odieux même, ayant
leur caractère et leur sens, ont donc aussi leur place
dans l'art : tels *l'Enfer* de Dante ou *le Tartufe* de
Molière. La seule question est donc de subordonner
l'art ou, — si cette expression paraissait peut-être
équivoque, — il ne s'agit que de le diriger vers des
fins humaines, générales, universelles, et de faire
servir la poésie à l'expression d'idées ou de sentiments dont pas un être au monde ne méconnaisse la
grandeur ou l'intérêt, pourvu seulement qu'on trouve
le moyen de les lui faire sentir....

II

Si j'essaie maintenant de résumer ce que j'ai tâché
de faire dans cette série de conférences, je le répète
encore une fois, je n'ai point prétendu vous raconter
l'histoire, mais seulement vous retracer l'évolution
de la poésie lyrique au xix* siècle. Ce que je me suis
uniquement proposé de vous montrer, c'est : — comment la renaissance du lyrisme, en France, avait
coïncidé avec le développement de l'individualisme ;
— quels sont les hommes, quelles sont les œuvres
dont on pourrait dire que, sans eux, l'évolution du
lyrisme demeurerait obscure, et la génération même
de ses formes inexplicable ; — et c'est enfin com-

ment, sous l'influence de quelles causes, une poésie purement lyrique et subjective à l'origine était insensiblement devenue objective ou impersonnelle. Tel était mon dessein, que vous jugerez si j'ai réalisé, mais que j'ai sans doute le droit de vous demander, en le jugeant, de ne pas confondre avec tous ceux que je n'ai pas eus.

Là-dessus, il est bien évident que, si l'histoire du lyrisme différait de son évolution, ce ne pourrait être que comme un tableau diffère de son esquisse, ou plutôt, et pour mieux dire encore, comme un être vivant diffère de son anatomie. On y donnerait plus de place à la biographie, plus de place à l'anecdote; et personne, je crois, ne s'en plaindrait, — les Sainte-Beuve et les Musset moins que personne au monde, — si l'histoire de leur vie la plus intime, en quelque sorte, et la plus privée ne saurait manquer de répandre une lumière nouvelle sur les origines, sur le caractère, sur la signification de leur œuvre. On dresserait de cette œuvre, à son tour, un catalogue plus exact; on la décrirait plus minutieusement que je ne l'ai pu faire; on l'analyserait comme celle de Molière ou de Racine. Et d'ailleurs, ainsi qu'il convient dans une histoire, on s'efforcerait, par ces moyens et par d'autres encore, de lui donner le plus d'animation et de diversité que l'on pourrait, mais ce serait toujours le même dessein. Ayant quelque chose de moins géométrique, il aurait seulement quelque chose de moins nécessaire et, — ce que j'ai voulu précisément éviter, — l'allure générale, moins rapide, en aurait plus de complexité, mais aussi moins de franchise et moins de netteté.

J'avoue, d'ailleurs, qu'en vous retraçant l'évolution de la poésie lyrique, je me suis efforcé de lier à ce mouvement même le mouvement aussi des principales idées du siècle, et par là, comme je vous en avais prévenu, de faire de cette série de conférences l'ébauche d'un cours plus complet sur la littérature de notre temps. Permettez-moi d'insister sur ce point. Là donc où nous n'avons fait qu'une allusion rapide à cette renaissance religieuse dont Chateaubriand, Joseph de Maistre et Lamennais, — pour les deux premiers volumes au moins de son *Essai sur l'indifférence*, — furent chacun à sa manière les plus illustres ouvriers, peut-être voyez-vous comme il eût été facile et naturel, en y rapportant ou en en faisant dériver le caractère des *Méditations* et celui des *Odes et Ballades*, de nous arrêter et de nous étendre. La poésie de Lamartine et d'Hugo s'est d'abord inspirée du sentiment religieux, — ou de la sentimentalité pour mieux dire, — dont le *Génie du Christianisme* avait comme rouvert les sources. Réactionnaire dans son principe, elle a d'abord affecté le caractère d'une protestation contre ce mélange de libéralisme et de classicisme dont on retrouverait l'expression dans les *Chansons* de Béranger. Ce serait donc encore ici l'occasion de parler de l'auteur du *Dieu des Bonnes Gens* et de *la Marquise de Pretintaille*, et nous lui ferions, comme à l'héritier d'une partie de la tradition voltairienne et gauloise, la place à laquelle il a droit. Je vous ai déjà dit où je la lui ferais si nous ne considérions en lui que l'artiste [1].

Pareillement, quand nous avons parlé de ce progrès de l'individualisme et de cette exaltation du Moi dont nous avons cru pouvoir faire l'un des éléments essentiels de la définition même du romantisme, nous avons dû nous borner à en signaler l'excès chez les poètes, chez l'auteur des *Consolations* notamment, et après lui chez Musset. Mais les traces de la même exaltation ne sont pas moins faciles à reconnaître, et les conséquences en ont été surtout funestes au théâtre, dont il serait permis de dire qu'elle a en quelque manière désorganisé l'idée même ou la notion; et nous en aurions pu trouver la preuve dans l'*Hernani* d'Hugo, dans l'*Antony* de Dumas, dans le *Chatterton* de Vigny. Laissant en effet de côté le drame bourgeois ou la comédie proprement dite, pourquoi le drame romantique n'a-t-il pas plus approché du drame shakespearien, dont il avait cependant prétendu s'inspirer, que de la tragédie classique, dont il s'était flatté d'abolir jusqu'à la mémoire? La raison, Messieurs, n'en est pas autre part. On a confondu les conditions des deux genres; et tandis que l'un d'eux, le lyrique, s'enrichissait des dépouilles de l'autre, le second, le dramatique, dans son ardeur inconsidérée de rivaliser avec le premier, n'y perdait rien de moins que la conscience même de son objet. Ç'avait été, vous l'avez vu, le contraire au xvii° siècle,

1. Voir l'*Œuvre poétique de Sainte-Beuve*, t. I.

où la fortune des genres communs, — l'éloquence et
le théâtre, — s'était faite en partie de l'appauvris-
sement du lyrisme et n'avait profité de rien tant que
des contraintes imposées par l'usage à la liberté de
l'expression du Moi.

Pareillement encore, quand j'ai tâché de vous
montrer comment, entre 1840 et 1850, le romantisme
avait perdu tout ce que l'individualisme perdait de
terrain, je n'en ai pris qu'un seul exemple, et c'est
à la succession des « trois manières » de George Sand
que je l'ai demandé. Mais à cet unique exemple, combien n'en aurais-je pas pu joindre d'autres? et combien démonstratifs! si c'est précisément alors que
Lamennais, dans son *Esquisse d'une Philosophie*, Pierre
Leroux dans son livre de *l'Humanité*, Auguste Comte
encore dans sa *Philosophie positive*, essayent d'organiser l'idée de solidarité. Là est le moment capital
de l'histoire des idées au XIX° siècle. On a reconnu
les dangers de l'individualisme, et non seulement en
poésie, mais dans le roman, mais au théâtre, mais
en philosophie et en politique même, c'est contre le
dogme de la souveraineté de la passion que de tous
les côtés à la fois, on se révolte. Il n'est pas jusqu'à
la manière de comprendre l'histoire qui n'en soit
modifiée dans son fond, et Lamartine préfère les
Girondins, Michelet préfère Danton, Louis Blanc préfère Robespierre, mais sous l'influence des idées
socialistes « le peuple » devient le héros de leurs
Histoires de la Révolution, la foule anonyme et obscure, cette « collectivité », comme on dit aujourd'hui,

dont aucun historien avant eux ne s'était sérieusement occupé. La religion de l'humanité se fonde, et
c'est à elle qu'appartient l'avenir.

Pareillement encore, elle est bien courte la leçon
où je ne vous ai rien dit que de sommaire sur la
renaissance du naturalisme; mais n'avez-vous pas
vu quelle ampleur de développement j'aurais pu lui
donner si, traitant la question selon son étendue,
j'avais pu vous parler à loisir, étudier avec vous dans
ses causes, définir par ses conséquences l'esthétique
de Flaubert, la critique de Taine, et la philosophie de
Renan ! Je ne vous ai parlé que des *Poèmes barbares*
avec *Poèmes antiques*. Mais les *Études d'Histoire
religieuse*, mais l'*Histoire de la Littérature anglaise*,
mais *la Tentation de saint Antoine* et *Madame Bovary*,
mais *le Demi-Monde* et *le Fils naturel*, toutes ces
œuvres, si diverses, ne sont pas seulement contemporaines, elles sont connexes, à vrai dire, nées sous
les mêmes constellations, marquées des mêmes caractères, significatives d'un même état d'esprit, révé-
latrices des mêmes préoccupations, et toutes ins-
pirées, soutenues, animées de la même confiance
dans le pouvoir de l'observation, dans l'autorité
des lois de la nature, dans la certitude enfin de la
science.

Et pareillement enfin, si nous n'avons plus aujour-
d'hui la même confiance dans le pouvoir de la science,
l'extension du symbolisme en est-elle, Messieurs,
l'unique témoignage que l'on puisse invoquer? Non
certainement, vous le savez, mais le symbolisme n'est

lui-même qu'un symptôme entre beaucoup d'autres. Regardez autour de vous. Ce qui semble aujourd'hui renaître des ruines que le positivisme se flattait d'avoir faites, et ainsi, rattacher la fin du siècle à son commencement, c'est ce sentiment de l'inconnaissable dont les métaphysiques et les religions s'autorisent pour essayer de reconquérir leur ancien empire. Il n'est question que de croire, et on n'entend parler, après la « banqueroute de la révolution », que de la faillite de la science. Comme le samouraï du sonnet d'Heredia, nous étouffons, il semble que nous étouffions dans le corselet de bronze dont on croyait nous avoir fortifiés contre la tentation du mystère. Ce que je vous ai dit du symbolisme en poésie, on pourrait donc l'étendre à toute une littérature, ou plutôt au domaine entier de l'art, à la peinture, à la musique : on pourrait l'étendre à celui de la critique et de la philosophie. Et si l'on y réussissait, ce ne serait pas seulement, comme vous le voyez, l'évolution de la poésie, ce serait l'évolution même de l'esprit du siècle qu'on aurait amenée de proche en proche jusqu'au temps où nous sommes.

Ai-je besoin maintenant de vous dire pour quelles raisons j'ai cru devoir faire graviter cette histoire des idées du siècle autour de l'histoire du lyrisme, et la rattacher à son évolution particulière plutôt qu'à celle du théâtre, par exemple, ou du roman ? C'est qu'en premier lieu, — j'en ai fait personnellement l'expérience avant de choisir, pour le traiter ici, le sujet de ces conférences, — ni l'évolution du roman, ni celle

du théâtre contemporain n'offrent la même régularité
dans leur cours. Et la raison n'en est-elle pas bien
simple? Si le triomphe de l'individualisme aura sans
doute été le caractère essentiel du siècle qui va finir,
et je n'y reviens pas dans cette leçon, — comme y ayant
sans doute assez insisté dans les précédentes, — qu'y
a-t-il de plus naturel que d'en trouver l'expression la
plus éloquente justement dans le genre qui, de tous
les genres littéraires, peut et doit être défini lui-même
comme le plus individuel? Contrainte ou gênée
ailleurs, au théâtre ou dans le roman, par des lois,
ou si vous le voulez, par des conventions dont l'objet
n'était que de limiter l'expansion du moi, dans
quel autre genre la liberté de l'individu, se trouvant
plus au large, eût-elle pu s'exercer avec plus d'indépendance? Puisqu'on ne demande au poète lyrique,
dans l'élégie, dans l'ode, ou dans la satire même, que
d'être lui, rien autre chose, et de l'être pleinement, ne serait-il pas au contraire étonnant que le
lyrisme ne fût pas devenu, dans le siècle où nous
sommes, de tous les genres, le plus représentatif? Et
enfin, — c'est la seconde raison de mon choix, — si
les chefs-d'œuvre de la poésie contemporaine sont
sans doute ceux des poètes que nous avons étudiés, ne
convenait-il pas de rattacher l'histoire entière de la
littérature à l'évolution du genre qui nous permet
d'opposer et d'égaler dès à présent notre siècle aux
plus grands de ceux qui l'ont précédé? Nos lyriques
occuperont dans l'avenir la place qu'occupent dans
l'histoire du théâtre les tragiques du xvii⁰ siècle, et

dès à présent, nous pouvons en être assurés, c'est par rapport à eux qu'on ordonnera l'histoire de la littérature contemporaine.

III

Quant à la méthode que j'aurais voulu suivre, imitée plutôt qu'empruntée de l'histoire naturelle, on m'a demandé plus d'une fois pourquoi ce mot d'*Évolution* plutôt que celui de *Progrès*, par exemple; et j'ai déjà plus d'une fois répondu. C'est, Messieurs, qu'étant tout aussi bien fait que celui de *progrès*, — d'une aussi bonne langue, aussi classique et non moins facile à comprendre, — le mot d'*évolution* a d'abord ce grand avantage qu'étant plus scientifique, le sens en est donc plus précis. Tel est, en effet, l'un des privilèges de la science : elle communique aux mots qu'elle adopte quelque chose de la précision en même temps que de la généralité de ses lois; et son vocabulaire participe ainsi de la clarté de ses démonstrations ou de l'autorité de ses expériences.

Mais un autre avantage du mot d'*évolution*, c'est de ne pas supposer ce qui est en question toutes les f is qu'on dispute, — comme il faut bien qu'on le fasse en critique, — sur la vraie nature du mouvement des idées ou des faits. Subjective et personnelle avec Lamartine, avec Hugo, avec Musset, la poésie est redevenue de nos jours impersonnelle et objective. Est-ce un *progrès*? Nous n'en savons rien. Mais, que ce soit un mouvement, voilà ce qui n'est pas douteux, et en nous servant du nom d'*évolution*, si je ne vois pas ce que nous perdons ou ce que nous risquons, nous y gagnons au moins de ne pas préjuger la nature du mouvement avant de l'avoir étudié. Disposition nouvelle d'éléments identiques; « changement de front », si je puis ainsi dire; modification des rapports que soutenaient ensemble les parties d'un même tout, c'est uniquement ce que signifie le mot d'*évolution*; il ne veut pas dire autre chose; et surtout il n'implique de soi ni que l'on admire ou que l'on blâme, ni que l'on approuve ou que l'on regrette, mais seulement que l'on constate. Du romantisme au symbolisme, la poésie française contemporaine a évolué, voilà le fait, et la question précisément est de la nature de cette évolution. Pourquoi veut-on que je l'appelle un *progrès*, si peut-être ce n'en est pas un?

En effet, et tandis qu'en raison de son étymologie, de sa formation même, du sens qui s'y est comme indissolublement attaché, le mot de *progrès* ne suppose de changement qu'en mieux, toujours et constamment en mieux, au contraire, Messieurs, l'histoire naturelle nous l'apprend, sous le nom d'*évolution* s'enveloppent et sont contenus les phénomènes de dégénérescence ou de régression tout aussi bien que les phénomènes d'accroissement ou de perfectionnement[1]. « Pro-

1. Voir, à cet égard, Weissmann : *la Régression dans la nature.* « Quand on parle du développement du monde anima et du monde végétal, on pense le plus souvent à un dévelop-

gresser », c'est toujours « avancer » ; mais « évoluer »,
c'est souvent « reculer ». Il y a progrès de la première
enfance à la jeunesse de l'homme, et de sa jeunesse à
la plénitude de sa maturité, mais de la maturité de
son âge aux infirmités de la vieillesse, et de la vieillesse
à la mort, il y a évolution. La distinction, assurément,
vaut la peine qu'on la note, et, pour la mieux noter,
qu'on la précise autant qu'on le pourra. Les mots de
Progrès et d'*Évolution*, bien loin donc d'être syno-
nymes, s'opposeraient plutôt, et, en tout cas, s'ils
désignent quelquefois la même chose, ce n'est qu'ac-
cidentellement. A quoi bon, Messieurs, vous en dire
davantage? et l'emploi que je voudrais que l'on fît du
second n'est-il pas assez justifié, par d'assez bonnes
raisons, où ne se mêle, vous le voyez, aucun désir de
parler autrement que tout le monde, mais seulement
l'intention de faire profiter la critique des progrès de
la science naturelle [1]?

On dit à cela : Mais quelles grenouilles ou quels

pement dirigé de bas en haut, et se poursuivant sans inter-
ruption. *Telle n'est pas la réalité, la régression y joue un rôle
très important, et à bien considérer les phénomènes de retour en
arrière, ils nous permettent presque encore plus que ceux de
la marche en avant* de pénétrer les causes qui déterminent
les transformations dans la nature vivante. » *Essais sur l'hérédité et la sélection naturelle.* Traduction d'Henry de Varigny.
Paris, 1892, Reinwald.

1. On pourrait exprimer la même idée de vingt manières
encore, et, par exemple, on pourrait dire que l'*évolution* du
génie grec ayant abouti à la prise de Constantinople par les
Turcs, c'est le contraire même du *progrès*, si nous ne voyons
pas que les Grecs en aient tiré le moindre profit, ni sans
doute non plus l'humanité en général.

lapins avez-vous disséqués, dans quel laboratoire?
quelles expériences avez-vous faites? quels sont vos
titres de naturaliste? Sous quel maître avez-vous
étudié? Dans quel Muséum ou dans quel Collège de
France, — lesquels d'ailleurs n'en décernent pas, —
avez-vous pris vos grades? Sur quel fondement donc
croyez-vous à l'évolution? et, en vous servant du
mot, n'êtes-vous pas dupe de quelque métaphore?
O superstition ou fureur du mandarinat! et faut-il
seulement répondre? Avez-vous besoin, Messieurs,
d'être astronomes pour croire à la loi de la gravita-
tion, ou physiciens, pour accepter l'hypothèse de
l'unité des forces physiques? Moi, je crois à l'évolution sur la parole des savants compétents, de Darwin
ou d'Hæckel, si vous le voulez, pour ne rien dire de
nos Français. J'y crois encore, Messieurs, parce que
je vois que depuis une trentaine d'années, la théorie
ou l'hypothèse a révolutionné, renouvelé, transformé
l'histoire naturelle. Mais j'y crois peut-être surtout
parce que j'en ai besoin, et, Messieurs, je vous en
prie, ne voyez pas dans cet aveu l'ombre de paradoxe,
si là même, dans ce besoin, est la raison d'être ou la
justification de tous les systèmes.

Eh oui! sans doute, qui ne le sait? Tout système,
philosophique ou scientifique, est ruineux, caduc et
faux comme système, je veux dire en tant qu'explication de la totalité des choses. Il l'est au fond et par
définition, comme étant une tentative d'interprétation
de l'inconnaissable; il l'est aussi dans sa forme, en tant
que logique et lié dans toutes ses parties, et sa beauté

même en ce sens est la preuve de sa fausseté. Faisant
violence aux faits pour se constituer, sa simplicité le
condamne, et sa logique, dont on semble croire qu'elle
ferait sa force, fait au contraire sa faiblesse. Spinoza
raisonne trop bien pour être dans la vérité. La dia-
lectique de Hegel ressemble à une sophistique. Mais
qui ne sait d'autre part ce que les systèmes, en tout
genre, nous ont rendu de services et de combien de
vérités nous leur devons la révélation? On cherchait
une chose et on en trouve une autre. Est-il vrai,
comme l'a dit Kant, — et comme il n'a conçu sa *Critique de la raison pure* que pour le démontrer, — est-
il vrai que notre science même soit uniquement relative à la constitution de notre esprit? Et si nous
avions, comme l'on dit, « le crâne autrement fait »,
notre histoire naturelle, notre chimie, notre physique
en seraient-elles pour cela changées? C'est une question. Mais, en attendant qu'on la tranche, de quels
services depuis cent ans ne sommes-nous pas rede-
vables à l'hypothèse et au degré de généralité que
Kant lui a donnée? Ce n'est pas ici le lieu de les énumérer et je ne vous demande que de réfléchir à cette
seule question. Quand l'hypothèse n'aurait contribué,
selon le mot d'Henri Heine, qu'à renverser tout ce qu'il
y avait de « gardes du corps ontologiques », et qu'à
chasser du domaine de la philosophie les dernières
« entités » qui l'occupaient encore, est-ce que vous ne
pensez pas que le résultat aurait payé l'effort?

Je ne sais pas non plus, Messieurs, si, plus près de
nous, Comte a eu raison de prétendre appliquer aux

sciences morales la méthode des sciences naturelles,
de les souder les unes aux autres, et ainsi d'appliquer
ou d'imposer à la totalité des choses, assez arbitrai-
rement peut-être, une unité que ni l'expérience, ni le
calcul, ni la raison n'y retrouvent qu'autant qu'ils ont
eux-mêmes commencé par l'y mettre. On pourrait
parler beaucoup à ce sujet, et, pour ma part, je crains
que cette assimilation n'offre plus d'un danger. Mais,
grâce à cette hypothèse, n'est-il pas vrai, Messieurs,
que depuis une trentaine d'années les sciences morales
ont changé de face? et, après tout, n'est-ce pas là ce
que Comte avait voulu? Gardons-nous donc, je le
veux bien, de l'esprit de système, mais ne proscri-
vons pas cependant les systèmes, et, au contraire,
sachons-en reconnaître la véritable utilité, si tout
système, à le bien prendre, et quand on l'a comme
dépouillé d'un excès de confiance qu'il a trop souvent
en lui-même, n'est proprement qu'une *méthode*.

Rien encore ne le vaut pour nous montrer la liaison
des vérités, ou des questions entre elles, et le plus
grand service qu'il nous rende, c'est de nous apprendre
à *situer* dans l'ensemble des choses, ou, si vous
le voulez, à concilier, sous une loi supérieure, la
diversité de nos connaissances. Je ne sache rien,
quant à moi, de plus utile ou de plus nécessaire.
Défiez-vous des idées générales, vous a-t-on dit longtemps, et moi, Messieurs, je vous dis hardiment le
contraire, et, en vous le disant, je ne fais que redire
ce qu'a si bien dit Auguste Comte : « Toutes nos conceptions abstraites, a-t-il dit quelque part, ne sau-

raient subsister *sans une suffisante solidarité mutuelle*....
Depuis que la spécialisation empirique a essentiellement perdu son office temporaire, par l'extension
décisive de l'esprit positif à tous les ordres principaux
de phénomènes naturels, *elle oppose de puissants
obstacles à tous les grands progrès scientifiques, et
même elle compromet la conservation réelle des résultats
antérieurs....* Si l'esprit positif devait donc rester indé-
finiment privé de toute systématisation usuelle, un
tel désordre reproduirait inévitablement chez les
modernes l'équivalent essentiel de cette honteuse
dégradation mentale que détermina chez les popula-
tions grecques de l'antiquité et du moyen âge le libre
essor des divagations théologico-métaphysiques. » Et
il a tort, Messieurs, quand il fait ce rapprochement.
Il a tort de parler si dédaigneusement de la métaphysique et de la théologie, comme encore et surtout du
moyen âge ou des Grecs. Il faut estimer saint Thomas,
et ni Platon ni Aristote ne sont indignes de mémoire.
Mais en revanche il a raison, cent fois raison quand
il dénonce les dangers de la « spécialisation empirique » [1].

1. Il est assez bizarre là-dessus que l'on ait reproché si souvent au positivisme d'avoir inoculé à ses disciples la haine
des idées générales, limité toute la science à la constatation
des résultats de l'expérience, réduit la méthode à cette
« spécialisation » empirique dont on voit ici ce que pensait
Auguste Comte. C'est qu'on n'a pas toujours pris la peine de
l'entendre; et, en écrivant ceci, je songe à la façon dont
Huxley, par exemple, dans un très curieux article sur *les rapports du positivisme avec la science*, a jadis attaqué telle assertion
de Comte affirmant « que l'étude spéciale des êtres vivants

Lorsque l'on veut bâtir une maison, commence-t-on, Messieurs, par en meubler, par en tapisser, par en orner une pièce, puis une autre, et ainsi de suite? Non sans doute, vous le savez. On ne met point de fauteuils dans le salon avant de savoir où sera l'anti-chambre; on ne classe point les livres de la biblio-thèque avant d'avoir mis des carreaux aux fenêtres et une toiture au-dessus des chevrons. C'est pourtant ce que font nos savants, nos érudits, nos historiens. Mais si l'on commence habituellement par faire un plan, si l'on jette ensuite les fondations, d'où l'on passe au gros œuvre, puis du gros œuvre à la toiture, et si c'est alors, et alors seulement, que l'on s'occupe de la disposition ou de l'ornement de chaque pièce, c'est ainsi, Messieurs, qu'il faut qu'on procède en his-toire. Tracez-vous donc le programme des recherches à faire; déterminez-en d'une manière approximative la nature d'importance ou le genre d'intérêt, et il sera temps alors de passer au détail, qui n'a jamais, lui, de valeur en soi, mais uniquement dans le rap-port qu'il soutient avec un ensemble. Qu'est-ce que cela nous fait que le rhinocéros ait une corne sur le

est nécessairement fondée sur l'étude générale des lois de la vie ». Le philosophe avait pourtant raison; et, comme on l'a si bien montré depuis, il n'y a pas d'observation féconde ou d'expérience utile qui ne procède d'une « vue de l'esprit ». Tel est le point qu'il faut maintenir. Nous ne pouvons connaître « les lois de la vie qu'en les fondant sur l'étude des êtres vivants individuels », il n'y a rien de plus vrai; mais l'étude des êtres vivants individuels n'a de raison d'être, ou de sens, ou d'occasion même, que par son rapport avec les lois géné-rales de la vie.

nez? ou que Victor Hugo soit l'auteur d'*Hernani*?
Mais ce qui nous importe, c'est la place d'*Hernani*
dans l'histoire du théâtre français[1] ou la place du
rhinocéros entre le cheval et le tapir[1] et la preuve,
Messieurs, c'est que, s'il n'existait pas de rhinocéros, ou si Victor Hugo n'avait pas écrit *Hernani*, les
questions qu'ils nous sont une occasion de nous poser
se poseraient à l'occasion d'une autre œuvre ou d'un
autre objet, mais elles ne s'en poseraient pas moins.
Comme il n'y a de science, il n'y a d'intérêt aussi que
du « général ». A défaut d'autres analogies, c'en est
une de l'histoire des formes littéraires avec l'histoire
des formes naturelles ; et, si vous l'aviez bien vu dans
ces leçons, je me déclarerais encore satisfait.

Je n'ai plus maintenant, Messieurs, qu'à vous
remercier de votre attention et de votre assiduité. Je
ne le pourrais pas, si j'avais l'honneur d'appartenir à
la Sorbonne, et je devrais respecter en moi...la majesté
de la maison! Mais il faut bien, sans doute, puisque
la liberté a ses périls, qu'elle ait aussi ses avantages,
dont le principal est aujourd'hui pour moi de pouvoir
vous exprimer toute ma reconnaissance. Et la Sorbonne me pardonnera cette dérogation à l'usage, si,
après vous avoir remerciés, je vous demande, Messieurs, de vous associer à moi pour la remercier à son
tour, dans son conseil et dans la personne de son
doyen, de l'hospitalité qu'elle nous a prêtée.

7 juin 1893.

FIN DU TOME SECOND

TABLE DES MATIÈRES

ONZIÉME LEÇON

La seconde manière de Victor Hugo.

DOUZIÈME LEÇON
La renaissance du naturalisme.

TREIZIÈME LEÇON
M. Leconte de Lisle.

1590-21. — Coulommiers. Imp. PAUL BRODARD. — P6-22.